王建詩集校注

上

〔唐〕王　建著
尹占華　校注

上海古籍出版社

圖書在版編目(CIP)數據

王建詩集校注 /（唐）王建著；尹占華校注. —上海：上海古籍出版社，2020. 5（2021.2重印）
（中國古典文學叢書）
ISBN 978-7-5325-9596-9

Ⅰ. ①王… Ⅱ. ①王… ②尹… Ⅲ. ①唐詩–注釋 Ⅳ. ①I222. 742

中國版本圖書館 CIP 數據核字(2020)第 066500 號

中國古典文學叢書
王建詩集校注
（全二册）
〔唐〕王建 著
尹占華 校注
上海古籍出版社出版發行
（上海瑞金二路 272 號 郵政編碼 200020）
（1）網址：www. guji. com. cn
（2）E-mail：guji1@guji. com. cn
（3）易文網網址：www. ewen. co
上海展强印刷有限公司印刷
開本 850×1168 1/32 印張 25. 875 插頁 11 字數 500,000
2020 年 5 月第 1 版 2021 年 2 月第 2 次印刷
印數：1,051—1,750
ISBN 978-7-5325-9596-9
I·3482 精裝定價：138. 00 元
如有質量問題，請與承印公司聯繫
電話：021-66366565

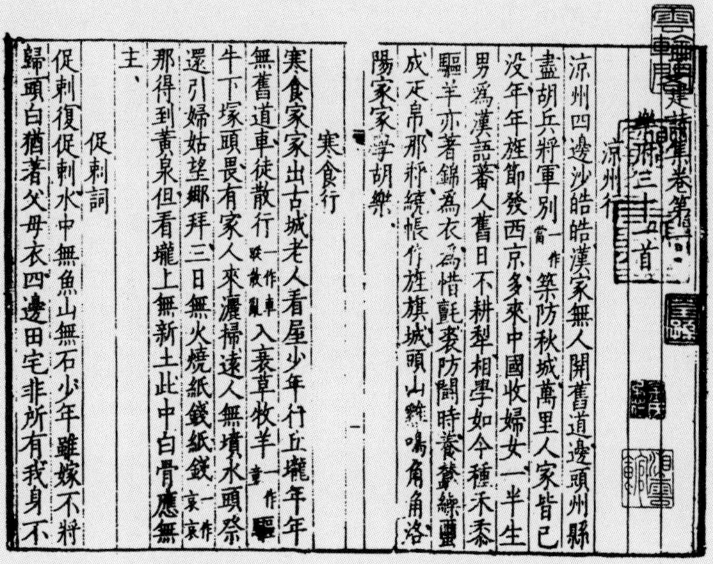
王建詩集卷第一
樂府三十五首
涼州行
涼州四邊沙皓皓，漢家無人開舊道。邊頭州縣盡胡兵，將軍別（一作當）築防秋城。萬里人家皆已沒，年年旌節發西京。多來中國收婦女，一半生男為漢語。蕃人舊日不耕犁，相學如今種禾黍。驅羊亦著錦為衣，為惜氈裘防鬬時。養蠶繰繭成匹帛，那將繞帳作旌旗。城頭山雞鳴角角，洛陽家家學胡樂。
寒食行
寒食家家出古城，老人看屋少年行。丘壠年年無舊道，車徒散行（一作車聲散亂）入衰草。牧羊（一作童羣）驅牛下冢頭，畏有家人來灑掃。遠人無墳水頭祭，還引婦姑望鄉拜。三日無火燒紙錢，紙錢（一作哀哀）那得到黃泉。但看壠上無新土，此中白骨應無主。
促刺詞
促刺復促刺，水中無魚山無石。少年雖嫁不將歸，頭白猶著父母衣。四邊田宅非所有，我身不

宋本《王建詩集》書影

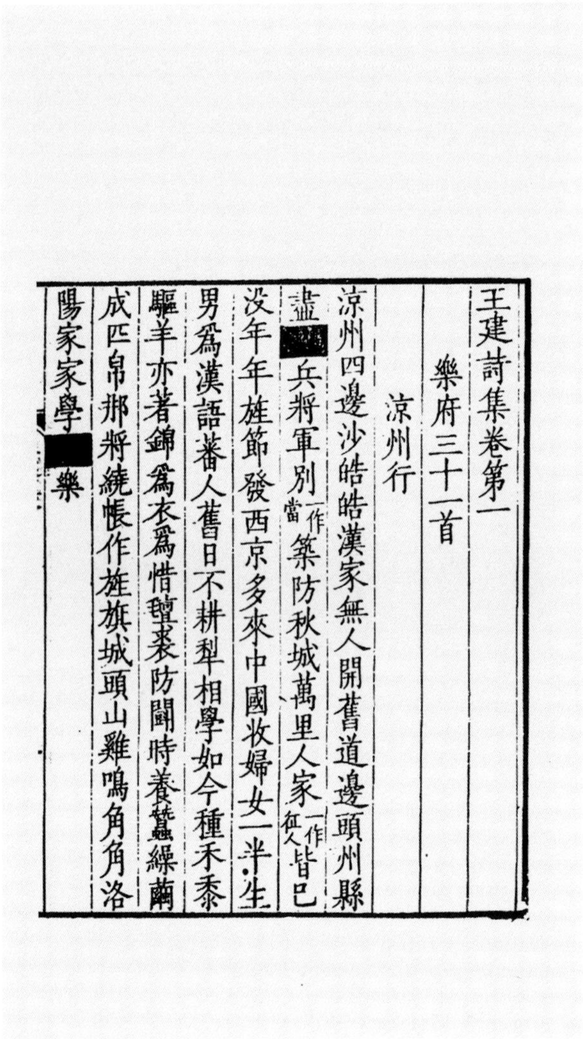
王建詩集卷第一

樂府三十一首

涼州行

涼州四邊沙皓皓漢家無人開舊道邊頭州縣
盡[redacted]兵將軍別一作當築防秋城萬里人家一作征人皆已
没年年旌節發西京多來中國收婦女一半生
男爲漢語蕃人舊日不耕犁相學如今種禾黍
驅羊亦著錦爲衣爲惜氈裘防鬭時養蠶繅繭
成匹帛那將繞帳作旌旗城頭山雞鳴角角洛
陽家家學[redacted]樂

清席啓寓琴川書屋刻《唐詩百名家全集》本《王建詩集》書影

論王建的詩(代前言)

王建,字仲初,潁川人。約生於唐代宗大曆元年(七六六),約卒於文宗大和八年(八三四)。少年時代在邢州一帶求學。曾入幽州劉濟幕和魏博田季安幕。又於嶺南、荆南幕中任職。又回魏州爲魏博節度使田弘正的僚佐。元和八年爲昭應縣丞。元和末至長慶間爲太府寺丞、祕書郎、祕書丞。敬宗寶曆間爲殿中侍御史。文宗時爲太常寺丞。大和二年出爲陜州司馬。後歸居咸陽原上。

一

王建與張籍爲好友,詩亦齊名,都擅長樂府詩,有「張王樂府」之稱〔一〕。嚴羽滄浪詩話詩評說:「大曆後,劉夢得之絶句,張籍、王建之樂府,我所深取耳。」對張、王樂府評價很高。王建的樂府詩題材多樣,内容非常豐富。有反映邊塞問題和人民群衆反戰厭戰情緒的,如涼州行、隴頭水、關山月、遼東行、渡遼水、飲馬長城窟、送衣曲、擣衣曲、秋夜曲、古從軍、遠征歸等便是；有反映社會問題和勞動人民苦難生活的，羽林行、田家行、水運行、水夫謡、當窗織、海人謡、織錦曲便是；有反映婦女問題的，促刺詞、贈離曲、去婦便是；有寫民俗民情的，如寒食行、賽神曲、簇蠶辭、鏡聽詞便是；有寫神話故事的，精衛詞、望夫石、七夕曲便是；有詠史的，如烏栖曲、白紵歌便是；有抒情的，短歌行、行見月便是；有寫時事的，東征行寫出征吴元濟便是；有寫自己行蹤的，如荆門行；也有以寓言體的形式寫人情世態的，雉將雛、空城雀、春燕詞、射虎行、斜路行便屬於這一類。這些作品的現實意義極强，尤其是有關戰争題材，以及反映勞動人民苦難生活的那些作品，作者站在人民群衆的立場上，譴責戰争，譴責統治階級對勞動人民的剥削和壓迫，表現了作者代民衆立言的强烈的社會責任感。如渡遼水：「渡遼水，此去咸陽五千里。來時父母知隔生，重著衣裳如送死。亦有白骨歸咸陽，營家各與題本鄉。身在應無迴渡日，駐馬相看遼水傍。」此詩寫士兵東渡遼水去與敵人作戰，場面是何等陰沉淒慘，氣氛是何等悲哀凝重！「身在應無迴渡日」，這不簡直是去送死嗎？似此已完全没有了盛唐邊塞詩那種慷慨激昂的特色。安史之亂，以及安史之亂之後吐蕃乘機發動的侵佔邊地的戰争，使得戰禍連綿，中原地區和邊地的人民群衆飽受戰争的苦難，所以國人普遍籠罩在這種反戰厭戰的情緒之中。據此詩題目，當是發生在遼東地區與林胡的一次戰争，但戰争的性質對於衡量這首詩的價值已不重要了。遼東行云：「寧爲草木鄉中生，有身不向遼東行。」飲馬長城窟云：「征人飲馬愁不迴，長城變作望鄉堆。」古從軍云：「聞道西涼州，家家婦人哭。」遠征歸云：「但令不征戍，暗鏡重生光。」其中有的句子已不僅是對於和平生活的企盼，已經是對於戰爭憤怒的詛咒了。要知道，這些詩反映的正是當時的民心民意啊。

王建樂府詩反映的社會問題非常廣泛。羽林行寫皇家侍衛羽林軍殘害人民的暴行，這些人大多出身市井無賴，「長安惡少出名字，樓下劫商樓上醉」，便是他們的一貫行爲。他們殺人越貨，卻爲皇權所庇護，「百回殺人身合死，赦書尚有收城功。……出來依舊屬羽林，立在殿前射飛禽」，法律對他們來説只是一紙空文。當窗織寫貧家婦女終年辛勤勞作，自己卻享受不到勞動的果實，「貧家女大富家織」，這是多麽不合理的社會現象。織錦曲寫織錦女的辛勞，「大女身爲織錦户，名在縣家供進簿」，官家限日完成任務，遂使她們終年不得休息，「一匹千金亦不賣，限日未成官裏怪」。唐代紡織業很是發達，官家於荆州、揚州、宣州、成都等地設有專門機構，監造織作，其中有專業織錦户，織造高級錦緞，貢入京城，以供統治階級的奢侈享受。這些織錦人家的婦女必須承擔繁重的勞動不説，還白白耗盡了自己的青春。元稹的樂府古題十九首織婦詞自注説：「予掾荆時，目擊貢綾户有終老不嫁之女。」也是反映這一問題的。水運行和水夫謡則寫漕運之艱。自南朝末年，長江流域的經濟發展便已超過了北方，唐建都長安，包括糧食在内的生活消費品很多要從江南運來，邊防所需物資也大多依賴南方。陸路運費高，只能依靠水路。但水路運輸必經黄河，黄河有三門峽砥柱之險，舟船經此多傾覆，運者的生命安全完全没有保障，故民間苦於漕運。水運行説：「遠徵海稻供邊食，豈如多種邊頭地」，便是針對這種漕運政策的批判。水夫謡説：「苦哉生長當驛邊，官家使我牽驛船。……夜寒水濕披短蓑，臆穿足裂忍痛何。到明辛苦何處説，齊聲騰踏牽船謌。……我願此水作平田，長使水夫不怨天。」此詩不僅描寫了拖船工人繁重辛苦的勞動情景，也喊出了他們的心聲。

王建描寫民俗民情的樂府詩也極有特色。寒食行寫寒食節的掃墓習俗，鞦韆詞描寫姑娘們打鞦韆的遊戲，賽神曲描寫秋季農村賽神的情景，簇蠶辭寫蠶家婦女移蠶上簇時的祭祀活動，鏡聽詞則寫聽鏡面回聲以占卜出門在外的親人吉凶的習俗。田家留客是比較特别的一首，不僅描寫了田家的熱情好客，而且浸透着作者對田家的感激之情。詩寫行途之中，作者於田家借宿，受到主人的熱情接待：「人客少能留我屋，客有新漿馬有粟。遠行僮僕應苦飢，新婦廚中炊欲熟。不嫌田家破門户，蠶房新泥無風土。行人但飯莫畏貧，明府上來可苦辛。丁寧回語屋中妻，有客勿令兒夜啼。雙塚直西有縣路，我教丁男送君去。」雖僅是借宿一夜，主人對客人卻是那樣體貼，那樣關懷備至，儘管自家生活也很艱難，卻殷勤囑咐客人飯要吃飽，還千方百計讓客人把覺睡好。

唐貞元、元和間，李紳、元稹、白居易先後作新樂府詩，以新題寫時事，王建與張籍雖未明確將自己的作品定名爲「新樂府」，但是毫無疑問，張、王樂府詩的創作精神與元、白等是相通的，都是關注民生疾苦，反映時政的闕失和貽誤，而且開始創作的時間甚至還要早於元、白。元稹和李校書新題樂府十二首序説：「予友李公垂貺予樂府新題二十首，雅有所謂，不虚爲文，予取其病時之尤急者列而和之，蓋十二而已。」白居易新樂府序説：「其辭質而徑，欲見之者易諭也；其言直而切，欲聞之者深誡也；其事覈而實，使采之者傳信也；其體順而肆，可以播於樂章歌曲也。總而言之，爲君、爲臣、爲民、爲物、爲事而作，不爲文而作也。」什麽是「新樂府」呢？元稹説「即事名篇」，白居易説「因事立題」，其實，如果僅不用舊題是不能算「新樂府」的，思想内容上還必須「刺美見事」、「爲事而作」。可見，元、白作新樂府的目的很明確，他們强調新樂府詩的政治諷諭性，是爲政治而創作的。王建與張籍的樂府詩也大多是寫時事的，現實意義很强，在這方面他們與元、白無疑是同道。但張、王都没有關於樂府詩的理論闡述，這顯然不是他們的疏忽，而是他們根本就没有這樣的觀念，這樣的理論主張。所以，張、王的樂府詩與元、白的「新樂府」存在着明顯的差異，實不能等同視之，也就不足爲奇了。這些差異主要體現在以下兩個方面：（一）元、白的「新樂府」詩政治性强，具有比較濃厚的爲政治服務的色彩，而張、王的樂府詩並非如此。張、王都有很多描寫一方風土人情的作品，如張籍的采蓮曲、春江曲、江南曲、江村行，王建的寒食行、賽神曲、簇蠶辭、鏡聽詞等，這些詩並没有什麽政治諷諭之意，是單純爲政治服務的理論所無法涵蓋的。張、王都有以樂府詩的形式詠史懷古的作品，如張籍求仙行、永嘉行、吴宫怨、董逃行，王建的烏栖曲、白紵歌便皆屬於這一類。如果説，這些詠史懷古類還勉强能拉到「借古諷今」的範疇中來，那麽像王建單純寫神話故事的如精衛詞、望夫石、七夕曲等，便與政治絲毫不沾邊了。可見，張、王的樂府詩是元、白「規諷時事」的理論所不能局限的。胡震亨唐音癸籤卷九便說：「但在少陵後仍詠見事諷刺，則詩爲謗訕時政之具矣。此白氏諷諫，愈多愈不足珍也。所以張文昌只得就世俗俚淺事做題目，不敢及其他。仲初亦然。」原注：「文昌樂府，只傷歌行詠京兆楊憑者是時事，建集並無。」説張、王樂府詩無政治内容，顯然不對；説張、王樂府詩不局限於政治内容，則完全符合實際。（二）新樂府者，顧名思義，要用新題，亦即元稹在樂府古題序中所説：「近代唯詩人杜甫悲陳陶、哀江頭、兵車、麗人等，凡所歌行，率皆即事名篇，無復依傍，予少時與友人樂天、李公垂輩，謂是爲當，遂不復擬賦古題。」白居易始終堅持用新題寫時事，元稹後來又和劉猛、李餘作樂府古題十九首，並没有將新樂府的創作路綫堅持到底。張、王的樂府詩便頗多舊題，可見張、王也不是刻意爲新題，作新題樂府與改造舊題樂府兼行並舉，兩條腿走路，較之白居易單純作新樂府的路子要更寬闊一些。張籍的猛虎行、董逃行、白頭吟、賈客樂、妾薄命、朱鷺、烏夜啼引，王建的隴頭水、白紵歌、烏栖曲、雉將雛、飲馬長城窟、公無渡河、獨漉等，便皆是古題樂府。其中既有「雖用古題，全無古意」者，也有「頗同古意，全創新詞」者（見元稹樂府古題序）。高棅唐詩品彙七言古詩叙目正變上説：「大曆以還，古聲愈下，獨張籍、王建二家體制相似，稍復古意。或舊曲新聲，或新題古義，詞旨通暢，悲歡窮泰，慨然有古歌謡之遺風。」王建的如羽林行，後漢辛延年有羽林郎，寫霍光家奴調笑酒家胡女之事，王建詩即由此化出。再如烏夜啼，舊唐書音樂志二云：「宋臨川王義慶所作也。

元嘉十七年，徙彭城王義康於豫章，義慶時爲江州，至鎮，相見而哭。爲帝所怪，徵還宅，大懼。妓妾夜聞烏啼聲，扣齋閣云：『明日應有赦。』其年更爲南兗州刺史，作此歌。故其和云：『籠窗窗不開，烏夜啼，夜夜望郎來。』」蕭綱、劉孝綽、庾信、李白等之烏夜啼，皆寫相思之情，「夜烏」在詩中僅起渲染氣氛的作用。他人或單詠烏，但立意不同。王建此詩亦爲詠烏，著意於烏之依戀舊主，正是此題本義。再如猛虎行，郭茂倩樂府詩集卷三一相和歌辭六引古辭：「飢不從猛虎食，暮不從野雀棲。野雀安無巢，遊子爲誰驕。」吴兢樂府古題要解卷下：「猛虎行，右陸士衡『渴不飲盗泉水』，言從遠役猶耿介，不以艱難改節也。」唐人用此題者旨趣各異，李白此題爲安史之亂時與張旭話别之作，中唐詩人用此題大多有所寄諷，如李賀、張籍等作，皆以寓託藩鎮割據之現實。王建此題亦以寫諸將討伐叛鎮觀望遲延，互相推諉，企圖養寇自重，又冒功領賞之事，似此便全無古義了。羽林行、猛虎行雖爲古題，卻仍是寫時事，可見張、王並未將用新題還是用舊題看得多麽重要，只要精神實質上繼承樂府詩寫現實的傳統就可以了。這種做法顯然較之白居易更具創造性，而元稹則顯然是從張、王的做法中得到啓示的，故其樂府古題十九首頗得張、王之神韻。

張籍、王建作樂府詩既不存明確的政治諷諭的目的，因而他們的寫法也和白居易不一樣。白居易的新樂府詩主題專一明確，不但在題下以小注的形式標明主旨，而且在詩中往往以作者的語氣大發議論，使得詩意過於直白，反不如隱晦一些更耐人尋味。姑以王建詩爲例比較他們的差别。同是反映貢賦之重與揭露統治階級奢侈墮落的，白居易紅綫毯：「宣城太守知不知？一丈毯，千兩絲，地不知寒人要暖，少奪人衣作地衣。」繚綾：「繚綾織成費功績，莫比尋常繒與帛。絲細繰多女手疼，扎扎千聲不盈尺。昭陽殿裏歌舞人，若見織時應也惜。」這些詩言辭不可謂不激切，感情亦不可謂不憤慨，但藝術效果卻與之不成正比。王建當窗織：「草蟲促促機下啼，兩日催成一疋半。輸官上頭有零落，姑未得衣身不著。當窗卻羨青樓倡，十指不動衣盈箱。」僅把事實擺出即止，不著一字議論。海人謡：「海人無家海裏住，採珠殺象爲歲賦。惡波横天山塞路，未央宫中常滿庫。」詩僅四句，將事實擺出便戛然而止，短小精悍，語重意長，可令人扼腕歎息。同是有關婦女問題的，白居易上陽白髮人寫宫中女性幽閉怨曠之苦，母别子寫故婦所遭遺棄之悲，井底引銀瓶寫一少女與所愛之人私奔後的悲劇命運，都有議論的成分。上陽白髮人説：「上陽人，苦最多，少亦苦，老亦苦，少苦老苦兩如何？君不見昔時吕向美人賦，又不見今日上陽宫人白髮歌！」母别子説：「新人新人聽我語，洛陽無限紅樓女，但願將軍重立功，更有新人勝於汝。」井底引銀瓶説：「寄言癡小人家女，慎勿將身輕許人。」除最後一篇外，其餘兩篇女性的身份都屬於上層社會；母别子將譴責的矛頭指向新人，井底引銀瓶不去批判扼殺人性的道德理教而去批判年輕人的「越軌」行爲，認識上存在相當大的局限性。至於李夫人、古塚狐，則是告誡人君要戒女色，將禍國殃民的責任推到女性頭上，更反映了作者看問題之表面和膚淺。王建的有關婦女問題的詩有别於白居易的作品。促刺詞寫一畸形婚姻，少女雖已嫁人，卻一生不能離開娘家，「少年雖嫁不將歸，頭白猶著父母衣」；贈離曲寫一婦女被丈夫遺棄，「若知中路各東西，彼此不結同心結」，通篇以女性的口氣出之；去婦則是寫一勞動婦女因婆婆聽信讒言而遭休棄，詩中女性皆爲普通人家的婦女。在寫法上王建詩也從不正面議論，僅是將事情的荒謬與不合理性交待出來，其餘留給讀者自己去思考與批判。這種寫法反覺比白居易的詩更具有感動人心的藝術效果。張、王樂府詩與白居易新樂府的另一個不同之處是白詩叙事性强，凡是寫一事件的，都將此事件的起因與經過交待得清清楚楚，其上陽白髮人、新豐折臂翁、縛戎人、杜陵叟、賣炭翁、母别子、井底引銀瓶等詩皆是如此。這些詩具有情節，注重人物形象的塑造和細節的描寫，有很强的故事性。高棅唐詩品彙總叙所説「元白序事，務在分明」，即謂此而言。而張、王樂府不重叙事，事情的來龍去脈往往不予交待，而只是描寫和抒情，甚至還用詩中人物自叙的語氣。試比較白居易與王建的題材相近的兩篇作品：白居易井底引銀瓶寫一美麗多情的少女與一青年男子一見傾心，遂不顧父母之命、媒妁之言而私自結成夫妻，但婚後卻遭受夫家的歧視，不得已離開夫家，卻又無家可歸。「妾弄青梅憑短牆，君騎白馬傍垂楊，牆頭馬上遥相顧，一見知君即斷腸」，描寫青年男女各爲對方所吸引之情景，形象鮮明，場面真切，具有如睹其人的藝術效果。此故事元代戲曲家白樸將其改編成雜劇牆頭馬上，搬上戲劇舞臺用以演出。王建去婦全詩如下：「新婦去年胼手足，衣不暇縫蠶廢簇。白頭使我憂家事，還如夜裏燒殘燭。當時爲信傍人語，豈道如今自辛苦。在時縱嫌織絹遲，有絲不上鄰人機。」要想明白此詩所寫的事件還真得花費一番尋繹的功夫。此詩是以婆婆的語氣寫的（由「白頭使我憂家事」句可知），因當時聽信讒言而休棄了新婦，只好自己操勞家務，如今悔恨莫及。王建詩不叙事的特點在這裏體現得再突出不過，因而也使得白居易的新樂府詩與王建的樂府詩判若涇渭。叙事與不叙事，這分別是他們兩人詩的特點，卻不能簡單地評價爲優點或缺點。叙事者眉目分明，直截了當，再現性强；不叙事者事件模糊，意思卻含蓄婉轉，耐人尋味。永瑢等四庫全書簡明目録卷一五説：「元、白、張、王並以樂府擅長，白居易多作長調，以曲折盡情；張籍及建多作短章，以抑揚含意。同工異曲，各擅所長。」這個評價是公允的。

張、王樂府與白居易新樂府形式上的差異也是明顯的。白居易新樂府詩題下皆有小注，點明主題；又不時於句間作夾注，以明其所寫皆爲史實，即總序所説「其事覈而實」之意。總序還説：「首句標其目，卒章顯其志，詩三百之意也。」此新樂府五十首之總序，即模仿毛詩之大序；又取每篇首句爲題目，即仿關雎爲篇名之例。全體結構，無異爲一部唐詩經。張、王樂府詩無此自爲尊大之意，故亦不必追步詩經。張、王作樂府詩也不存諷諫時政之明確的政治目的，故作詩也不必刻意求實，以明其所寫並非虚構。張、王樂府更多地是向魏晉以至南北朝的民間樂府詩歌學習，於中汲取營養，故形式輕鬆活潑，自然靈便。一般來説，白居易新樂府詩篇幅皆較長，最長者爲縛戎人，五十一句，其次牡丹芳，四十九句，上陽白髮人、五絃彈、西涼伎皆四十句。李慈銘越縵堂讀書記集部别集類説：「然香山詩如上陽白髮人、驃國樂、昆明春、西涼伎、牡丹芳諸篇，雖言在易曉，終覺冗長，音節亦鬆滑，不及杜（甫）之疏密得中也。」便是批評他的詩語冗詞繁的毛病。張、王的樂府詩篇幅較短，以王建而論，最長者爲織錦曲，二十句；其他北邙行十八句，涼州行、水運行、水夫謡、鏡聽詞皆十六句。大要而言，白居易新樂府詩中的最短者，也就相當於王建樂府詩中的最長者。王建的樂府還有不少四句體，烏栖曲、古宫怨、宛轉詞、祝鵲、古謡、海人謡、兩頭纖纖、獨漉曲便皆是四句體。四句體的形式最早起源於民間歌謡，王建樂府詩很多仍沿用這種形式，可見他是一位善於繼承民間文學傳統和向民間文學學習的詩人。望夫石：「望夫處，江悠悠，化爲石，不回頭。山頭日日風復雨，行人歸來石應語。」此詩雖不是典型的四句體，但字數不比四句體多，邢昉唐風定卷一一評爲「與君虞（李益）野田同爲短歌之絶」；王堯衢唐詩合解箋注卷三則評爲「短章促節，猶詩餘中之小令也」。王建樂府詩也有很多「首句標其目」之作，如烏夜啼「庭樹烏，爾何不向别處栖」；簇蠶辭「蠶欲老，箔頭作繭絲皓皓」；渡遼水「渡遼水，此去咸陽五千里」；空城雀「空城雀，何不飛來人家住」；關山月「關山月，營開道白前軍發」；行見月「月初生，居人見月一月行」；春來曲「春欲來，每日望春門早開」；春去曲「春已去，花亦不知春去處」；雞鳴曲「雞初鳴，明星照東屋」。但這並非學自詩經，而是從民間樂府歌辭學來的。南朝樂府歡聞變歌首句「阿子聞」，團扇郎首句「白團扇」，華山畿首句「華山畿」，懊儂歌首句「懊惱」，白石郎曲首句「白石郎」，便皆是此種形式〔二〕。這些其實都是演唱時的和聲，演唱時齊聲唱和，以起烘托氣氛的作用。王建摹仿古樂府歌辭者還有促刺詞之「促刺復促刺」；獨漉曲之「獨漉獨漉」。南齊書樂志引獨祿辭：「獨祿獨祿，水深泥濁。泥濁尚可，水深殺我。」南朝樂府阿子歌「阿子復阿子」，桃葉歌「桃葉復桃葉」，王建詩學習它們的痕迹十分明顯。

張、王樂府與白居易新樂府的差異已如上述，至於張、王的差異，那是同中之異，大同而小異，其性質就不是與白居易的那種貌合神離了。吴師道吴禮部詩話引時天彝評唐百家詩選說：「王建自云紹張文昌，而詩絶不類文昌，豈相馬者固不在色别乎？……建樂府固倣文昌，然文昌恣態横生，化俗爲雅，建則從俗而已。」毛先舒詩辯坻卷三説：「文昌樂府與仲初齊名，然王促薄而調急，張風流而情永，張爲勝矣。」他們的意思是説王不如張。王世貞藝苑卮言卷四説：「張籍善言情，王建善徵事，而境皆不佳。」賀裳載酒園詩話又編張籍王建説：「文昌善爲哀婉之音，有嬌絃玉指之致；仲初妙於不含蓄，亦自有曉鐘殘角之韻。」説二人詩各有特點，當爲公正之評。賀裳載酒園詩話又編張籍王建又以二人作品爲例具體分析了他們的差異，甚有見地，不妨引在下面：

王射虎行曰：「自去射虎得虎歸，官差射虎得虎遲。獨行以死當虎命，兩人相疑終不定。朝朝暮暮空手回，山下緑苗成道徑。遠立不敢汙箭鏃，聞死還來分虎肉。惜留猛虎著深山，射殺恐畏終身閑。」張猛虎行曰：「南山北山樹冥冥，猛虎白日繞林行。向晚一身當道食，山中麋鹿盡無聲。年年養子在空谷，雌雄上山不相逐。谷中近窟有山村，長向村家取黄犢。五陵年少不敢射，空來林下看行迹。」張詠猛虎，故摹寫怯弱以見負嵎之威；王詠射虎，故曲盡狡獪之態。用意不同，俱爲酷肖。詩歸評王詩曰：「有激之言，字字痛切，似爲千古朝事邊事寫一供狀。」此論妙甚。張詩雖工，僅詞人之言，王詩意深遠矣。張古釵歎曰：「古釵墮井無顔色，百尺泥中今復得。鳳凰宛轉有古儀，欲爲首飾不稱時。女伴傳看不知主，羅袖拂拭生光輝。蘭膏已盡股半折，雕文刻樣無年月。雖離井底入匣中，不用還與墜時同。」王開池得古釵曰：「美人開池北堂下，拾得寶釵金未化。鳳凰半在雙股齊，鈿花落處生黄泥。當時墮地覓不得，暗想窗中還夜啼。可知將來對夫婿，鏡前學梳古時髻。莫言至死亦不遺，還似前人初得時。」王詩作驚喜之意，亦佳。尤妙在暗想墮地時啼，思路周折，至學梳古髻，尤肖嬌憨之態，然意盡於得釵。張所寄託便在絃指之外，令人想見淮陰典連敖、鳳雛治耒陽時也。張羈旅行曰：「荒城無人霜滿路，野火燒橋不得度。寒蟲入窟鳥歸巢，僮僕問我誰家去。行尋田頭暝未息，雙轂長轅礙荆棘。緣岡入澗投田家，主人舂米爲夜食。晨雞喔喔茅屋旁，行人起掃車上霜。」數語深肖旅途之景。仲初田家留客曰：「遠行僮僕應苦飢，新婦廚中炊欲熟。不嫌田家破門户，蠶房新泥無風土。」又曰：「丁寧回語屋中妻，有客勿令兒夜啼。雙塚直西有縣路，我教丁男送君去。」寫主人情事，亦復如見。如此主賓，恨不令其相值。

由上述二人相同題材作品的對比中可以看出，張籍詩以情意悠長見勝，王建詩以描寫細緻爲長；張籍詩主觀性强於客觀，王建詩客觀性强於主觀。中唐影響最大的兩大詩派是韓孟和元白，若將韓孟派看作是主觀詩人，將元白派看作是客觀詩人，那麽張籍、王建在創作路綫上都可以看作是元白一派中的人物，但張籍與元白離心的趨向較之王建要大一些，王建則比較更爲恪守元白一派客觀寫實的創作路綫。

二

王建的近體詩，大多用來寫個人的生活感受。五言律詩如塞上逢故人、南中、汴路水驛、汴路即事是寫羈旅行役的，其他則以描寫閑居的爲多，如山居、貧居、冬夜感懷、閑居即事、林居、原上新居十三首、新修道居，便都屬於這一類内容。許學夷詩源辯體卷二七評王建五律的風格説：「王如『瘴煙沙上起，陰火雨中生』；『水國山魈引，蠻鄉洞主留』；『石冷啼猿影，松昏戲鹿塵』；『閉門留野鹿，分食養山雞』；『雨水洗荒竹，溪沙填廢渠』；『野桑穿井長，荒竹過牆生』等句，皆清新峭拔，另爲一種，五代諸公乃多出此矣。」論王建五律「清新」，甚有見地，然「峭拔」卻未見得。大曆之世，詩人多以五律寫山水莊田之景，清幽明麗，王建以之寫蕭條冷落之景，故亦使人耳目爲之一新。詩源辯體卷二七又説：「大曆以後，五七言律體制、聲調多相類，元和間，賈島、張籍、王建始變常調。」説的正是這種情況。描寫閑居生活的這一部分作品自然可以看作王建五言律詩的代表風格。他的原上新居十三首作於晚年棄官歸居咸陽原之後，是詩人晚年生活境況的真實寫照。他的晚年生活頗爲貧寒，「終日憂衣食，何由脱此身」（其二）；「訪僧求賤藥，將馬中豪家。乍得新蔬菜，朝盤忽覺奢」（其三）；「家貧僮僕瘦，春冷菜蔬焦」（其四）；「春來梨棗盡，啼哭小兒飢。鄰富雞長去，莊貧客漸稀」（其五）。生活情況是：「借牛耕地晚，賣樹納錢遲」（其五）；「自掃一閑房，唯鋪獨卧牀」（其六）；「鎖茶藤篋密，曝藥竹牀新」（其七）；「細問梨菓植，遠求花藥根。倩人開廢井，趁犢入新園」（其八）；「掃渠憂竹旱，澆地引蘭生」（其九）；「古鶴憑人搨，閑詩任客吟。送經還野院，移石入幽林」（其十一）；「膩衣穿不洗，白髮短慵梳」（其十二）；「名田無力及，賤賃與人耕」（其十三）。村莊的環境還是幽靜而且美麗的：「荒藤生葉晚，老杏著花稀」（其一）；「雞睡日陽暖，蜂狂花豔燒」（其十）；「谷口春風惡，梨花蓋地深」（其十一）；「住處去山近，傍園麋鹿行。野桑穿井長，荒竹過墻生」（其十三）。這組詩中第五首「春來梨棗盡」一首與姚合詩重出。王建尚有多首與姚合詩重出者。王楙野客叢書卷一九詩句相近條説：「唐人詩句不一，固有採取前人之意，亦有偶然暗合者……姚合詩『買石得花饒』，王建詩『買石得雲饒』」，論二人詩句幾於全同，自然不免將王建詩與姚合詩相提並論。方回瀛奎律髓卷二三選入此組詩中的五首，紀昀瀛奎律髓刊誤卷二三評曰：「詩情全是武功一派，語多粗野，不叶雅音。」李懷民重訂中晚唐詩主客圖説卷上便評姚合武功縣中作説：「此等體與水部（張籍）秋居、司馬（王建）原上詩一例，隨景觸興，無倫次，無章法，而自有天然妙趣。」王建五言律詩的風格的確與姚合相近，原上新居十三首便與姚合的武功縣中作三十首尤爲近似。但也正如方回瀛奎律髓卷二三閑適類總序所説姚合「乃是仕宦而閑適」，王建則是棄官之後的閑居，這的確道出了姚合與王建閑適詩的根本區别。故姚詩懶散而王詩悠閑。但毫無疑問的是，姚合詩出王建之後，不是王建向姚合學習而是姚合向王建學習。胡震亨唐音癸籤卷七評姚合：「得趣於浪仙（賈島）之僻而運以爽亮，取材於籍、建之淺而媚以蒨芬，殆兼同時數子，巧撮其長者。」二人皆擅長將日常生活之景與日常生活之事寫入詩中，景近境真，這是努力使詩貼近日常生活的一種嘗試。杜甫「啅雀争枝墜，飛蟲滿院遊」（落日）；「開門野鼠走，散帙壁魚乾」（歸來）；「老妻畫紙爲棋局，稚子敲針作釣鈎」（江村）之類，實已開其先河。王建山居：「閉門留野鹿，分食與山雞」，寫山居之幽趣，大有將自身融入大自然中的感覺；閑居即事：「小婢偷紅紙，嬌兒弄白髯」，寫家庭生活的天倫之樂，更是充滿了人情味。紀昀瀛奎律髓刊誤卷二三評閑居即事二句「纖瑣而俚鄙」，未得真諦。胡仔苕溪漁隱叢話後集卷一四評山居詩説：「王建云『閉門留野鹿，分食與山雞』；魏野云『洗硯魚吞墨，烹茶鶴避煙』，二人之詩，巧欲摹寫山居意趣，第理有當否？如建所言二物，何馴狎如許，理必無之。如野所言，雖未必皆然，理或有之。至若少陵云：『得食階除鳥雀馴』；東坡云：『爲鼠長留飯，憐蛾不點燈』，皆當於理，人無得而議之矣。」從有無此「理」的角度評詩，已抹殺了文學藝術的創造性；且云王建詩「理必無之」，結論也太武斷。此等詩完全可以稱爲「淡語而有情致」者。歐陽修六一詩話説：「聖俞（梅堯臣）嘗語余曰：詩家雖率意，而造語亦難。若意新語工，得前人所未道者，斯爲善矣。必能狀難寫之景如在目前，含不盡之意見於言外，然後爲至矣。賈島云：『竹籠拾山果，瓦瓶擔石泉。』姚合云：『馬隨山鹿放，雞逐野禽栖。』等是山邑荒僻，官況蕭條，不如『縣古槐根出，官清馬骨高』爲工也。」歐陽修與梅堯臣的意思是説日常生活之景與日常生活之事也不好寫，看似尋常，卻是意在言外，大可耐人尋味。這是會心之言，也是關於詩歌創作的甘苦之談。王建的「閉門留野鹿，分食與山雞」之句，不也具有這種特色嗎？有人斥之爲俗氣，大可不必。由盛唐到中唐，詩歌景象由大而小，也是發展過程中的一種必然。

大要來説，王建與姚合詩的相同之處一是皆善寫蕭條冷落之景，意思清苦。誠如辛文房唐才子傳卷四説王建：「又於征戍遷謫、行旅離別、幽居官況之作，俱能感動神思，道人所不能道也。」又於卷六評姚合：「蓋多歷下邑，官況蕭條，山縣荒涼，風景凋弊之間，最工模寫也。」二是二人詩皆描寫瑣細，氣象狹小。方回瀛奎律髓卷二四評姚合送李侍御過夏州説：「大抵姚少監詩不及浪仙，有氣格卑弱者，如『瘦馬寒來死，羸童餓得癡』；『馬爲賒來貴，童因借得頑』，皆晚輩之所不當學。如王建『脱下御衣偏得著，放來龍馬每教騎』，不惟卑，而又俗矣。東坡謂『元輕白俗』，然白亦不如是之太俗也。又姚詩如『茅屋隨年借，盤飧逐日炊，無竹栽蘆看，思山疊石爲』，兩句一般無造化。又如『簷前酬鶯語，鄰花雜絮飄』，粧砌太密，則反若淺拙。」李慈銘越縵堂讀書記集部別集類則評王建：「中唐以後人五律如姚祕監、王仲初等，皆極淺弱，稍於一二近景瑣事，刻畫取致，亦往往有工語。然道眼前景，每至取極俗極瑣小極無意味者，乃墮打油、釘鈫惡道，仲初詩『小婢偷紅紙』等類是也。」他們就是從「俗」、「淺」的角度批評王建與姚合詩的，然這也正是王、姚詩的特點。當然，王建五律也有失之淺易的毛病，潘德輿養一齋詩話卷九就批評說：「然建詩惟樂府可貴，宮詞已浮冗，律詩尤淺俚不入格。如答寄芙蓉冠子云：『雖經小兒手，不稱老夫頭。』新居云：『自掃一間房，惟鋪獨卧牀。』題禪院僧云：『不剃頭多日，禪來白髮長。』……其淺俚多類此。」上舉各聯的確有如白話，批評得有道理。他的五律尾聯尤爲卑弱，如冬夜感懷「斷得人間事，長如此亦能」；閑居即事「有時看舊卷，未免意中嫌」；新修道居「若得離煩惱，焚香過一生」；昭應官舍「朝客輕卑吏，從他不往還」。上述詩句不僅意思淺顯，語言也粗率。作律詩者湊足中間的兩聯對仗，並非難事，難在結句，要須總蓋全詩，且又要含不盡之意，故結句爲難。謝榛四溟詩話卷二便說：「律詩無好結句，謂之虎頭鼠尾。即當擺脱常格，夐出不測之語，若天馬行空，渾然無迹。」王建律詩則確有此失。

王建的七言律詩在題材取向上與五律不同，他的七律屬於社交應酬者多，寫給達官貴人的就有上武元衡相公、上張弘靖相公、上裴度舍人、上杜元穎學士、上李吉甫相公、上李益庶子、上崔相公等，其他與王守澄、田弘正、韓愈、令狐楚、蔣防、盧汀、楊巨源、郭釗、田布、胡証、閻濟美、李愬、崔杞等的酬贈，也都是用的七言律詩的形式。故王建七律一體涉及現實或用以抒發個人感情的作品反不多見。閑説：「桃花百葉不成春，鶴壽千年也未神。秦隴州緣鸚鵡貴，王侯家爲牡丹貧。歌頭舞遍迴迴別，鬢樣眉心日日新。鼓動六街騎馬出，相逢總是學狂人。」這是一首諷刺世人争奢鬭侈以及社會風氣之浮薄的作品，方回瀛奎律髓卷四六評云：「歎時世衰薄，不務本，長安富貴之家所知惟此，而不知生熟好惡也。」此詩可説是將白居易秦中吟十首買花與新樂府時世妝兩詩之主題合在了一起。這種浮靡之風亦見於唐人記載，如李肇唐國史補卷中：「京師貴遊，尚牡丹三十餘年矣……一本有直數萬者。」白居易代書詩一百韻寄微之「風流誇墜髻，時世鬭啼眉」自注也説：「貞元末，城中復爲墜馬髻、啼眉妝。」都説明了這个現象。自傷：「衰門海内幾多人，滿眼公卿總不親。四授官資元七品，再經婚娶尚單身。圖書亦爲頻移盡，兄弟還因數散貧。獨自在家常似客，黄昏哭向野田春。」此則是一篇感歎個人命運的作品。詩人出身衰門，没有什麼家族的資本可以倚仗，交結的公卿不可謂不多，但有幾個是真正的朋友？最終也只混了個七品芝麻官；兩次婚娶，到老還是成了孤身一人的鰥夫；費心收藏的書籍也零散殆盡，兄弟貧寒，也不能相聚。詩人的命運的確可令讀者一掬同情之淚。黄周星唐詩快卷三評此詩説：「仲初嘗舉進士，官侍御史，爲司馬，而其言孤苦乃爾。詩能窮人，果不謬耶？」

許學夷詩源辯體卷二七評云：「王建七言律，如『功證詩篇離景象，藥成官位屬神仙』『奇險驅回還寂寞，雲山經用始鮮明』『沙灣漾水圖新粉，緑野荒阡暈色繒』『點緑斜蒿新葉嫩，添紅石竹晚花鮮』『無多白玉階前濕，積漸青松葉上乾』等句，實爲怪惡。如『借倩學生排藥合，留連處士乞松栽』『多愛貧窮人遠請，長修破落寺先成』『鋪設暖房迎道士，支分閑院與醫人』『健羨人家多力子，祈求道士有神符』『顛狂繞樹猿離鎖，跳擲緣岡馬斷羈』等句，又極村陋。」許學夷極其不滿王建的七言律詩，但斥之爲「怪惡」與「村陋」，不僅過分，也不得要領。潘德輿養一齋詩話卷九說：「王建上昌黎詩云：『重登太學領儒流，學浪詞鋒壓九州。不以雄名疏野賤，惟將直氣折公侯。』頗能得昌黎一生佳處。然建詩惟樂府可貴，宮詞已浮冗，律詩尤淺俚不入格。……題金家竹溪云：『山頭鹿下長驚犬，池面魚行不怕人。』官舍云：『眇身多病惟親藥，空院無錢不要關。』贈田將軍云：『大小獨當三百陣，縱横祇用五千兵。』送唐大夫云：『旄節抱歸官路上，公卿送到國門前。』贈索暹將軍云：『渾身著箭瘢猶在，萬槊千刀總過來。』贈王屋道士云：『法成不怕刀槍利，髓實常欺石榻寒。』贈王處士云：『鼠來案上常偷水，鶴在牀前亦看棋。』其淺俚多類此。佳句如『一院落花無客醉，五更殘月有鶯啼』，則温飛卿詩；『斜月照牀新睡覺，西峰夜半鶴來聲』，則姚武功詩，誤入建集耳。自云『煉精詩句一頭霜』，吾未見其精也。」潘德輿之評也甚爲刻薄，壞句子都是王建的，好句子全是他人的。但云王建律詩「淺俚」，倒也部分符合實際。大要王建律詩寫作手法平鋪直叙，不用典故，義不求深隱，意不求含蓄，既不錘煉意境，也不雕琢字面。胡應麟詩藪内編卷五論唐七律的發展流變說：「唐七言律自杜審言、沈佺期首創工密，至崔顥、李白時出古意，一變也。高、岑、王、李，風格大備，又一變也。杜陵雄深浩蕩，超忽縱横，又一變也。錢、劉稍爲流暢，降而中唐，又一變也。大曆十才子，中唐體備，又一變也。樂天才具泛瀾，夢得骨力豪勁，在中晚間自爲一格，又一變也。張籍、王建略去葩藻，求取情實，漸入晚唐，又一變也。李商隱、杜牧之填塞故實，皮日休、陸龜蒙馳騖新奇，又一變也。許渾、劉滄角獵俳偶，時作拗體，又一變也。至吴融、韓偓香奩脂粉，杜荀鶴、李山甫委巷叢談，否道斯極，唐亦以亡矣。」以「變」的觀點看問題，當是頗具慧眼的。七言律詩的發展以杜甫爲一分水嶺，杜甫之前只是初行時期。至於杜甫的作用，則誠如趙翼甌北詩話卷一二所説：「少陵以窮愁寂寞之身，藉詩遣日，於是七律益盡其變，不惟寫景，兼復言情；不惟言情，兼復使典。七律之蹊徑，至是益大開。」但杜甫七律稍遜暢達，時有拙句，故劉長卿變杜甫之崛拗而爲通暢，張籍、王建正是在此基礎上變本加厲，更爲平易淺近之風格，遂亦有矯枉過正之失。劉克莊韓隱君詩序説：「或曰古詩出於情性，發必善；今詩出於記問，博而已。自杜子美未免此病。於是張籍、王建輩稍束起書袋，剗去繁縟，趨於切近。世喜其簡便，競起效顰，遂爲晚唐體，益下，去古益遠。豈非資書以爲詩失之腐，捐書以爲詩失之野歟？」（後村先生大全集卷九六）白居易七律意雖淺近，但字求工巧，是與王建七律的不同之處。再至李商隱，意深語典，已開西崑之先河。由此觀之，王建的七言律正是唐七律發展過程中的一個重要環節，也是七律風格中不可或缺之一體。那種以「雅」、「俗」論詩的觀點是不可取的，以爲難則爲雅，易則爲俗；深則爲雅，淺則爲俗；晦澀則爲雅，明白則爲俗，實爲皮相之談。説淺易明白是王建律詩的特點，可矣；説這是王建律詩的缺點，則未敢苟同。

三

關於王建的絶句詩，最引人注意的當是它們的資料價值，不僅他的宫詞一百首是如此，其他絶句也是如此。如觀蠻妓:「欲説昭君斂翠蛾,清聲委曲怨於歌。誰家年少春風裏,抛與金錢唱好多。」此詩描寫的就是一女藝人説唱王昭君變文的情景,表演的方式、演出的場景,在這首詩中都有所涉及。學者們多引此詩以證説唱文藝在唐代的流行。你看這位女藝人在説唱王昭君的故事時帶着多麼深厚的感情,連她自己也沉浸於故事的悲劇性之中了。她説一會,唱一會,許多人圍着觀看,年輕人也被故事的情節所打動,紛紛掏出口袋裏的錢賞給這位女藝人。這是一幅多麼生動逼真的街頭演出的場景啊!再如霓裳詞十首,所寫都是有關霓裳羽衣曲的事情。霓裳羽衣曲爲唐代著名的歌舞曲,宋時已不傳,部分樂段演變爲詞調。其一:「弟子部中留一色,聽風聽水作霓裳。散聲未足重來授,直到牀前見上皇。」所寫當是梨園弟子在唐玄宗指導下排演霓裳羽衣曲時的情景。蔡絛西清詩話卷上説:「歐陽歸田録論王建霓裳詞『弟子部中留一色,聽風聽水作霓裳』,以不曉聽風聽水爲恨。余嘗觀唐人西域記云:『龜兹國王與臣庶知樂者,於大山間聽風水之聲,均節成音,後翻入中國,如伊州、涼州、甘州,皆自龜兹至也。』此説近之,但不及霓裳耳。鄭嵎津陽門詩注:葉法善引明皇入月宮,聞樂歸,留寫其半,會西涼府楊敬述進婆羅門曲,聲調吻同,按之便韻,乃合二者製霓裳羽衣。則知霓裳亦來自西域云。」其六:「伴教霓裳有貴妃,從初直到曲成時。」可見楊貴妃亦善此舞。樂史楊太真外傳卷上:「妃醉中舞霓裳羽衣一曲,天顔大悦。」又載楊妃語:「霓裳羽衣一曲,可掩前古。」當非向壁虚構之詞。其七:「一聲聲向天頭落,效得仙人夜唱經。」霓裳羽衣曲具有道教法曲音樂的特點,此句可證唐玄宗遊月宫聞仙樂，歸寫其曲之説中唐便已十分流行。其八：「武皇自送西王母，新染霓裳月色裙。」可知霓裳羽衣曲之舞者衣裙爲白色。

絶句爲四句體詩，體製短小，故作絶句强調言盡而意不盡。楊萬里誠齋詩話説：「五七字絶句最少，而最難工。」楊載詩法家數説：「絶句之法，要婉曲回環，删蕪就簡，句絶而意不絶。」胡應麟詩藪内編卷六説：「絶句最貴含蓄。」以此標準衡量之，王建的絶大多數絶句算不得上乘之作，僅有少數作品例外。如五絶古行宫：「寥落古行宫，宫花寂寞紅。白頭宫女在，閑坐説玄宗。」〔三〕言簡意賅，盛唐時代的多少往事，都包含在「閑坐説玄宗」這五個字當中了。胡應麟詩藪内編卷六評此詩：「語意妙絶，合建七言宫詞百首，不易此二十字也。」再如七言絶句十五夜望月寄杜郎中：「中庭地白樹栖鴉，冷露無聲濕桂花。今夜月明人盡望，不知秋思落誰家。」唐汝詢唐詩解卷二九評論説：「地白，月光也。明則鴉驚，今既栖樹，則夜深矣，是以見露之霑花。此時望月者衆，感秋者誰？恐無如我耳。」俞陛雲詩境淺説續編二則説：「自來對月詠懷者，不知凡幾，佳句亦多，作者知之，故著想高踞題顛。言今夜清光，千門共見，月子歌所謂『月子彎彎照九州，幾家歡樂幾家愁』。秋思之多，究在誰家庭院？詩意涵蓋一切。且以『不知』二字作問語，筆致尤見空靈。前二句不言月，而地白疑霜，桂枝濕露，宛然月夜之景，亦經意之筆。」雨過山村：「雨裏雞鳴一兩家，竹溪村路板橋斜。婦姑相喚浴蠶去，閑著中庭梔子花。」此詩寫景明麗，前二句寫山村景象宛然如在目前，真切如畫；後二句寫人物活動，而以「閑著中庭梔子花」

襯托勞動之辛勤與愉悦，則農家生活之勤勞和快樂，自在詞語之外。可惜的是，王建似上述之作寥寥可數，更多的是言盡意盡，了無餘味。尚有語言幾如大白話者，如酬從侄再詩本：「眼暗没工夫，慵來翦刻磨。自看花樣古，稱得少年無？」野池：「野池水滿連秋堤，菱花結實蒲葉齊。川口雨晴風復止，蜻蜓上下魚東西。」雨中寄東溪韋處士：「雨中溪破無乾地，浸著牀頭濕著書。一個月來山水隔，不知茅屋若爲居。」便是這樣的作品。葉盛水東日記卷一〇俗語見唐詩條，特摘王建詩三十三句，以證王建詩多用俗語，其中便絶大多數見之於絶句，也從側面説明了這個問題。

王建的著名組詩宫詞一百首也都是七言絶句體。此詩影響甚廣，仿效之作衆多，吴騫拜經樓詩話卷三説：「宫詞始著於唐王仲初，繼之者不一而足，如三家、五家、十家之刻，昔人論之詳矣。」所謂「三家」即王建、後蜀花蕊夫人費氏、宋王珪；「五家」謂後晉和凝、宋宋白、張公庠、周彦質、王仲修；「十家」則於上述八家之外，再加宋徽宗趙佶、胡偉集句。正如詩人玉屑卷一六引唐王建宫詞舊跋所云：「倣此體者雖有數家，而建爲之祖耳。」

宫詞雖然也有對於大場面的描寫，如上朝、宣赦、接見外國使節、天子親試制科舉人等，但主要卻是取材于宫中的日常生活，人物主角則是一般宫女。有關唐宫中各種習俗與場景，在此詩中幾乎都有所涉及，既是一幅五光十色的唐代宫廷生活的修長畫卷，又是一部豐富多彩的唐宫廷生活的百科全書。舉凡體育、遊戲、音樂、歌舞、服飾、飲食、器用、禮儀、習俗等，都可於其中找到相關的描寫。歐陽修六一詩話説：「王建宮詞一百首，多言唐宮禁事，皆史傳小説所不載者，往往見於其詩。」便是着眼于宮詞的資料價值。「御池水色春來好，處處分流白玉渠。密奏君王知入月，喚人相伴洗裙裾。」寫宮女來月事時的習俗。胡震亨唐音癸籤卷一九考證漢時宮女來月事時以丹紅點於面上，令女史知之，由王建詩可知唐時並不如此。「日高殿裏有香煙，萬歲聲來動九天。妃子院中初降誕，内人争乞洗兒錢。」寫妃嬪生兒，宮人争要洗兒錢的情景。洪邁容齋四筆卷六云：「韓偓金鑾密記云：『天復二年，大駕在岐，皇女生三日，賜洗兒菓子、金銀錢、銀葉坐子、金銀鋌子。』予謂唐昭宗於是時尚復講此，而在庭無一言，蓋宮掖相承，欲罷不能也。」「射生宮女宿紅妝，請得新弓各自張。臨上馬時齊賜酒，男兒跪拜謝君王。」此詩寫宮女充當女兵演練陣法，其性質是遊戲，並非宮女們「不愛紅裝愛武裝」。胡震亨唐音癸籤卷一九考證説：「世謂婦人立拜起於武后，其實不然。周天元時，命内外命婦拜天臺，皆執笏，俯伏如男子，可見以前婦人無俯伏者，惟下手立拜耳。王建宮詞有云：『臨上馬時齊賜酒，男兒跪拜謝君王』，知當時宮女不作男子拜矣。本朝命婦入朝，贊行四拜，皆下手立拜，惟謝拜賜時，一跪叩頭，遵古禮也。」又如：「避脱昭儀不擲盧，井邊含水噴鴨雛。内中數日無呼唤，搨得滕王蛺蝶圖。」滕王謂李湛然。不僅可知唐人有搨畫，亦可證李湛然善畫草蟲之記載。蔡絛西清詩話卷下説：「歐陽公歸田録：『王建宮詞多言唐宮中事，群書缺記者，往往見其詩。如「内中數日無呼唤，傳得滕王蛺蝶圖」，滕王元嬰，高祖子，史不著所能，獨名畫記言善畫，亦不云工蛺蝶。』所書止此。殊不知名畫記自紀嗣滕王湛然善花鳥蜂蝶，又段成式著酉陽雜俎亦云：『嘗見滕王蝶圖，有名江夏班、大海眼、小海眼、菜花子。』此蓋湛然，非元嬰也，孰謂張彥遠不載耶？」其中還有宮女們閑着没事玩賭博遊戲的情景：「分朋閑坐賭櫻桃，收卻投壺玉腕勞。各把沉香雙陸子，局中鬬累阿誰高。」「水中芹葉土中花，拾得還將避衆家。總待別人般數盡，袖中拈出鬱金芽。」「春來睡困不梳頭，懶逐君王苑北遊。暫向玉花階上坐，簸錢贏得兩三籌。」第一首寫玩雙陸，第二首寫鬬草，第三首寫簸錢。再如寫打毬：「對御難争第一籌，殿前不打背身毬。內人唱好龜茲急，天子鞘回過玉樓。」「殿前鋪設兩邊樓，寒食宮人步打毬。一半走來争跪拜，上棚先謝得頭籌。」前一首寫打馬毬的情景，後一首則寫徒步打毬的情景。「競渡船頭掉綵旗，兩邊濺水濕羅衣。池東争向池西岸，先到先書上字歸。」此詩寫宮中競渡的場景，證以計有功唐詩紀事卷九載中宗於景龍四年四月六日幸興慶池觀競渡，李適有戲競渡應制詩；舊唐書穆宗紀元和十五年九月：「辛丑，大合樂於魚藻宮，觀競渡。」又敬宗紀寶曆元年五月：「庚戌，幸魚藻宮觀競渡。」又寶曆二年三月：「戊寅，幸魚藻宮觀競渡。」可見唐宮中時常舉行此種體育活動。「新秋白兔大於拳，紅耳霜毛趁草眠。天子不教人射殺，玉鞭遮到馬蹄前」。此詩寫宮中園子裏突然跑出一隻野兔，皇帝不讓射殺，頗有仁慈之心。至於描寫音樂歌舞的就更多了，如「羅衫葉葉繡重重，金鳳銀鵝各一叢。每遍舞頭分兩向，太平萬歲字當中」。此詩寫聖壽樂舞時的情景。這是一大型舞蹈，參加的人數衆多，表演到一定時候隊列排成字形，類似今天的團體操。舊唐書音樂志二：「聖壽樂，高宗、武后所作也。舞者百四十人，金銅冠，五色畫衣。舞之行列必成字，十六變而畢，有『聖超千古，道泰百王，皇帝萬年，寶祚彌昌』字。」「金吾除夜進儺名，畫袴朱衣四隊行。院院燒燈如白日，沉香火底坐吹笙。」儺爲古時驅除疫鬼的一種儀式，一般在除夕之夜舉行。趙彦衛雲麓漫鈔卷九：「世俗歲將除，鄉人相率爲儺，俚語謂之『打野胡』。」錢易南部新書卷乙描寫唐宫中大儺的情景，可與此詩相參看：「歲除日，太常卿領官屬樂吏並護僮侲子千人，晚入内，至夜，於寢殿前進儺，然蠟炬，燎沈檀，熒煌如晝。上與親王妃主已下觀之，其夕賞賜甚多。是日，衣冠家子弟多覓侲子之衣，著而竊看宫中。」

清人吴喬圍爐詩話卷一以詩教規諷的觀點論王建宫詞；翁方綱石洲詩話卷二也説：「歐陽詩話云：王建宫詞言唐禁中事，皆史傳小説所不載。唐詩紀事乃謂建爲渭南尉，贈内官王樞密云云以解之。然其詩實多祕記，非當家告語所能悉也。其詞之妙，則自在委曲深摯處別有頓挫，如僅以就事直寫觀之，淺矣。」這種觀點其實並不符合王建宫詞的實際情況。王建宫詞僅是直書其事，作者的態度是客觀的，並無褒貶之意，更與朝政得失不相及。當然，讀者若能從中體味出什麽，那另當别論。如「魚藻宫中鎖翠娥，先皇行處不曾過。如今池底休鋪錦，菱角雞頭積漸多。」此「先皇」指德宗，可見魚藻宫中幽閉了多少女性的青春與生命，又德宗之奢侈，亦於此可見。程大昌雍録卷四便説：「禁苑池中有山，山上建魚藻宫。王建宫詞曰……先皇，德宗也。池底張錦，引水被之，令其光豔透見也。德宗亦已奢矣。故横取厚積，如大盈之類，豈獨爲供軍之用也？若非王建得之内侍，外人安得而知？」再如：「往來舊院不堪修，教近宣徽别起樓。聞有美人新進入，六宫未見一時愁。」此詩寫新人入宫，舊人發愁，尤見宫中女性以色藝爲資本的争新買寵的競争的殘酷性。其結果或是新人取代了舊人，或是舊人保住了地位，失敗者的命運總是悲慘的，可令人想起白居易新樂府中的上陽白髮人。再如：「教遍宫娥唱盡詞，暗中頭白没人知。樓中日日歌聲好，不問從初學阿誰。」所寫則是宫中一音樂教師的悲劇性一生，她將自己的技藝無私地傳授給了學生，自己卻老了，被無情地拋到一邊，那些正走紅的弟子們，又有誰還記得她們的老師呢！但是，這些勸誡之意並非王建本意，即作者作這些詩時並不心存明確的政治目的，爲事而詩，因詩及事，僅此而已。

王建宫詞具有很强的紀實性，它的寫法，倒恰如白居易新樂府序所説：「其辭質而徑，欲見之者易諭也；……其事覈而實，使采之者傳信也；其體順而肆，可以播於樂章歌曲也。」即除了「其言直而切，欲聞之者深誡也」這一條之外，王建忠實地履行了白居易新樂府的創作原則。所以宫詞寫法平直，意思明白，不求含蓄，缺乏餘味。如果説上述特徵在百首宫詞也有例外的話，那就是「樹頭樹底覓殘紅」一首，也僅有這一首。詩林廣記卷二引陳輔之詩話：「王建宫詞，荆公獨愛其『樹頭樹底覓殘紅，一片西飛一片東。自是桃花貪結子，錯教人恨五更風。』謂其意味深婉而悠長也。」鍾惺唐詩歸卷二七也評此首説：「王建宫詞非宫怨也，此首微有怨意，然亦深。」管世銘讀雪山房唐詩序例七絶凡例説：「『樹頭樹底覓殘紅』，於百篇中宕開一首，尤非淺人所解。」此詩通篇採用比興的手法，前二句以暮春之景渲染氣氛，又暗以春天的離去喻人的青春的銷逝。後二句表面意思是説：是桃花貪圖結子，所以花就落了，這怪不得風。唐人常以花結子喻婦女生育，如杜牧所作感慨湖州女的詩：「狂風落盡深紅色，緑葉成陰子滿枝。」（見太平廣記卷二七三引唐闕文）若此，王建似乎在説女性青春容貌的衰老是自然規律。總之，此詩説春耶？説人耶？怨天耶？怨己耶？一切都不明説，耐人尋味之處正在於此。但此詩與宫詞百首的風格不相類，屬於絶無僅有的一篇，論者不得以偏概全。

【注釋】

〔一〕「張王樂府」之稱首見於高棅唐詩品彙總叙：「張王樂府，得其故實；元白序事，務在分明」。胡應麟詩藪内編卷三亦云：「至元白長篇，張王樂府，下逮盧李，流派日卑，道術彌裂矣。」

〔二〕其實丁督護歌以「丁督護」起；子夜歌以「子夜來」起。宋書樂志一：「每問，輒歎息曰：『丁督護！』其聲哀切，後人因其聲廣其曲焉」；南史王儉傳：「沈文季歌子夜來，張敬兒舞」，以此可知。後人收録歌辭時，因其爲和聲而省略。樂府詩集收其歌辭，屬於和聲者或録或不録，頗不一致。據此還可判斷詩題之誤。如樂府詩集卷四六華山畿之「懊惱不堪止」與「將懊惱」兩首，當是懊儂歌之歌辭；讀曲歌之「折楊柳，百鳥園林啼，道歡不離口」，當是折楊柳之歌辭。其他亦有可斟酌處。

〔三〕此詩題下原注：「一作元稹詩。」文苑英華卷三一一題作故行宮，校云：「集作古」，收王建温泉宮詩後，題下無作者名。洪邁萬首唐人絶句卷六以此詩爲元稹詩。文苑英華收此詩當據王建集，只是作者名佚去，因爲王建集中題作古行宮，而元氏長慶集中題作行宮，故校云「集作古」之「集」謂王建集。故斷此詩爲王建作。

校注説明

王建詩集，王堯臣崇文總目卷五著録爲二卷，新唐書藝文志四則著録爲十卷。宋代流行的爲十卷本。晁公武郡齋讀書志卷一七、陳振孫直齋書録解題卷一九皆著録王建詩十卷。宋時王建詩集十卷當是全帙，此由文苑英華、樂府詩集、萬首唐人絶句多收有現存王建詩集所佚之詩可知。現存的宋本爲南宋臨安府陳解元宅刻本，皆不全，有兩部：一部存五、六、七、八四卷，一部存一、四、五三卷。所缺皆由明清人以抄本配全。傅增湘藏園群書經眼録卷一二：「王建詩集十卷，唐王建撰。存卷一、四、五，計三卷，餘鈔配。」所藏即後者。明代有馮舒手抄本王建詩集，亦爲十卷，據馮舒跋：「崇禎庚午十二月十五夜校完，此本照柳大中手書本抄。」又云：「此本亦爲柳大中傀改。」清吴慈培曾從鄧正闇借閲并手抄此本，跋云：「馮氏校卷二柘枝詞云：『以下十首宋版無。』卷五塞上第一首云：『舊本無，柳誤添。』卷末跋更明言此本爲柳大中傀改，然則十卷之數雖符，而決非宋本之舊可知。獨怪馮氏既知其誤，何以不據宋本一一改正，乃僅校異字數處，據萬首唐人絶句校宮詞一卷而已耶？」柳大中手抄本顯然是依據南宋臨安府陳刻本，但已據他書有所補入。明時所存南宋臨安府陳刻本的情況到底如何不得而知，恐已非完帙，但顯然比現存的要多。汪士鐘藝芸書舍所藏也是南宋臨安府的陳刻本，但殘缺已比較嚴重。繆荃孫跋云：「宋陳解元書棚本，半葉十行，行十八字。荃孫昔年得之滬市，中止存舊刻三十餘葉，餘皆影鈔也。」清康熙席啓寓琴川書屋所刻唐詩百名家全集，所收王建詩集也是十卷，但已據他書補入甚多。

明正德劉成德所刻唐王建詩集則爲八卷，所依據的舊本則不詳。嘉靖間蔣孝刻中唐十二家詩集有唐王建詩集，也是八卷。崇禎毛晉汲古閣所刻六唐人集中的王建詩集同樣是八卷。黄丕烈跋明正德劉成德刻本王建詩集云：「嘉慶癸亥六月四日收於郡廟前五柳居。所收王建詩集以編年計之，此爲第三本。前兩本一爲影宋鈔綿紙本，有毛仲辛氏一印；一爲叢書堂鈔紅格竹紙本，有汲古閣一印，並有『子晉校』字。三書同出一源，而久分復合，是一奇也。」黄丕烈蕘圃藏書題識卷七集類一有記云：「此毛子晉手校本王建詩集八卷本，與余舊藏吴匏庵家鈔本正同。吴本亦藏自汲古閣，而毛所校時合時不合。子晉云依宋刻校正，未知所據何本。」清康熙胡介祉谷園所刻王司馬集八卷，四庫全書即據此收録。提要云：「此本爲國朝胡介祉所校刊，凡古體二卷，近體六卷，蓋後人所合併。前有介祉序，謂虞山毛氏曾有刊本行世，校對亦未盡善。」黄丕烈所藏王建詩集有三種，一爲影宋鈔綿紙本，一爲叢書堂鈔紅格竹紙本，並云與劉成德刻本同出一源。錢曾讀書敏求記卷四云：「王建詩集十卷。建與樞密王守澄有宗人之分，偶因過飲相譏，守澄憾，欲借宮詞奏劾之，建作詩以解，結句云：『不是當家親向説，九重争遣外人知？』事遂寢。『當家』猶今人言一家也，此集作『姓同』，其爲後人改竄無疑。」但檢王建詩集諸本，無論十卷本還是八卷本，此詩兩字皆作「姓同」，唯唐詩紀事作「當家」，可證八卷本與十卷本實出一源，八卷本爲後人合併十卷本而來，四庫全書總目所云「蓋後人所合併」，實非虚語。毛晉所云「依宋刻校正」，「宋刻」所指當即十卷本。

王建詩集十卷本也好，八卷本也好，都是按詩體排列的，只是分合有些不同。如十卷本王建詩集樂府占兩卷，五言律詩（包括五言排律）占一卷，七言律詩（包括七言排律）占六、七、八三卷，絶句一卷，宮詞一卷。八卷本則嚴格按詩體分卷，即五言古詩、樂府、五言律詩、五言排律、七言律詩、七言排律、五言絶句、七言絶句各占一卷。當然也小有異同，如吴慈培所云錢謙益所藏八卷本：「毛刻編次與錢本大略相同，字句亦多合，兩家所據當出一源。惟毛刻第七卷止載五絶，其七絶連宮詞爲第八卷，與錢本五、七絶合爲第七卷，宮詞自爲一卷者不同。」八卷本合併十卷本的痕迹甚爲明顯。故以爲八卷本實爲十卷本之合併。

王建詩集的衆多手抄或翻刻者，以及諸藏書家，大多都作過一定的校勘工作，其中如毛晉、馮舒、胡介祉、傅增湘、吴慈培等用力尤勤。全唐詩的編纂者在輯録王建詩時，也做過相當仔細的校勘工作。中華書局上海編輯所一九五九年排印的王建詩集，即以南宋臨安府陳解元宅刻本爲底本，同時與毛氏汲古閣本、席啓寓琴川書屋本、胡介祉谷園刻本、全唐詩作了簡單校對，並據各本補録了原本所缺之詩。

古人所編選的各種總集，尤其是宋人所編，如文苑英華、唐百家詩選、樂府詩集、萬首唐人絶句等，其中收有不少的王建詩，不僅可補王建詩集之缺，也具有很高的校勘價值。尤其是唐詩紀事與萬首唐人絶句全載王建宫詞一百首，很多地方保留着原作的初始形態，對於校對王建宫詞的重要性不言而喻。至於唐人筆記與詩話中所收之詩，校唐人文集者一般不予注意，認爲不足爲據，其實也不儘然。如贈王樞密「不是姓同親向説」，才調集、雲溪友議、唐詩紀事「姓同」皆作「當家」，正如錢曾所指出的「姓同」爲後人所改竄。當家即本家，宋人稱作詩用同姓人的典故爲「當家事」，皆可證「當家」爲正。宫詞之「延英引對碧衣郎，江硯宣毫各别牀」，「江硯」雲溪友議作「紅硯」，正如姚寬西溪叢語所指出，「紅硯」才是正確的。

爲本書的校注工作特作説明如下：

一、南宋臨安府陳解元宅刻本王建詩集，北京國家圖書館與上海圖書館各藏有一部，皆有缺。國圖藏本存目録、卷一、卷四、卷五，餘皆抄配。上圖藏本有目録（缺末頁）、卷一（缺前十頁）、卷五（缺山居至原上新居十二首第二首）、卷六、卷七、卷八，其餘亦皆抄配。相對國圖殘本，上圖本缺卷較少。因此，中華再造善本唐宋編之王建詩集，即以上圖本爲主，目録、卷一、卷四、卷五以國圖本保存之宋刻補充拼合成一種版本。此本之卷一、四、五、六、七、八六卷爲宋本原刻，卷二、三、九、十四卷則是抄配。本書即以中華再造善本所配補之本爲底本。各家所補之詩原按體例編排於相應卷數之後，本書亦不作改動，只是詳考其所出。誤收之作亦不總作處理，列於相應的卷數之後，并作考辨。

本書校勘所用之本有：

王建詩集十卷，明鈔唐四十七家詩本（校記中簡稱明鈔本）；

王建詩八卷，明崇禎毛晉汲古閣刻唐人六集本（校記中簡稱毛本）；

王司馬集八卷，清康熙胡介祉谷園刻本（校記中簡稱胡本）；

王建詩集十卷，清康熙席啓寓琴川書屋刻唐詩百名家全集本（校記中簡稱席本）。

總集類則有：

韋縠才調集，上海古籍出版社校點唐人選唐詩（十種）本，一九七八年新一版；

李昉等文苑英華，中華書局影印本，一九六六年五月第一版（校記中簡稱英華）；

王安石唐百家詩選，清康熙宋犖丘迥刊刻本（校記中簡稱百家）；

蒲積中古今歲時雜詠，影印文淵閣四庫全書本（校記中簡稱歲詠）；

郭茂倩樂府詩集，中華書局校點本，一九七九年第一版（校記中簡稱樂府）；

計有功唐詩紀事，上海古籍出版社校點本，一九八七年新一版（校記中簡稱紀事）；

洪邁萬首唐人絶句，書目文獻出版社據趙宧光黄習遠萬曆刊本的排印本，一九八三年第一版（校記中簡稱萬曆本絶句）；

全唐詩，中華書局據揚州書局刻本的排印本，一九六〇年第一版（校記中簡稱全詩）。

考慮到用作校勘之書也並非多多益善，故下列幾種僅作爲參考：

唐王建詩集八卷，明正德劉成德刻本；

王建詩集十卷，一九一一年至一九一二年吴慈培手抄本；

洪邁萬首唐人絶句，文學古籍刊行社一九五五影明嘉靖刻本；

高棅唐詩品彙，上海古籍出版社影印本（校記中簡稱品彙）；

胡震亨唐音統籤，續修四庫全書影印本（校記中簡稱統籤）；

毛晉編三家宫詞，叢書集成初編影毛氏汲古閣本。

二、在校記中，異體字不出校。爲避免繁瑣，一般也不具列各本的異同。若改動原本字句，則必列版本之依據，有時也略述理由。如果没有版本依據，即使是懷疑有誤，也不徑作改動。校記中所校對的文字省略引號。書名後的數字爲卷數，「卷」字省略。

三、本書箋注部分，重在注釋人事、地理、典章制度，以及較難理解的典故與詞語等。一般注書，如有加注的詞語在書中出現多次，則僅在首次出現時加以注釋，再出現則作「見某詩注某」。如此摒棄繁縟，簡單明瞭，但實不便翻檢。本書則採用李善注文選的辦法，相同詞語的注釋重出複見。若一詞語既可引甲書爲注，也可引乙書爲注，在這種情況下，便也許在一處引甲書，在另一處便引乙書了。

四、各篇若有前人評語，或記載有關掌故，皆作爲「輯評」附於該篇之末，以備研究者參考。

五、小説崔少玄傳，大多學者皆認爲爲王建所作，本人也持此看法，故作爲附録收於詩集之後。

六、書後附録王建研究資料，分評論、紀事、藝文、著録與序跋、雜録五項。凡泛論王建其人以及其詩者，歸入「評論」；記載王建事迹者，歸入「紀事」；同時諸人與王建贈答之詩，歸入「藝文」；有關王建詩集的記載，歸入「著録與序跋」；其他入「雜録」。

七、最後附有本人所作王建繫年考。此文參考並汲取了許多學者的研究成果，但也並非皆引用他人成説，讀者可自行比照。凡所參考之他人研究成果，已於文後一一列出，未敢掠美。

王建詩集校注目録

論王建的詩(代前言)……一
校注説明……一
王建詩集卷第一
樂府
涼州行……一
寒食行……四
促刺詞……五
隴頭水……七
北邙行……九
温泉宫行……一二
春詞……一五
遼東行……一六
塞上梅……一七
戴勝詞……一九
鞦韆詞……二〇
開池得古釵……二一
賽神曲……二二
田家留客……二三
精衛詞……二五
老婦歎鏡……二六
望夫石……二七

別鶴曲……二八
烏栖曲……三〇
雉將雛……三一
白紵歌二首……三三
短歌行……三五
飲馬長城窟……三六
烏夜啼……三八
簇蠶辭……三九
渡遼水……四一
空城雀……四二
水運行……四三
當窗織……四五
失釵怨……四七

王建詩集卷第二

樂府

春燕詞……四九
主人故池……五〇
古宮怨……五一
關山月……五一
贈離曲……五二
宛轉詞……五四
水夫謠……五五
田家行……五六
去婦……五八
神樹詞……五九
祝鵲……六〇
古謠……六〇
公無渡河……六一
海人謠……六二
行見月……六三
七夕曲……六四
兩頭纖纖……六七
獨漉曲……六八
寄遠曲……六九

傷韋令孔雀詞……七一
傷鄰家鸚鵡詞……七三
春來曲……七四
春去曲……七六
東征行……七七
荆門行……七九
鏡聽詞……八三
行宫詞……八六
羽林行……八九
射虎行……九一
遠將歸……九三
尋橦歌……九四
雞鳴曲……九七
送衣曲……九九
斜路行……一〇〇
織錦曲……一〇二
擣衣曲……一〇三
秋夜曲兩首……一〇五
題台州隱静寺……一〇七
長安别……一〇九
誤收之作
銅雀臺……一〇九
柘枝詞……一一〇
讚碎金……一一一
夢好梨花歌……一一二

王建詩集卷第三

樂府
宫中三臺 二首六言……一一五
江南三臺 四首六言……一一八
宫中調笑詞 四首……一二一
新嫁娘詞 三首……一二四
古風
送人……一二七
主人故亭……一二九

古從軍……一三〇
邯鄲主人……一三二
泛水曲……一三三
江南雜體二首……一三四
遠征歸……一三六
思遠人……一三七
傷近者不見……一三八
元日早朝……一三八
寄賀田侍中東平功成……一四一
送裴相公上太原……一四三

王建詩集卷第四

古風

聞故人自征戍迴……一四七
七泉寺上方……一四八
從元太守夏讌西樓……一五〇
酬柏侍御聞與韋處士同遊靈臺寺見寄……一五一
荊南贈別李肇著作轉韻詩……一五五
早發金堤驛……一五八
和裴相公道中贈別張相公……一五九
和錢舍人水植詩……一六〇
題壽安南館……一六一
送張籍歸江東……一六二
勵學……一六四
山中寄及第友人……一六五
求友……一六六
寄李益少監兼送張實遊幽州……一六八
寄崔列中丞……一七〇
喻時……一七一
贈王侍御……一七二
宋氏五女……一七四
送于丹移家洺州……一七六
留別舍弟……一七七
壞屋……一七八

送薛蔓應舉……一七九
將歸故山留別杜侍御……一八一
送韋處士老舅……一八三
送同學故人……一八四
幽州送申稷評事歸平盧……一八五
温門山……一八六
田家……一八八
代故人新姬侍疾……一八八
採桑……一八九
曉思……一九〇
早起……一九〇
酬張十八病中寄詩……一九一
秋夜……一九二
水精……一九二
香印……一九三
秋燈……一九三
落葉……一九四
園果……一九四
野菊……一九五
荒園……一九五
南澗……一九六
晚蝶……一九六
古行宫……一九七
酬從姪再詩本……一九九
別自栽小樹……二〇〇
早發渭南……二〇〇
酬盧祕書……二〇〇
題柏巖禪師影堂……二〇一
送人……二〇二
春意二首……二〇三
夜聞子規……二〇四
江館……二〇五
四望驛松……二〇五
江臺驛有題……二〇六

贈謫者……二〇七
小松……二〇八

王建詩集卷第五

律詩

杜中丞書院新移小竹……二〇九
同于汝錫賞白牡丹……二一〇
送人遊塞……二一一
塞上逢故人……二一二
南中……二一三
汴路水驛……二一五
淮南使迴留別竇侍御……二一五
汴路即事……二一六
山居……二一七
醉後憶山中故人……二一九
送流人……二一九
貧居……二二一
過趙居士擬置草堂處所……二二二
新開望山處……二二三
題東華觀……二二四
飯僧……二二五
照鏡（忽自見憔悴）……二二六
歸昭應留別城中……二二七
答寄芙蓉冠子……二二七
長安春遊……二二八
冬夜感懷……二二九
初到昭應呈同僚……二三〇
縣丞廳即事……二三〇
閑居即事……二三二
送李郎中赴忠州……二三三
照鏡（終日自纏繞）……二三四
林居……二三六
原上新居十三首……二三七
送李評事使蜀……二四七
新修道居……二四八

贈洪哲師……二四八
題法雲禪師院……二四九
贈溪翁……二五〇
謝李續主簿……二五〇
寒食……二五二
貽小尼師……二五三
惜懽……二五四
山中惜花……二五五
和武門下傷韋令孔雀……二五六
題所賃宅牡丹花……二五六
隱者居……二五八
昭應官舍……二五九
秋日送杜虔州……二五九
望行人……二六〇
塞上……二六一
送嚴大夫赴桂州……二六三
送鄭權尚書赴南海……二六四
賞牡丹……二六七
誤收之作
塞上……二六八
題別遺愛草堂兼呈李十使君……二六八

王建詩集卷第六

律詩

寄杜侍御……二七一
寄上韓愈侍郎……二七三
贈華州鄭大夫……二七五
贈王樞密……二七七
早秋過龍武李將軍書齋……二八一
江陵即事……二八二
題花子贈渭州陳判官……二八三
送從姪擬赴江陵少尹……二八四
華清感舊……二八六
九仙公主舊莊……二八九
郭家溪亭……二九〇

題金家竹溪……二九〇
題應聖觀……二九二
同于汝錫遊降聖觀……二九四
逍遥翁溪亭……二九六
尋李山人不遇……二九八
題石甕寺……二九九
早登西禪寺閣……三〇一
題江寺兼求藥子……三〇二
題詵法師院……三〇三
酬于汝錫曉雪見寄……三〇三
從軍後寄山中友人……三〇四
寄汴州令狐相公……三〇六
别李贊侍御……三〇七
和蔣學士新授章服……三〇七
歲晚自感……三〇九
昭應官舍……三一〇
寄舊山僧……三一一
武陵春日……三一二
寄分司張郎中……三一三

王建詩集卷第七

律詩

上武元衡相公……三一五
上張弘靖相公……三一六
上裴度舍人……三一八
上杜元穎學士……三二〇
贈盧汀諫議……三二二
賀楊巨源博士拜虞部員外……三二四
贈郭將軍……三二七
贈田將軍……三二七
贈胡証將軍……三二八
村居即事……三三一
留别田尚書……三三二
送唐大夫罷節歸山……三三四
送司空神童……三三六

送振武張尚書……三三八
送吴諫議上饒州……三四〇
贈閻少保……三四二
送魏州李相公……三四三
贈索暹將軍……三四四
贈王屋道士赴詔……三四五
贈王處士……三四七
洛中張籍新居……三四八
題裴處士碧虚溪居……三四九
送阿史那將軍安西迎舊使靈櫬……三四九
贈崔杞駙馬……三五一
贈太清盧道士……三五二
送宫人入道……三五五
上李吉甫相公……三五六
上李益庶子……三五八
題元郎中新宅……三六〇

王建詩集卷第八

律詩

初授太府丞言懷……三六三
贈李愬僕射……三六四
書贈舊渾二曹長……三六六
上崔相公……三六七
寄楊十二祕書……三六八
謝田贊善見寄……三七〇
晚秋病中……三七一
薛二十池亭……三七二
故梁國公主池亭……三七二
題柱國寺……三七五
昭應官舍書事……三七六
昭應李郎中見貽佳作次韻奉酬……三七七
閑説……三七八
自傷……三八〇
田侍中宴席……三八一

寒食日看花……三八二
和少府崔卿微雪早朝……三八三
和胡將軍寓直……三八五
春日五門西望……三八七
長安早春……三九〇
早春病中……三九一
上陽宫……三九二
寄賈島……三九四

誤收之作

李處士故居……三九七
維揚冬末寄幕中二從事……三九八

王建詩集卷第九

絶句

御獵……三九九
長門燭……四〇〇
過綺岫宫……四〇一
朝天詞十首寄上魏博田侍中……四〇三
霓裳詞十首……四〇九
宫前早春……四二〇
奉同曾郎中題石甕寺得嵌韻……四二二
舊宫人……四二三
贈人二首……四二四
樓前……四二六
寄劉蕡問疾……四二七
聽雨……四二九
新晴……四三〇
秋日後……四三一
哭孟東野二首……四三一
寄蜀中薛濤校書……四三三
路中上田尚書……四三五
于主簿廳看花……四三六
江樓對雨寄杜書記……四三六
十五夜望月寄杜郎中……四三七
寄韋諫議……四四〇

花褐裘……四四一
寄同州田長史……四四二
外按……四四三
夜看美人宫棊……四四四
冬至後招于秀才……四四五
夜看揚州市……四四五
觀蠻妓……四四七
送顧飛熊秀才歸丹陽……四四七
老人歌……四四九
和元郎中從八月十一至十五夜翫月五首……四四九
對酒……四五二
曉望華清宫……四五三
贈李愬僕射二首……四五四
秋夜對雨寄石甕寺二秀才……四五六
華清宫前柳……四五七
別楊校書……四五七
和門下武相公春曉聞鶯……四五九
田侍中歸鎮八首……四五九
寄廣文張博士……四六四
早春書情……四六五
唐昌觀玉蕊花……四六六
眼病寄同官……四七〇
九日登叢臺……四七〇
題酸棗縣蔡中郎碑……四七一
江陵使至汝州……四七三
宫人斜……四七三
春詞……四七五
野池……四七六
別曲……四七六
歸山莊……四七七
寒食憶歸……四七七
題崔秀才里居……四七八
酬柏侍御答酒……四七九

別藥欄……四八〇
長門……四八一
題渭亭……四八一
喜過祥山館……四八二
雨中寄東溪韋處士……四八三
乞竹……四八四
人家看花……四八四
未央風……四八四
送遷客……四八五
廢寺……四八六
題禪師房……四八六
看石楠花……四八七
長安縣後亭看畫……四八八
贈趙侍御……四八九
鑷白……四九〇
江館對雨……四九〇
雨過山村……四九一
江陵道中……四九二
送山人二首……四九三
揚州尋張籍不見……四九四
宿長安縣後齋……四九五
留別張廣文……四九五
送鄭山人歸山……四九六
傷墮水烏……四九七
尋補闕舊宅……四九八
山店……四九九
初冬旅遊……五〇〇
華嶽廟二首……五〇〇
新授戒尼師……五〇一
太和公主和蕃……五〇二
元太守同遊七泉寺……五〇三
望定州寺……五〇四
道中寄杜書記……五〇五
聽琴……五〇六

贈陳評事……五〇七
寄畫松僧……五〇八
上田僕射……五〇八
看棋……五〇九
設酒寄獨孤少府……五一〇

王建詩集卷第十

宮詞一百首……五一一
誤作王建之宮詞……六二九
斷句……六三四
誤作王建之斷句……六三六

附録一……六三九
崔少玄傳……六三九
附録二……六四七
王建研究資料……六四七
附録三……六八七
王建繫年考……六八七
主要參考文獻……七四二
引用書目……七四三
新版後記……七六三

王建詩集卷第一

樂府

涼州行〔一〕

涼州四邊沙皓皓㊀，漢家無人開舊道。邊頭州縣盡胡兵，將軍別築防秋城㊁〔二〕。萬里人家皆已没㊂，年年旌節發西京。多來中國收婦女，一半生男爲漢語㊃。蕃人舊日不耕犁，相學如今種禾黍。驅羊亦著錦爲衣，爲惜氈裘防鬬時㊄〔三〕。養蠶繰繭成疋帛，那將繞帳作旌旗㊅。城頭山雞鳴角角〔四〕，洛陽家家學胡樂㊆。

【校記】

㊀皓皓，全詩校一作浩浩。

㊁别，原校一作當，毛本、胡本、席本同。

㊂人家，百家一二作征人。
㊃男，全詩校一作來。
㊄鬭，毛本作樹。
㊅將，全詩作堪，并校一作得。
㊆學，百家作教。

【箋注】

〔一〕張固幽閒鼓吹：「先有段和尚善琵琶，自製西梁州，（康）崑崙求之不與，至是以樂之半贈之，乃傳焉，道調梁州是也。」梁州即涼州。新唐書禮樂志十二：「開元二十四年，升胡部於堂上。而天寶樂曲，皆以邊地名，若涼州、伊州、甘州之類。後又詔道調、法曲與胡部新聲合作。明年，安祿山反，涼州、伊州、甘州皆陷吐蕃。」郭茂倩樂府詩集卷七九近代曲辭一引樂苑曰：「涼州，宫調曲。開元中，西涼府都督郭知運進。」按：涼州武威郡，唐屬隴右道，武德二年置，景雲元年置河西節度使，治涼州，廣德二年陷於吐蕃。此詩刺自吐蕃佔據河湟以來，邊鎮將領無經略舊疆之志向，而使吐蕃年年侵邊掠奪人口，遂使河湟地區的胡人亦學漢人耕種，而中原之地卻流傳起胡人之樂了。白居易新樂府五十首有西涼伎，題下自注曰：「刺封疆之臣也」，意與王建詩同。

〔二〕防秋：古代北方邊塞每至入秋，塞外遊牧民族常趁膘肥馬壯之時發動侵襲，故此時邊軍特加意警戒，稱防秋。舊唐書陸贄傳：「又以河隴陷蕃已來，西北邊常以重兵守備，謂之防秋。」

〔三〕「驅羊」二句：漢書匈奴傳上：「初，單于好漢繒絮食物，中行説曰：『匈奴人衆不能當漢之一郡，然所以强之者，以衣食異，無卬於漢。今單于變俗好漢物，漢物不過什二，則匈奴盡歸於漢矣。其得漢絮繒，以馳草棘中，衣袴皆裂弊，以視不如旃裘堅善也；得漢食物皆去之，以視不如重酪之便美也。』」此詩言蕃人放牧時穿錦衣，保留氈裘於戰鬭時穿。

〔四〕角角：形容山雞的叫聲。

【輯評】

邢昉唐風定卷一一：此篇骨氣頓高，諷刺深婉。

周珽删補唐詩選脈箋釋會通評林卷二三：顧璘曰：「『邊頭州縣』二語，可爲酸鼻。至胡人習漢業，皆防戰鬭，漢人乃共習胡樂，安得不失涼州？悲。有感有刺。」

丘迴刊刻王荆公唐百家詩選何焯「驅羊亦著錦爲衣」句後批：「驅羊」句，即中行説教匈奴得漢絮繒以馳草棘中衣袴皆裂弊，以視不如旃裘堅善意。

唐音卷三張震輯注：「『洛陽家家學番樂』，是言涼州皆邊也，今中原亦用此曲，是學邊樂也。」

寒食行〔一〕

寒食家家出古城，老人看屋少年行。丘壠年年無舊道，車徒散行入衰草㊀。牧羊驅牛下塚頭㊁，畏有家人來灑掃。遠人無墳水頭祭〔二〕，還引婦姑望鄉拜。三日無火燒紙錢，紙錢那得到黄泉㊂〔三〕。但看壠上無新土〔四〕，此中白骨應無主。

【校記】

㊀車徒散行，原校一作車蹤散亂，毛本、胡本、席本同。

㊁羊，原校一作童，毛本、胡本、席本同。百家一二作童，全詩作兒。

㊂紙錢，原校一作哀哀。

【箋注】

〔一〕宗懔荆楚歲時記：「去冬節一百五日，即有疾風甚雨，謂之寒食，禁火三日，造餳大麥粥。按曆合在清明前二日，亦有去冬至一百六日者。」又引陸翽鄴中記：「寒食斷火，起於（介）子推。」寒食與清明臨近，張説奉和聖制寒食作應制：「從來禁火日，會接清明朝。」古代寒食有掃墓之俗，舊唐書玄宗紀上：「（開元二十年）五月癸卯，寒食上墓，宜編入五禮，永爲恒式。」柳宗元寄許京兆孟容書：「近世禮重拜掃，今已闕者四年矣。每遇寒食，則北向長號，以首頓地。想田野道路，士女遍滿，皂隸傭丐，皆得上父母丘墓。」此詩即寫此習俗。

〔二〕遠人：指背井離鄉出門在外的人，不能親到祖先墳前祭掃，只好帶領家人望鄉而拜。

〔三〕紙錢：鑿紙爲錢，祭掃之時燒化給死者。唐人寒食祭掃將紙錢撒於塚墓之間，如張籍北邙行：「寒食家家送紙錢，鴟鳶作窠銜上樹。」白居易寒食野望吟：「風吹曠野紙錢飛，古墓壘壘春草緑。」黄泉：地下極深處，謂葬身之地。

〔四〕新土：掃墓時要往墳墓上培土，無新土即意味着無人來掃墓。

【輯評】

丘迴刊刻王荆公唐百家詩選何焯「還引婦姑望鄉拜」句後批：「遠人」二句插在中間，則前後二段皆誤爲名利所牽，不能上先人之丘，觸目驚心，更不徒變化不直致也。又末句後批：與「家人」句反應。

促刺詞㈠〔一〕

促刺復促刺㈡，水中無魚山無石。少年雖嫁不將歸㈢，頭白猶著父母衣㈣。四邊田宅非所有㈤，我身不及逐雞飛〔二〕。出門若有歸死處，猛虎當衢向前去㈥。百年不遣踏君門，在家誰喚爲新婦？豈不見他鄰舍娘，嫁來長在舅姑傍。

【校記】

㊀樂府九一作促促詞。

㊁此句百家一二、樂府作促促復刺刺。

㊂將，全詩作得。

㊃頭白，百家、樂府作白頭。

㊄四邊田宅，全詩作田邊舊宅。所，全詩校一作我。

㊅衢，全詩校一作途。

【箋注】

〔一〕促刺，不安寧。李益有效古促促曲爲河上思婦作，以思婦的語氣感歎不能與丈夫長相廝守。「促促」爲短暫、匆匆之意。張籍促促詞則寫「家貧夫婦歡不足」。王建此詩所寫爲一許嫁卻未能到夫家的女子，以至到老只能住在父母之家。此女子大概是爲夫家所棄，具體情況已不可知。顧況棄婦詞：「古人雖棄婦，棄婦有歸處。今日妾辭君，辭君欲何去？」詩經、玉臺新詠都有以棄婦爲主題的詩，可見這是中國古代一常見的、不合理的社會現象。

〔二〕逐雞：杜甫新婚别：「生女有所歸，雞狗亦得將。」施鴻寶讀杜詩説云：「俗有『嫁雞隨雞，嫁狗隨狗』語，或當時已云，公詩固有用俗語者，此或亦是。」歐陽修代鳩婦言：「人言嫁雞逐雞飛，安知嫁鳩被鳩逐。」亦用此俗語。

【輯評】

林希逸學記：詩有六義，後世不傳者興也。然太白、王建獨漉歌、王建、李益促促詞、促促曲、韓退之水中蒲首句皆爲興體，何論者前此未及之。李益云：「促促何促促，黄河九回曲。嫁與棹船郎，空牀將影宿。不道君心不如石，那教妾貌長如玉。」王建云：「促促復刺刺，水中無魚山無石。少年雖嫁不將歸，白頭猶著父母衣。」韓退之云：「青青水中蒲，下有一雙魚。君今上隴去，我在與誰居。寄語浮萍草，相隨我不如。青青水中蒲，葉短不出水。婦人不下堂，行子在萬里。」李太白云：「獨漉水中泥，水濁不見月。不見月尚可，水深行人没。越鳥從南來，胡鷹亦北度。我欲彎弓向天射，惜其中道失歸路。」王建云：「獨獨漉漉，鼠食猫肉。烏日中，鶴露宿，黄河水直人心曲。」又據史記田敬仲傳云：「松耶柏耶？信（住）建共者客耶？」蓋其國人以齊王建信客之言，致爲秦所滅，而遷建於共地。松耶柏耶，以韻起語，興也。（竹溪鬳齋十一藁續集卷二九）

唐音卷三張震輯注：題意未詳。又貨殖傳：「因貧求富，刺繡文不如倚市門。」此言失業貧者之資也。今詳詩意，頗有相似，然未敢必，當再攷。

隴頭水〔一〕

隴水何年隴頭別，不在山中亦嗚咽㊀。征人塞耳馬不行，未到隴頭聞水聲。謂是西流入蒲海〔二〕，還聞北去繞龍城㊁〔三〕。隴東隴西多屈曲，野麋飲水長簇簇〔四〕。胡兵夜回水傍住，憶著來時磨劍處。向前無井復無泉㊂，放馬迴看隴頭樹㊃。

【校記】

㊀亦嗚咽，樂府二一校一作嗚亦咽。

㊁去，樂府作海。

㊂復，全詩校一作亦。

㊃頭，全詩校一作西。

【箋注】

〔一〕樂府詩集卷二一横吹曲辭一引樂府解題云：漢横吹曲二十八解，李延年造，魏晉以來，唯傳十曲，二曰隴頭。隴頭即隴頭水。杜佑通典卷一七四州郡四天水郡：「郡有大阪，名曰隴坻，亦曰隴山。」并引三秦記曰：「其阪九回，上者七日乃越。上有清水四注下，俗歌曰：『隴頭流水，鳴聲幽咽。遥見秦川，肝腸斷絶。』」後人用此題多寫征人家鄉之思，王建此詩亦如之。隴山爲六盤山南段的别稱。

〔二〕蒲海：蒲昌海，即羅布泊，在今新疆維吾爾自治區若羌縣北，已乾涸。漢書西域傳上：「于闐在南山下，其河北流，與葱嶺河合，東注蒲昌海。蒲昌海，一名鹽澤者也，去玉門、陽關三百餘里，廣袤三百里。」

〔三〕龍城：漢時匈奴地名，又稱龍庭。一説在今內蒙古自治區錫林郭勒盟境。漢書匈奴傳上：「五月，大會龍城，祭其先、天地、鬼神。」

〔四〕簇簇：聚集狀。

【輯評】

丘迥刊刻王荆公唐百家詩選何焯批：結句可悲，更進一層，卻在言外不露。

北邙行㊀〔一〕

北邙山頭少閑土，盡是洛陽人舊墓。舊墓人家歸葬多㊁，堆著黄金無置處㊂。天涯悠悠葬日促，崗阪崎嶇不停轂。高張素幙繞銘旌〔二〕，夜唱挽歌山下宿〔三〕。洛陽城北復城東㊃，魂車祖馬長相逢。車轍廣若長安路，蒿草少於松柏樹㊄。澗底盤陀石漸稀㊅〔四〕，盡向墳前作羊虎〔五〕。誰家古碑文字滅㊆，後人重取書年月。朝朝車馬送葬迴，還起大宅與高臺。

【校記】

㊀行，全詩校一作山。

㈡舊墓，原校一作洛陽。胡本作洛陽。

㈢置，原作買，毛本、胡本、席本、全詩同，據樂府九四改。

㈣北復，樂府校一作西并，全詩校一作西併。

㈤少，百家一二作多。

㈥澗底盤陀，原校一作山頭澗底。百家、樂府作山頭澗底。

㈦古，原校一作石。百家、樂府作石。

【箋注】

〔一〕北邙，山名，在今河南洛陽東北。李吉甫元和郡縣圖志卷五河南道偃師縣：「北邙山在縣北二里，西自洛陽縣界，東入鞏縣界。舊説云：北邙山是隴山之尾，乃衆山總名。連嶺修亘四百餘里。」魏晉以來，王侯公卿貴族多葬於此。晉張協登北邙賦便云：「爾乃地勢窊隆，丘墟陂陀，墳隴嵔壘，棋佈星羅。」郭茂倩樂府詩集卷九四新樂府辭五曰：「按北邙行，言人死葬北邙，與梁甫吟、泰山吟、蒿里行同意。」王建此詩乃爲諷刺王公貴族的厚葬而作。

〔二〕銘旌：又稱明旌，靈柩前的旗幡，用絳帛粉書，寫死者官品於其上。平民之喪不用銘旌。周禮春官司常：「大喪，共銘旌。」杜佑通典卷一三八凶禮五：「銘，明旌也。」

〔三〕挽歌：即輓歌。古時送葬，執紼挽於喪車前行的人，口唱哀悼死者的詩歌。崔豹古今注卷中：「薤露、蒿里，並喪歌也……薤露送王公貴人，蒿里送士大夫、庶人，使挽柩者歌之，世呼爲挽歌。」

〔四〕盤陀：石大貌。

〔五〕羊虎：古時於墓道旁放置的石獸。明羅頎物原葬原：「周宣王始置石鼓、石人、猊、虎、羊、馬。」

【輯評】

唐詩品彙卷三四：劉（須溪）云：長處自然，不用口語，口語甚長。

陸時雍唐詩鏡卷四一：好寫作，絶有諷情。

周珽删補唐詩選脈箋釋會通評林卷二三：張王樂府，稱有唐作者，人皆謂王不如張，不知各有語到處。如北邙行，張曰：「山頭松柏半無主，地下白骨多於土。」王則曰：「車轍廣於長安路，蒿草多於松柏樹。」張曰：「千金立碑高百尺，終作誰家柱下石。」王則曰：「誰家古碑文字滅，後人重取書年月。」真見得人生不保無死，既死不保久墓，言皆可涕。至曰「舊墓人家歸葬多，堆著黄金無置處」，又「朝朝車馬送葬回，還起大宅與高臺」，則所謂識得破、悟不醒矣，王語不更令人讀難終篇耶！又短歌行云「有歌有舞閒早爲，昨日健於今日時。人家見生男女好，不知男女催人老」，真是達見。彼壽無金石固，輒恐諸孫無社錢者，豈不大癡大呆殺！

温泉宫行㊀〔一〕

十月一日天子來〔二〕，青繩御路無塵埃〔三〕。宫前内裹湯各别，每箇白玉芙蓉開〔四〕。朝元閣向山上起〔五〕，城繞青山龍暖水㊁〔六〕。夜開金殿看星河，宫女知更月明裹㊂。武皇得仙王母去〔七〕，山雞晝鳴宫中樹㊃。温泉決決出宫流〔八〕，宫使年年修玉樓。禁兵去盡無射獵㊄，日西麋鹿登城頭〔九〕。梨園弟子偷曲譜〔一〇〕，頭白人間教歌舞。

【校記】

㊀ 行，英華三一一無此字。

㊁ 龍，全詩校一作籠。

㊂ 月明，英華作明月。

㊃ 鳴，原校一作明，胡本同，全詩校一作啼。

㊄ 去，英華作除。

【箋注】

〔一〕温泉宫即華清宫。新唐書地理志一京兆府：「昭應……有宫在驪山下，貞觀十八年置，咸亨二年始名温泉宫。天寶元年更驪山曰會昌山。三載，以縣去宫遠，析新豐、萬年置會昌縣。六載，更温泉宫曰華清宫。宫治湯井爲池，環山列宫室，又築羅城，置百司及十宅。」天寶年間，唐玄宗與楊貴妃經常來此遊幸，安史亂中爲叛軍所毁，亂後雖稍事修復，遊幸遂稀。温泉宫的興廢，正好可作爲唐朝歷史的一面鏡子，折射出唐朝盛衰的變化。此詩正是從這一方面着眼的。

〔二〕十月：唐玄宗大都是每年十月至華清宫，至春始回。陳鴻長恨歌傳：「時每歲十月，駕幸華清宫。」

〔三〕御路：古代帝王專用的道路。御路兩旁植椿，以青繩繚繞爲欄。

〔四〕「宫前」二句：全唐詩卷五六七鄭嵎津陽門詩：「刻成玉蓮噴香液，漱回煙浪深逶迤」，自注云：「宫内除供奉兩湯池，内外更有湯十六所。長湯每賜諸嬪御，其修廣與諸湯不侔。甃以文瑶寶石，中央有玉蓮捧湯泉，噴以成池。又縫綴綺繡爲鳧雁於水中，上時於其間泛鈒鏤小舟以嬉遊焉。」

〔五〕朝元閣：錢易南部新書已：「驪山華清宫毁廢已久，今所存者，惟繚垣耳。天寶所植松柏遍滿巖谷，望之鬱然，雖屢經兵寇，而不被斫伐。朝元閣在山嶺之上，基最爲嶄絶，柱礎尚有存者。山腹即長生殿。殿東西磐石道自山麓而上，道側有飲酒亭子、明皇吹笛樓、宫人走馬樓，故基猶存。」

〔六〕龍暖水：鄭處晦明皇雜録卷下：「玄宗幸華清宫，新廣湯池，製作宏麗。安禄山於范陽以白玉石爲魚龍鳧雁，仍以石梁及石蓮花以獻，雕鐫巧妙，殆非人工。上大悦，命陳於湯中，又以石梁横亘湯上，而蓮花纔出於水際。上因幸華清宫，至其所，解衣將入，而魚龍鳧雁皆若奮鱗舉翼，狀欲飛動，上甚恐，遽命撤去。其蓮花至今猶存。」張洎賈氏譚録：「驪山華清宫毁廢已久……東南湯泉一十八所，第一所是御湯，周環數丈，悉砌以白石，瑩徹如玉，面背隱起魚龍花鳥之狀，千狀萬品，不可殫記。四面石座階級而下，中有雙白石蓮，泉眼自甕口中湧出，噴注白蓮之上。御湯西南角即妃子湯，湯面稍狹。湯側有紅石盆四所，作菡萏於白石之面。餘湯迤邐相屬，下鑿石竇暗透水出。東南數十步復立石表，水自石表出，灌注石盆中。」

〔七〕「武皇」句：漢武故事載：七月七日，上於承華殿齋，日正中，見有青鳥從西來，東方朔曰：「西王母暮必降尊像。」有頃，王母至，乘紫車，玉女夾馭，載七勝，青氣如雲，有二青鳥如鸞，夾侍王母旁。以漢武帝喻唐玄宗、王母喻貴妃。江少虞事實類苑卷六二：「故華清宫在繡嶺之下，山半有玉蕊峰。天聖末，予爲學於山之嶺，所謂朝元閣者，峰側有夾室，掛王母之像，雖小有損腐之處，而丹青未甚暗昧。」可見華清宫有王母像，故此處亦雙關。

〔八〕決決：水流貌。

〔九〕麋鹿：華清宫内有飲鹿槽，見程大昌雍録卷四。史記淮南王列傳：「（伍）被悵然曰：『上寬赦大王，王復安得此亡國之語乎？臣聞子胥諫吴王，吴王不用，乃曰：「臣今見麋鹿遊姑蘇之臺也。」今臣亦見宫中生荆棘，露霑衣也。』」

〔一〇〕梨園弟子：新唐書禮樂志十二：「玄宗既知音律，又酷愛法曲，選坐部伎子弟三百教於梨園，聲有誤者，帝必覺而正之，號皇帝梨園弟子。宫女數百，亦爲梨園弟子，居宜春北院。」

【輯評】

邢昉唐風定卷一一：悲凄婉曲，亦勝他篇。

陸時雍唐詩鏡卷四一：暗色微香，不似他詞俚氣，第音韻局促，是其本調。

删補唐詩選脈箋釋會通評林卷二三：顧璘曰：此即是仲初眼目，否則流向俗去矣。山雞句悲語。吴山民曰：説今，落處切。結可歎。唐汝詢曰：仲初稱樂府名手，而語多淺率，頗傷渾雅。所可稱者，紀事核，布情爽，如温泉之典概，羽林之刺譏，藉與少陵、香山同室，亦難割席分坐。周珽總訓：前半叙温泉全盛之日，臺池遊幸，極其歡樂。後半悲玄宗遐昇之後，宫苑聲曲，極其悲凉。以感慨之詞寓諷誡之意。賦故宫者甚多，無如是意境。

春詞〔一〕

紅煙滿户日照梁，天絲軟弱蟲飛揚。菱花霍霍繞帷光〔二〕，美人對鏡著衣裳。庭中並種相思樹〔三〕，夜夜還栖雙鳳凰。

【箋注】

〔一〕唐人春詞，大多描寫春天風光。此詩寫春居閨婦的相思之情，手法含蓄。

〔二〕菱花：指鏡。古時銅鏡或鏡背刻有菱花圖案，叫菱花鏡或菱鏡。霍霍：閃動貌。

〔三〕相思樹：述異記卷上：「昔戰國時，魏國苦秦之難，有以民從征戍秦，久不返，妻思而卒。既葬，塚上生木，枝葉皆向夫所在而傾，因謂之相思木。」

【輯評】

唐詩品彙卷三四：劉（須溪）云：豔情怨意，不遠而足。

遼東行〔一〕

遼東萬里遼水曲，古戍無城復無屋。黄雲蓋地雪作山，不惜黄金買衣服㊀。戰迴各自收弓箭，正西迴面家鄉遠。年年郡縣送征人㊁，將與遼東作丘阪。寧爲草木鄉中生，有身不向遼東行。

【校記】

㊀買，原作貴，據明鈔本、席本、樂府七九、全詩改。

㈡ 郡縣，百家一二作都郡。

【箋注】

〔一〕遼東，郡名，戰國燕地。秦置郡，屬幽州，漢因之，治襄平。見漢書地理志下。樂府詩集卷七九近代曲辭一：「紀遼東，隋煬帝所作也……隋書曰『大業八年，煬帝伐高麗，度遼水，大戰於東岸，擊賊破之，進圍遼東』是也。王建又有渡遼水，亦出於此。」王建曾入幽州節度使劉濟幕，劉濟於貞元十九年出兵征伐林胡。全唐文卷五〇五權德輿故幽州盧龍軍節度副大使知節度事管内支度營田觀察處置押奚契丹兩番經略盧龍軍等使開府儀同三司檢校司徒兼中書令幽州大都督府長史上柱國彭城郡王贈太師劉公（濟）墓誌銘并序：「（貞元）十九年，林胡率諸部雜種浸淫於澶薊之北，公親率革車會九國室韋之師以討焉。飲馬灤河之上，揚旌冷陘之北，戎王棄其國遁去。公署南部落剌史爲王而還。登山斫石，著北伐銘以見志。」大概王建隨師出征，遼東行、渡遼水諸篇，蓋借樂府之題以紀實。

【輯評】

陸時雍唐詩鏡卷四一：怨切。

塞上梅㈠〔一〕

天山路傍一株梅㈡，年年花發黄雲下。昭君已殁漢使迴，前後征人惟繫馬。日夜風吹滿隴頭，還隨隴水東西流。此花若近長安路，九衢年少無攀處。

【校記】

㈠ 梅，全詩校一作曲。

㈡ 株，全詩校一作枝。

【箋注】

〔一〕此詩詠塞上梅花。前人詠梅花，未有與昭君連在一起者。昭君姓王，名嬙，字昭君，漢南郡秭歸人。元帝宫人。竟寧元年，匈奴呼韓邪單于入朝，求美人爲閼氏，元帝以昭君行。昭君遂入匈奴，號寧胡閼氏。樂府有昭君怨，即出於此。鄭文焯絶妙好詞校録姜夔疏影批曰：「此蓋傷心二帝蒙塵，諸後妃相從北轅，淪落胡地，故以昭君托喻，發言哀斷。考唐王建塞上詠梅詩曰：『天山路旁一株梅，年年花發黄雲下。昭君已没漢使回，前後征人誰繫馬。』白石詞意當本此。」可見此詩的影響。

【輯評】

楊慎升庵集卷六〇塞上梅：唐王建塞上梅詩云……按此詩，則塞上斧冰斫雪之地亦有梅花，可謂異矣。詳詩之旨，以爲漢使送昭君時所種，抑又異矣。而昔人詠梅花及賦昭君，未有引此者，特表出之。元老滇南楊文襄公（一清）塞上詩云：「酒店茶房梅樹，無梅無酒無茶。雲外行行白雁，風前陣陣黄沙。」則地名梅樹，蓋亦有因。而王建所賦，殆非虚也。

戴勝詞〔一〕

戴勝誰與爾爲名㈠？木中作窠墻上鳴㈡。聲聲催我急種穀，家人向田不歸宿。紫冠綵綵褐羽斑㈢，銜得蜻蜓飛過屋。可憐白鷺滿緑池，不如戴勝知天時。

【校記】

㈠爾，明鈔本作汝。

㈡木，全詩校一作水。

㈢綵，原校一作深，毛本、胡本同。

【箋注】

〔一〕戴勝，鳥名。禮記月令季春之月：「鳴鳩拂其羽，戴勝降于桑。」爾雅釋鳥作戴鵀。郝懿行爾雅義疏下之五：「鳲鳩巢居，戴勝乃生樹穴中，本非同物，方言失之。戴鵀即今之樓樓穀，小於鵓鳩，黄白斑文，頭上毛冠如戴華勝，戴勝之名以此，常以三月中鳴，鳴自呼也。」此詩以農夫的口氣寫來，贊揚戴勝的「知天時」。

【輯評】

丘迥刊刻王荆公唐百家詩選何焯批：末句刺用貪吏而輕本富也。

鞦韆詞〔一〕

長長絲繩紫復碧，嫋嫋横枝高百尺。少年兒女重鞦韆㊀，盤巾結帶分兩邊。身輕裙薄易生力，雙手向空如鳥翼。下來立定重繫衣㊁，復畏斜風高不得。旁人送上那足貴，終睹鳴璫鬬自起㊂。迴迴若與高樹齊，頭上寶釵從墮地。眼前争勝難爲休，足踏平地看始愁。

【校記】

㊀兒女，百家一二，胡本作女兒。兒女即指女孩子。鞦韆爲古代女性遊戲。

㊁定，全詩校一作地。

㊂睹，全詩作睹。鳴，全詩校一作明。鬬自，全詩校一作聞自，一作鬬身。

【箋注】

〔一〕鞦韆，我國傳統遊戲。相傳春秋時齊桓公北伐山戎引入，一説原爲漢武帝時後庭之戲。唐高無際有漢武帝後庭鞦韆賦。王仁裕開元天寶遺事卷下:「天寶宮中至寒食節,競豎鞦韆,令宮嬪輩戲笑,以爲宴樂。帝呼爲半仙之戲,都中士民因而呼之。」此詩即寫少女們打鞦韆時的情景。

【輯評】

丘迥刊刻王荆公唐百家詩選何焯「復畏斜風高不得」句後批:此句中已藏「愁」字。

開池得古釵〔一〕

美人開池北堂下,拾得寶釵金未化㈠。鳳凰半在雙股齊,鈿花落處生黃泥㈡。當時墮地覓不得,暗想窗中還夜啼。可知將來對夫婿,鏡前學梳古時髻。莫言至死亦不遺,還似前人初得時。

【校記】

㈠ 金,全詩校一作全。

㈡ 生,全詩校一作作。

【箋注】

〔一〕此詩寫美人得一古釵,非常高興,遂對夫婿學梳古髻,哪里知道當時失釵者的痛苦,她初得此釵時也是這個樣子。釵爲古時婦女首飾，有兩股，釵頭常作鳳形。馬縞中華古今注卷中：「釵子，蓋古笄之遺象也。至秦穆公以象牙爲之，敬王以玳瑁爲之，始皇又金銀作鳳頭，以玳瑁爲脚，號曰鳳釵。」

【輯評】

唐詩品彙卷三四「鏡前學梳古時髻」句：劉（須溪）云：皆意表裏。

陸時雍唐詩鏡卷四一：結二語失趣。

賽神曲〔一〕

男抱琵琶女作舞，主人再拜聽神語。新婦上酒勿辭勤㈠，使爾舅姑無所苦。椒漿湛湛桂座新〔二〕，一雙長箭繫紅巾。但願牛羊滿家宅，十月報賽南山神。青天無風水復碧㈡，龍馬上鞍牛服軛。紛紛醉舞踏衣裳，把酒路傍勸行客。

【校記】

㈠勿，全詩校一作莫。

㈡復，宋本、毛本、明鈔本、胡本校一作損。

【箋注】

〔一〕賽神，又稱賽會，用儀仗、鼓樂、歌舞迎神，爲報神、還願之意，於春、秋二季舉行。白居易春村：「黄昏林下路，鼓笛賽神歸。」温庭筠河瀆神：「銅鼓賽神來，滿庭幡蓋徘徊。」王建此詩所寫爲秋季農村賽神的情景。

〔二〕椒漿：用椒實浸製的酒漿，多用於祭神。屈原九歌東皇太一：「蕙肴蒸兮蘭藉，奠桂酒兮椒漿。」湛湛：清澈貌。陸機大暮賦：「殽饛饛其不毁，酒湛湛而每盈。」桂座：座席的美稱。

田家留客〔一〕

人客少能留我屋㊀，客有新漿馬有粟。遠行僮僕應苦飢，新婦廚中炊欲熟。不嫌田家破門户，蠶房新泥無風土。行人但飯莫畏貧㊁，明府上來可苦辛㊂〔二〕。丁寧回語屋中妻㊃，有客勿令兒夜啼。雙塚直西有縣路㊄，我教丁男送君去〔三〕。

【校記】

㊀ 客，全詩作家。

㊁ 飯，原校一作飲，百家一三、胡本、全詩作飲。

㊂ 可，明鈔本、品彙三四、全詩作何。苦辛，百家、品彙作辛苦。

㊃屋，全詩校一作房。
㊄塚，品彙、全詩作井。

【箋注】

〔一〕此詩寫田家的熱情好客，儘管自家生活艱難，也不使客人受委屈。
〔二〕明府：猶言官府。管子君臣上：「而君發其明府之法，瑞以稽之。」舊題房玄齡注：「府謂百吏所居之官曹也，立府必有明法，故曰明府之法。」
〔三〕丁男：成年男子。唐制二十一歲爲丁，六十爲老，見新唐書食貨志一。

【輯評】

王楙野客叢書卷一一王建襲杜意：王建詩曰：「人客少能留我屋，客有新漿馬有粟」，此正杜子美「肯訪浣花老翁無，與奴白飯馬青芻」之意。僕考杜意又出於傅休奕盤中詩，曰：「惜馬蹄，歸不數，羊肉千斤酒百斛，令君馬肥麥與粟。」

唐詩品彙卷三四首句下：劉（須溪）云：起得甚濃。又總評：劉（須溪）云：情至語盡，歌舞有不能。

唐詩歸卷二七：鍾（惺）云：似直述田父口中語，不添一字。

邢昉唐風定卷一一：較高常侍田家相去幾何？正變之風，於此瞭然。

丘迴刊刻王荆公唐百家詩選何焯批：結句方是田家，非逆旅。意到筆到。

精衛詞〔一〕

精衛誰教爾填海，海邊石子青磊磊〔二〕。但得海水作枯池，海中魚龍何所爲㊀。口穿豈爲空銜石，山中草木無全枝。朝在樹頭暮海裏，飛多羽折時墮水。高山未盡海未平，願我身死子還生。

【校記】

㊀ 魚龍，原校一作魚鱉，毛本、明鈔本、胡本同。

【箋注】

〔一〕山海經北山經：「又北二百里曰發鳩之山，其上多柘木。有鳥焉，其狀如烏，文首、白喙、赤足，名曰精衛。其鳴自詨。是炎帝之少女，名曰女娃。女娃游於東海，溺而不返，故爲精衛，常銜西山之木石，以堙於東海。」陶淵明讀山海經十三首八：「精衛銜微木，將以填滄海。」

〔二〕磊磊：石衆多貌。屈原九歌山鬼：「采三秀兮於山間，石磊磊兮葛蔓蔓。」

【輯評】

楊維禎鐵崖古樂府卷一精衛操引吴復評：古人賦精衛詩者稱王建，詩意尋常，讀先生此作，則建詞劣矣。時和先生詞者數十家，惟崑山郭翼、陸仁二人在先生選列。

陸時雍唐詩鏡卷四一：結語本色真至，不煩外取。

删補唐詩選脈箋釋會通評林卷二三：周珽曰：造物缺陷無涯，而吾人之精力有限，以是有限而補無限，徒勞奚益，世如精衛者豈少哉！此結二句，暗用愚公移山語，意深細。顧華玉云：説到此，極妙。

老婦歎鏡〔一〕

嫁時明鏡老猶在，黄金鏤畫雙鳳背㈠。憶昔咸陽初買來㈡，燈前自繡芙蓉帶。十年不開一片鐵，長向暗中梳白髮。今日後牀重照看，生死終當此長别。

【校記】

㈠ 鏤畫，宋本作縷盡，據毛本、明鈔本、胡本、席本、全詩改。

㈡ 來，全詩校一作時。

【箋注】

〔一〕此詩借一老婦於鏡前的悲歎，感歎夫婦的生離死别。詩云「十年不開一片鐵」，可知此鏡爲一鐵鏡。鐵鏡古亦有之，段成式酉陽雜俎前集卷一〇物異：「有鐵鏡，徑五寸餘，鼻大如拳，言於道者處得。亦無他異，但數人同照，各自見其影，不見別人影。」

望夫石〔一〕

望夫處，江悠悠，化爲石，不回頭。山頭日日風復雨㊀，行人歸來石應語。

【校記】

㊀ 山，全詩作上。

【箋注】

〔一〕初學記卷五引劉義慶幽明録：「武昌北山上有望夫石，狀如人立。古傳云：昔有貞婦，其夫從役，遠赴國難，攜弱子餞送此山，立望夫而化爲立石，因以爲名焉。」此本爲一民間傳説，故望夫石的古迹多處皆有。

【輯評】

陳師道後山詩話：望夫石在處有之，古今詩人，共用一律，惟劉夢得云「望來已是幾千歲，只似當年初望時」，語雖拙而意工。黄叔達，魯直之弟也，以顧況爲第一，云「山頭日日風和雨，行人歸來石應語」，語意皆工。江南有望夫石，每過其下，不風即雨，疑況得句處也。

曾季貍艇齋詩話：後山詩話云：望夫石詩，以顧況「山頭日日風和雨，行人歸來石應語」爲絶唱。其説是矣，但非顧況詩，乃王建詩也。

吴幵優古堂詩話望夫石：予家有王建集，載望夫石詩，乃知非況作。其全章云……豈無己、叔達偶忘建作邪？

唐汝詢唐詩解卷一八：臨江望夫，至化石而不反顧，望之專也。倘石未忘情，對此風雨，必憂其夫，籍令夫還，想當語耳。

删補唐詩選脈箋釋會通評林卷二三：吴山民曰：情不爲物遷，意深。唐汝詢曰：妙在説不出。周珽曰：寥寥數語，如山夜姑婦談棋，不數著而局了然。

邢昉唐風定卷一一：與（李）君虞野田，同爲短歌之絶。

王堯衢唐詩合解箋注卷三：此篇用三字成句起，而以七字終之，短章促節，猶詩餘中之小令也。望夫臨江，江水悠悠，去而不返也。望者只是望，雖形銷骨化，身死爲石，而不回頭。至今見山頭片石，在風風雨雨之中，不知幾多月日，情根尚在。倘得行人歸來，石應喜而欲語矣。余過姑孰，題望夫石絶句云：「一上青山立化身，黛螺猶似望行人。妾心已作江頭石，郎意還如水上蘋。」爲高涵明先生選刻，今並附於此。

别鶴曲㈠〔一〕

主人一去池水絶，池鶴散飛不相别。青天漫漫碧海重㈡，知向何山風雪中？萬里雖然音影在㊂，兩心終是死生同。池邊巢破松樹死，樹頭年年烏生子〔二〕。

【校記】

㊀ 樂府五八題作別鶴。

㊁ 海，全詩作水。

㊂ 然，百家一三作知。在，毛本、胡本作隔。

【箋注】

〔一〕崔豹古今注卷中：「別鶴操，商陵牧子所作也。娶妻五年而無子，父兄將爲之改娶，妻聞之，中夜起，倚户而悲嘯，牧子聞之，愴然而悲，乃歌曰：『將乖比翼隔天端，山川悠遠路漫漫，攬衣不寢食忘餐。』後人因爲樂章焉。」樂府詩集卷五八琴曲歌辭二引琴譜：「琴曲有四大曲，別鶴操其一也。」

〔二〕烏生子：樂府古題有烏生八九子，吴兢樂府古題要解卷上：「右古詞：『烏生八九子，端坐秦氏桂樹間。』言烏母生子，本在南山巖石間，而來爲秦氏彈丸所殺。白鹿在苑中，人得以脯；黄鵠摩天，鯉魚在深淵，人可得而烹煮之，則壽命各有定分，死生何歎前後也。若劉孝威『城上烏，一年生九雛』，但詠烏而已，不言本事。」此處亦僅用其字面。

烏栖曲〔一〕

章華宫人夜上樓㊀〔二〕，君王望月西山頭。夜深宫殿門不鎖，白露滿山山葉墮。

【校記】

㊀人，全詩校一作中。

【箋注】

〔一〕樂府詩集卷四八清商曲辭五列烏栖曲於西曲歌中，録有梁簡文帝蕭綱、元帝蕭繹、蕭子顯、徐陵等人之作，唐李白、李端亦有同題之作。考蕭綱、蕭繹、蕭子顯、徐陵等人之作皆寫男女之情事。蕭綱烏栖曲：「青牛丹轂七香車，可憐今夜宿倡家。倡家高樹烏欲栖，羅幃翠被任君低。」蓋爲烏栖曲之得名。李白烏栖曲「姑蘇臺上烏栖時，吴王宫裏醉西施」，轉爲憑吊興亡，意已大異。王建此詩改寫宫怨，又不同於他人之作。

〔二〕章華：楚臺名。左傳昭公七年：「楚子成章華之臺，願與諸侯落之。」沈括夢溪筆談卷四：「如楚章華臺，亳州城父縣、陳州商水縣、荆州江陵、長林、監利縣皆有之，乾溪亦有數處。據左傳：楚靈王七年成章華之臺，與諸侯落之。杜預注：章華臺在華容城中。華容即今之監利縣，非岳州之華容也。至今有章華故臺在縣郭中，與杜預之説相符。」

【輯評】

沈雄古今詞話詞話上卷：玉臺新詠載烏夜啼，徐陵云：「繡帳羅幃燈影獨，一夜千年猶不足。惟憎無賴汝南雞，天河未落已争啼。」王建云……一首轉韻，平仄各叶，此商調曲也，皇甫松竹枝多祖之。

袁枚詩學全書卷一：此擬宫怨。章華，楚宫名。此七言四句，二韻短，古風。

雉將雛〔一〕

雉咿喔，雛出鷇，毛斑斑，觜啄啄〔二〕。學飛未得一尺高㊀，還逐母行旋母脚。麥壟淺淺難蔽身㊁，遠去戀雛低怕人。時時土中鼓兩翅，引雛拾蟲不相離。

【校記】

㊀ 未，全詩校一作不。

㊁ 難，樂府九四作雖。

【箋注】

〔一〕樂府詩集卷九四歸之於新樂府辭。考樂府古題有鳳將雛，宋書樂志一：「鳳將雛哥（歌）者，舊曲也。應璩百一詩云：『爲作陌上桑，反言鳳將雛。』然則鳳將雛其來久矣，將由訛變以至於此乎？」舊唐書音樂志二：「鳳將雛，漢世舊歌曲也。」其辭不傳。漢樂府隴西行：「鳳凰鳴啾啾，一母將九雛。」王建此詩當出自鳳將雛，寫雌雉護雛之狀，與古樂府旨意是一致的。

〔二〕啄啄：啄食狀。

【輯評】

唐詩品彙卷三四：劉（須溪）云：油然子母之愛，亦可悲也。

白紵歌二首〔一〕

天河漫漫北斗璨㊀，宮中烏啼知夜半。新縫白紵舞衣成，來遲邀得吴王迎。低鬟轉面掩雙袖，玉釵浮動秋風生㊁。酒多夜長夜未曉㊂，月明燈光兩相照，後庭歌聲更窈窕㊃。

【校記】

㊀ 璨，樂府五五作粲。

㊁ 秋，百家一三作春。

㊂ 夜未，全詩校一作天不。

㈣ 聲，宋本、毛本、明鈔本校一作舞。

【箋注】

〔一〕宋書樂志一：「又有白紵舞，按舞詞有巾袍之言，紵本吴地所出，宜是吴舞也。晉俳歌又云：『皎皎白緒，節節爲雙』，吴音呼緒爲紵，疑白紵即白緒。」吴兢樂府古題要解卷上白紵歌解題：「右古詞盛稱舞者之美，宜及芳時爲樂。其譽白紵曰：『質如輕雲色如銀，製以爲袍餘作巾，袍以光軀巾拂塵。』」舊唐書音樂志二：「白紵，沈約云：『紵本吴地所出，疑是吴舞也。』梁帝又令約改其辭，其四時白紵之歌，約集所載是也。今中原有白紵曲，辭旨與此全殊。」樂府詩集卷五五舞曲歌辭四梁白紵辭解題引古今樂録：「梁三朝樂第二十，設巾舞並白紵，蓋巾舞以白紵四解送也。」可知白紵原爲舞曲歌辭，舞者手持白紵，起源於吴地。王建此詩寫吴宮表演白紵舞時的情況，爲想象之詞。

【輯評】

楊慎升庵詩話卷三白苧舞：韻語陽秋曰：「宋書樂志有白苧舞。」……王建云：「新縫白苧舞衣膩，來遲要得吴王迎。」元稹云：「西施自舞王自管，白苧翩翩鶴翎散。」則白苧，舞衣也。王建云：「新换霓裳月色裙。」豈霓裳羽衣舞亦用白邪？

陸時雍唐詩鏡卷四一：「玉釵」句有風味。

毛先舒詩辯坻卷三：仲初白紵二首，冶思波屬，足儷仲師。喜其能不作戒荒及越兵沼吴等語，乃爲近古。一著此等，便落下格。他體也忌見正面，樂府尤難之耳。

賀裳載酒園詩話又編元稹：未讀微之冬白紵，覺王建首篇亦佳……摹寫驕淫，疑爲窮盡。至元詩曰：「吴宫夜長宫漏款，簾幕四垂燈焰暖。西施自舞王自管，雪紵翩翩鶴翎散，促節牽繁舞腰懶。舞腰懶，王罷飲，蓋覆西施鳳花錦。身作匡牀臂爲枕，朝佩樅樅王罷寢。寢醒閽報門無事，子胥死後言爲諱。近王之臣諭王意，共笑越王窮惴惴，夜夜抱冰寒不寐。」不徒叙述驕奢縱恣，其寫王狎昵處，真有樊通德所云「淫於色，非慧男子不至」。慧則通，通則流，流而不得其防，意殆非經爲蕩子者不知。至寫群臣諧媚，儼然江、孔口角，覺王詩傖父矣。

丘迴刊刻王荆公唐百家詩選何焯「玉釵浮動春風生」句後批：襯出舞態。

館娃宫中春日暮〔一〕，荔枝木瓜花滿樹〔二〕。城頭烏栖休擊鼓，青娥彈瑟白紵舞。夜天燑燑不見星㊀〔三〕，宫中火照西江明。美人醉起無次第，墮釵遺佩滿中庭。此時但願可君意，回晝爲宵亦不寐，年年奉君君莫棄。

【校記】

㊀ 燑燑，毛本、胡本、席本、全詩作曈曈。

【箋注】

〔一〕館娃宫：春秋時吴王夫差所建，以居西施。吴人呼美女爲娃。揚雄方言卷二：「吴有館娃之宫。」左思吴都赋：「幸乎館娃之宫，張女樂而娱群臣。」

〔二〕荔枝：嵇含南方草木狀卷下：「荔枝樹高五六丈，餘如桂樹，緑葉蓬蓬，冬夏榮茂，青華朱實。實大如雞子，核紅黑，似熟蓮。實白如肪，甘而多汁，似安石榴有甜酢者。至日將中，翕然俱赤，則可食也。一樹下子百斛。」木瓜：李時珍本草綱目卷三〇：「按爾雅云：『楙，木瓜。』郭璞注云：『木實如小瓜，酢而可食。』……頌曰：木瓜處處有之，而宣城者爲佳。木狀如柰，春末開花，深紅色。其實大者如瓜，小者如拳，上黄似著粉。宣人種蒔尤謹，遍滿山谷。」

〔三〕熥熥：燈火通明貌。

短歌行〔一〕

人初生，日初出，上山遲，下山疾。百年三萬六千朝，夜裏分將强半日。有歌有舞聞早爲㊀，昨日健於今日時。人家見生男女好，不知男女催人老。短歌行，無樂聲。

【校記】

㊀聞，毛本、胡本、全詩作須。

【箋注】

〔一〕樂府詩集卷三〇相和歌辭五引古今樂録：「王僧虔技録云：短歌行仰瞻一曲，魏氏遺令使節朔奏樂，魏文製此辭，自撫箏和歌。歌者云『貴官彈箏』，貴官即魏文也。此曲聲制最美，辭不可入宴樂。」吴兢樂府古題要解卷上短歌行解題：「右魏武帝『對酒當歌，人生幾何』，晉陸士衡『置酒高堂，悲歌臨觴』，皆言當及時爲樂。又舊説長歌、短歌，大率言人壽命長短分定，不可妄求也。」王建此詩亦此意。

【輯評】

唐詩品彙卷三四：劉（須溪）云：妙合人意。結語更妙。

陸時雍唐詩鏡卷四一：哀音苦調，語至切迫。

黄周星唐詩快卷七：讀此使人不敢樂，又不敢不樂，顧何以爲行樂計耶？

王夫之唐詩評選卷一：詩直而意不盡，本領自雅。

沈德潛重訂唐詩別裁集卷八：讀此辭，覺世人一生碌碌爲兒孫作牛馬者，真癡絶也。「人初生，日初出，上山遲，下山疾」，古樂府神理。

飲馬長城窟〔一〕

長城窟，長城窟邊多馬骨。古來此地無井泉，賴得秦家築城卒。征人飲馬愁不迴，長城變作望鄉堆。蹄蹤未乾人去近㈡，續後馬來泥污盡㈢。枕弓睡著待水生，不見陰山在前陣〔二〕。馬蹄足脱裝馬頭㈣〔三〕，健兒戰死誰封侯？

【校記】

㈠ 樂府三八題作飲馬長城窟行。

㈡ 蹤，樂府作跡。

㈢ 污，全詩校一作濘。

㈣ 裝馬頭，全詩校一作馬裝頭。

【箋注】

〔一〕吴兢樂府古題要解卷下飲馬長城窟行解題：「右古詞『青青河邊草，綿綿思遠道』，傷良人流宕不歸。或云蔡邕之詞。若陳琳『水寒傷馬骨』，則言秦人苦長城之役也。」樂府詩集卷三八相和歌辭十三：「一曰飲馬行。長城，秦所築以備胡者。其下有泉窟，可以飲馬。古辭云『青青河畔草，綿綿思遠道』，言征戍之客，至於長城而飲其馬。婦人思念其勤勞，故作是曲也。酈道元水經注曰：『始皇二十四年，使太子扶蘇與蒙恬築長城，起自臨洮，至於碣石，東暨遼海，西并陰山，凡萬餘里。民怨勞苦，故楊泉物理論曰：「秦築長城，死者相屬。」民歌曰：「生男慎勿舉，生女哺用脯。不見長城下，尸骸相支拄。」其冤痛如此。今白道南谷口有長城，自城北出有高阪，傍有土穴，出泉，挹之不窮。歌録云「飲馬長城窟」，信非虚言也。』」并引古今樂録曰：「王僧虔技録云：飲馬行，今不歌。」王建此詩爲傷邊戍之苦，並傷戍者不歸之詞。

〔二〕陰山：今河套以北、大漠以南諸山的統稱。史記秦始皇本紀三十三年：「自榆中并河以東，屬之陰山。」

〔三〕足脱：解開馬足。休息時將馬足用繩絆住防其脱逸，作戰時將馬足解開。裝馬頭：將馬頭套上裝具。

烏夜啼〔一〕

庭樹烏，爾何不向别處栖，夜夜夜半當户啼。家人把燭出洞户㈠，驚栖失群飛落樹㈡。一飛直欲飛上天，迴迴不離舊栖處。未明重繞主人屋，欲下空中黑相觸。風飄雨濕亦不移，君家樹頭多好枝。

【校記】

㈠户，全詩校一作房。

㈡失，百家一三作出。

【箋注】

〔一〕吴兢樂府古題要解卷上烏夜啼解題：「右宋臨川王義慶所造也。宋元嘉中，徙彭城王義康於豫章郡，義慶時爲江州，相見而哭。文帝聞而怪之，徵還宅。義慶大懼，妓妾聞烏夜啼，叩齋閣云：『明日應有赦。』及旦，改南兖州刺史，因作此歌。故其和云：『籠窗窗不開，夜夜望郎來。』亦有烏栖曲，不知與此同否。」舊唐書音樂志二：「今所傳歌，似非義慶本旨。辭曰：『歌舞諸少年，娉婷無種迹。菖蒲花可憐，聞名不相識。』」樂府詩集卷四七清商曲辭四引古今樂録：「烏夜啼，舊舞十六人。」考蕭綱、劉孝綽、庾信、李白等之烏夜啼，並寫相思之情，「夜烏」在詩中起渲染氣氛的作用。他人或單詠烏，但立意不同。王建此詩亦爲詠烏，著意於烏之依戀舊主人家。託意未詳。

簇蠶辭〔一〕

蠶欲老，箔頭作繭絲皓皓㊀。場寬地高風日多，不向中庭曬蒿草㊁〔二〕。神蠶急作莫悠揚〔三〕，年來爲爾祭神桑㊂。但得青天不下雨，上無蒼蠅下無鼠。新婦拜簇願繭稠，女灑桃漿男打鼓〔四〕。三日開箔雪團團㊃，先將新繭送縣官。已聞鄉里催織作，去與誰人身上著㊄。

【校記】

㈠ 箔，全詩校一作薄。
㈡ 噭，全詩校一作燃。
㈢ 來，全詩校一作年。
㈣ 箔，全詩校一作薄。
㈤ 去，原校一作送。席本作送。

【箋注】

〔一〕簇爲承蠶作繭的工具，以葦、蒿或竹等紮成。蠶將吐絲時，就將蠶由箔中移於蠶簇上。箔爲養蠶用的竹篩、竹席。世説新語言語「南郡龐士元」條劉孝標注引司馬徽別傳：「有人臨蠶求簇箔者，徽自棄其蠶而與之。」

〔二〕噭：同曬。蒿草爲紮蠶簇所用。

〔三〕神蠶：稱蠶。古代祭蠶神，後漢書禮儀志上「祠先蠶，禮以少牢」，李賢等注引漢舊儀：「祠以中牢羊豕，祭蠶神曰菀窳婦人、寓氏公主，凡二神。」干寶搜神記卷一四載太古之時，一女爲馬皮所裹，化而爲蠶。悠揚：此處意同緩慢。

〔四〕灑漿打鼓：民間祭祀蠶神的儀式。古人認爲桃木能驅鬼，故祭祀時灑以桃漿。

【輯評】

沈德潛重訂唐詩別裁集卷八：意亦他人同有，然此覺入情。

渡遼水〔一〕

渡遼水，此去咸陽五千里〔二〕。來時父母知隔生㊀，重著衣裳如送死㊁。亦有白骨歸咸陽，營家各與題本鄉㊂〔三〕。身在應無迴渡日㊃，駐馬相看遼水傍。

【校記】

㊀知，明鈔本、席本作如。

㊁重，全詩校一作裹。

㊂營家，全詩校一作塋塚。

㊃在，百家一三作死。迴渡，樂府七九校一作渡遼。

【箋注】

〔一〕遼水，即遼河，古亦名句驪河。新唐書東夷傳高麗：「水有大遼、少遼。大遼出靺鞨西南山，南歷安市城；少遼出遼山西，亦南流，有梁水出塞外，西行與之合。」王建此詩蓋爲劉濟征林胡所作，參遼東行箋注。

〔二〕咸陽：縣名。新唐書地理志一京兆府：「咸陽，畿。武德元年析涇陽、始平置。有望賢宮，有便橋。」

〔三〕營家：即軍營。兵士以軍營爲家，故名。

【輯評】

陸時雍唐詩鏡卷四一：深著處，是其所長。

空城雀〔一〕

空城雀，何不飛來人家住，空城無人種禾黍。土間生子草間長，滿地蓬蒿幸無主。近村雖有高樹枝，雨中無食長苦飢。八月小兒挾弓箭，家家畏我田頭飛㊀。但能不出空城裏，秋時百草皆有子。報言黄口莫啾啾㊁〔二〕，長爾得成無横死。

【校記】

㊀我，毛本、胡本、全詩作向。

㊁報言，樂府六八作黄口，百家一三無此二字。

【箋注】

〔一〕吴兢樂府古題要解卷下空城雀解題：「右鮑照『雀乳四鷇，空城之隅』，言輕飛近集，免傷網羅而已。」此詩詩意近之。或有所寄託。楊齊賢集注、蕭士贇補注李太白集分類補注卷五空城雀蕭士贇曰：「樂府內鳥獸二十一曲有空城雀，卻不言所始。太白此詞，則假雀以興孤介之士安於命義，幸得祿仕以自養，苟避讒妒之患足矣，不肯依權勢逾分貪求也。」王建此詩亦如之。

〔二〕黄口：雛鳥。淮南子天文：「蟁蝱不食駒犢，鷙鳥不搏黄口。」

【輯評】

陸時雍唐詩鏡卷四一：語語帖近物情。

丘迥刊刻王荆公唐百家詩選何焯「空城無人種禾黍」句後批：對「田家」。

水運行〔一〕

西江運船立紅幟，萬棹千帆繞江水㊀。去年六月無稻苗，已説水鄉人餓死㊁。縣官部船日算程，暴風惡雨亦不停。在生有樂當有苦，三年作官一年行。壞舟畏鼠復畏漏，恐向太倉折升斗〔二〕。辛勤耕種非毒藥，看著不入農夫口。用盡百金不用費，但得一金即爲利㊂〔三〕。遠徵海稻供邊食，豈如多種邊頭地。

【校記】

㈠水，全詩校一作去。

㈡餓，席本作飢。

㈢即，百家一三作則。

【箋注】

〔一〕此詩寫漕運之艱。唐自安史亂後，由于中原地區連遭戰禍，農業生産受到嚴重破壞，只得由水路徵運江南地區的稻米供應京師及邊防部隊。新唐書食貨志三：「初，江淮漕租米至東都輸含嘉倉，以車或馱陸運至陝。而水行來遠，多風波覆溺之患，其失甞十七八，故其率一斛得八斗爲成勞。」故民間苦漕運。如果南方也遭遇天災人禍，社會危機就更嚴重了。此詩即寫此。

〔二〕「恐向」句：據新唐書食貨志三載：「自江以南，補署皆剸屬院監，而漕米亡耗於路頗多……而覆船敗輓，至者不得十之四五。部吏舟人相挾爲姦，榜笞號苦之聲聞於道路，禁錮連歲，赦下而獄死者不可勝數。」

〔三〕「用盡」二句：意思是耗費百金不算什麽，但得一金就可以了。新唐書食貨志三載「民間傳言用斗錢運斗米，其縻費如此」。

當窗織〔一〕

歎息復歎息，園中有棗行人食。貧家女大富家織㊀，翁母隔牆不得力㊁。水寒手澀絲脆斷㊂，續來續去心腸爛㊃〔二〕。草蟲促促機下啼㊄〔三〕，兩日催成一疋半。輸官上頭有零落㊅，姑未得衣身不著。當窗却羨青樓倡，十指不動衣盈箱。

【校記】

㊀大，毛本、胡本、全詩作爲。此貧家女去到富家織布，故下句云翁母隔牆不得力，大字不誤。富家，全詩校一作當窗。

㊁翁，樂府九四作父。

㊂澀，席本作濕。

㊃爛，全詩校一作急。

㊄促促，原校一作促織，毛本、明鈔本、胡本同。啼，全詩校一作鳴。

㊅頭，胡本作頂。

【箋注】

〔一〕樂府詩集卷九四新樂府辭五：「梁橫吹曲折楊柳曰：『門前一株棗，歲歲不知老。阿婆不嫁女，那得孫兒抱。』『唧唧復唧唧，女子臨窗織。不聞機杼聲，只聞女歎息。』當窗織其取諸此。」此詩揭露了勞者不獲、獲者不勞的不合理的社會現象。

〔二〕心腸爛：謂心情煩躁。

〔三〕促促：蟲鳴聲。蟋蟀又稱促織、趨織，崔豹古今注卷中：「促織，一名投機，謂其聲如急織也。」陸璣毛詩草木鳥獸蟲魚疏卷下引民諺：「趨織鳴，懶婦驚」。

【輯評】

唐詩品彙卷三四第二句：劉（須溪）云：古。

周珽删補唐詩選脈箋釋會通評林卷二三：顧璘曰：首四句有古詞遺風。唐汝詢曰：起二語近甚，一結可嘉。郭濬曰：「園中」句有古意。末語怨。

黄周星唐詩快卷七：「刺繡紋不如倚市門」，自古言之矣。世事不平，往往如是，此歌豈獨爲貧女而歎耶？

王夫之唐詩評選卷一：通首比起，又生一比。顧華玉云有古詞遺風。大曆以降，樵野之風，此公爲之浣盡。

沈德潛説詩晬語卷上：仲初當窗織云「當窗却羨青樓倡，十指不動衣盈箱」，人即無志節，何至羨青樓倡耶？

又重訂唐詩别裁集卷八：「當窗却羨青樓倡，十指不動衣盈箱」，本意薄之，然「羨」字失言矣。

丘迴刊刻王荆公唐百家詩選何焯批：結句刺在上者不恤民病而奉倡優，與「園中有棗行人食」相應，非自棄也。

失釵怨㈠〔一〕

貧女銅釵惜於玉㈡，失却來尋三日哭㈢。嫁時女伴與作粧㈣，頭戴此釵如鳳凰㈤。雙杯行酒六親喜〔二〕，我家新婦宜拜堂〔三〕。鏡中乍無失髻様㈥，初起猶疑在牀上㈦。高樓翠鈿飄舞塵，明日從頭一遍新。

【校記】

㈠ 怨，全詩校一作歎。
㈡ 於，全詩校一作如。
㈢ 尋，原作來，據百家一三、毛本、胡本、全詩改。三，胡本、全詩作一。
㈣ 與，全詩校一作爲。
㈤ 戴，原作帶，據席本、全詩改。
㈥ 失髻，全詩校一作髻無。
㈦ 在，明鈔本、席本作墮。

【箋注】

〔一〕此詩寫貧女丟失了銅釵，釵本身並不貴重，卻十分惶急悲痛，有力地揭露了當時貧富懸殊的社會現實。

〔二〕六親：古代説法不一，此處泛指親人。

〔三〕拜堂：袁枚隨園詩話卷一五：「兩新人宅堂參拜，謂之拜堂。唐人王建失釵怨：『雙杯行酒六親喜，我家新婦宜拜堂。』」

王建詩集卷第二

樂府

春燕詞〔一〕

新燕新燕何不定㊀，東家緑池西家井。飛鳴當户影悠揚，一遶簷頭一遶梁。黄姑説向新婦女㊁〔二〕，去年墮子污衣箱。已能辭山復過海，幸我堂前故巢在。求食慎勿愛高飛，空中飢鳶爲爾害。辛勤作窠在畫梁㊂，願得年年主人富。

【校記】

㊀ 新燕新燕，全詩校一作春燕春燕。詩題既作春燕詞，似當以「春燕春燕」爲是。

㊁ 女，全詩校一作去。

㊂ 窠，毛本作巢。在畫梁，原缺三字，據毛本、席本、全詩補。

【箋注】

〔一〕此詩寫春天燕子又來到了故主人家，就是這隻小燕子去年從窩裏掉了下來，幸賴主人救護使它養好了傷，今年又飛了回來，故祝願主人年年富足。

〔二〕黄姑：老婆婆。

主人故池〔一〕

深池高閣相連起㊀，荷葉團團蓋秋水㊁。主人已遠凉風生，舊客不來夫容死㊂。

【校記】

㊀ 深，全詩作高，并校一作曲，一作西。相，胡本、全詩作上。

㊁ 團團，胡本作圓圓。

㊂ 夫容，明鈔本、胡本、全詩作芙蓉。可通。

【箋注】

〔一〕此詩爲遊覽某一遭貶逐的官員的故家池苑所作，當年是何等氣派，如今卻是一片荒凉冷落的景象了。

古宫怨

乳烏啞啞飛復啼㊀，城頭晨夕宫中栖㊁。吴王别殿繞江水〔一〕，後宫不開美人死。

【校記】

㊀ 乳，萬曆本絶句二四作亂。

㊁ 城，絶句作宫。

【箋注】

〔一〕吴王：舊題任昉述異記卷上：「吴王夫差築姑蘇之臺，三年乃成，周旋詰曲，横亘五里，崇飾土木，殫耗人力。宫妓數千人，上别立春宵宫，爲長夜之飲，造千石酒鍾。夫差作天池，池中造青龍舟，舟中盛陳妓樂，日與西施爲水嬉。」此詩爲憑弔蘇州之吴王故宫而作。

關山月〔一〕

關山月，營開道白前軍發。凍輪當磧光悠悠，照見三堆兩堆骨。邊風割面天欲明，金沙嶺西看看没㊀〔二〕。

【校記】

㈠沙，樂府二三、明鈔本、胡本、席本作莎。西，全詩校一作頭。看看，明鈔本、毛本作看着。

【箋注】

〔一〕樂府詩集卷二三横吹曲辭三：「樂府解題曰：『關山月，傷離別也。古木蘭詩曰：「萬里赴戎機，關山度若飛。朔氣傳金柝，寒光照鐵衣。」』按相和曲有度關山，亦類此也。」

〔二〕金沙嶺：新唐書地理志四西州交河郡：「交河，中下。自縣北八十里有龍泉館，又北入谷百三十里經柳谷，渡金沙嶺，百六十里經石會漢戍，至北庭都護府城。」交河即今新疆維吾爾自治區吐魯番縣。新五代史唐莊宗紀上論曰：「蓋沙陀者，大磧也，在金莎山之陽，蒲類海之東。」金莎山即金沙山，亦稱金山。

贈離曲〔一〕

合歡葉墮梧桐秋〔二〕，鴛鴦背飛水分流。少年使我忽相棄，雌鳴雄號夜悠悠㈠。夜長月没蟲切切，冷風入房燈焰滅。若知中路各東西，彼此不結同心結㈡〔三〕。收此頭邊蛟龍枕㈢〔四〕，留著箱中雙雉裳。我今焚卻舊房物，免使他人登爾牀㈣。

【校記】

㈠雌鳴雄號，明鈔本、毛本、全詩作雌號雄鳴。

㈡結，胡本、全詩作忘。

㈢此，明鈔本、毛本、席本、全詩作取。

㈣爾，毛本作我。

【箋注】

〔一〕此詩爲一遭遺棄的婦女的口氣，雖被無情少年所拋棄，但她似乎仍然有所希盼。

〔二〕合歡：植物名，又叫合昏。崔豹古今注卷下：「合歡樹似梧桐，枝葉繁互相交結，每風來，輒身相解，了不相牽綴。樹之階庭，使人不忿。嵇康種之舍前。」

〔三〕同心結：用錦帶製成的菱形連環回文結，男女以之相贈表示愛情之意。梁武帝蕭衍有所思：「腰中雙綺帶，夢爲同心結。」

〔四〕蛟龍枕：繡有蛟龍花紋的枕頭。

【輯評】

陸時雍唐詩鏡卷四一：末二語絶好情事。

宛轉詞〔一〕〔一〕

宛宛轉轉勝上紗〔二〕，紅紅緑緑苑中花。紛紛泊泊夜飛鵶〔二〕，寂寂寞寞離人家。

【校記】

〔一〕萬曆本絶句二四題作古謡二首之二，全詩校一作古謡。

〔二〕泊泊，絶句作汩汩。

【箋注】

〔一〕樂府詩集卷六〇琴曲歌辭四宛轉歌解題云「一曰神女宛轉歌」，并引續齊諧記曰：晉有王敬伯者，休假還鄉過吴，登亭望月，倚琴歌泫露之詩，聞户外有嗟歎之聲，一女郎攜二婢女訪之。女郎命大婢酌酒，小婢彈箜篌，作宛轉歌，女郎脱金釵扣琴絃而和之，意韻繁諧。歌凡八曲，敬伯唯憶二曲，遂與女郎互贈物品而别。敬伯船至虎牢，吴令劉惠明有愛女早逝，於敬伯船獲其愛女贈敬伯之卧具，而於其女帳中得敬伯贈女郎之火籠、琴軫，乃知前所遇女郎即劉惠明之女。女郎名妙容，大婢名春條，小婢名桃枝，皆善彈箜篌及宛轉歌，當時相繼俱亡。歌詞云：「歌宛轉，宛轉淒以哀……歌宛轉，宛轉情復悲」。又曰：「唐李端又有王敬伯歌，亦出於此。」按：張籍宛轉行、王建宛轉詞亦皆出於此。沈雄古今詞話詞辨上卷字字雙云：「才鬼録曰：唐中涓宿宫妓館，見童子捧酒核（肴）導三人至，皆古衣冠，相謂曰：『崔常侍來何遲！』俄一人至，有離别意，共聯四句爲字字雙曲：『牀頭錦衾斑復斑，架上朱衣殷復殷，空庭明月閑復閑，夜長路遠山復山。』似非王麗真一人詞也。詞品竟作王麗真。諸選又以王建詞爲字字雙，云：『宛宛轉轉勝上紗，紅紅緑緑苑中花。紛紛泊泊夜飛鴉，寂寂寞寞離人家。』意亦近似，而又見一集中爲宛轉曲，宜從之。」

〔二〕宛轉：纏繞貌。勝：婦女首飾。山海經西山經：「（西王母）蓬髮戴勝」，郭璞注：「勝，玉勝也。」

水夫謡〔一〕

苦哉生長當驛邊㊀，官家使我牽驛船。辛苦日多樂時少㊁，水宿沙行如海鳥。逆風上水萬斛重，前驛迢迢波淼淼㊂。半夜緣堤雪和雨，受他驅遣還復去。夜寒水濕披短蓑㊃，臆穿足裂忍痛何。到明辛苦何處説㊄，齊聲騰踏牽船謌㊅〔二〕。一間茅屋何所直，父母之鄉去不得㊆。我願此水作平田，長使水夫不怨天。

【校記】

㊀當，百家一三作水。

㈡辛，百家無。時，毛本、全詩作日。
㈢波，毛本、全詩作後。
㈣伩，毛本、全詩作衣。水，明鈔本、毛本、全詩作衣。蓑，毛本作莎。
㈤何，百家、全詩作無。
㈥謌，毛本、全詩作出。
㈦鄉，全詩校一作邦。

【箋注】

〔一〕水夫，即縴夫，拖船工人。
〔二〕牽船謌：牽船時所唱的號子。楊萬里誠齋集卷二八竹枝歌序云：「晚發丹陽館下，五更至丹陽縣，舟人及牽夫終夕有聲，蓋謳吟嘯謔以相起勞者。其辭亦略可辨，有云：『張哥哥，李哥哥，大家著力齊一拖。』又云：『一休休，二休休，月子彎彎照幾州。』其聲淒婉，一唱衆和。」所云即牽船歌。

田家行〔一〕

男聲欣欣女顔悦〔二〕，人家不怨言語別。五月雖熱麥風清，簷頭索索繰車鳴〔三〕。

野蠶作繭人不取，葉間撲撲秋蛾生。麥收上場絹在軸，的知輸得官家足㈠。不望入口復上身㈡，且免向城賣黄犢。田家衣食無厚薄㈢，不見縣家身即樂㈣。

【校記】

㈠知，百家一三作是。

㈡望，樂府九三作願。

㈢田，全詩作回。

㈣家，原校一作門。百家、樂府、毛本、明鈔本、胡本、全詩作門。

【箋注】

〔一〕樂府詩集卷九三歸之爲新樂府辭。

〔二〕欣欣：歡樂貌。

〔三〕索索：繅車聲。繅車：抽絲的工具。又寫作繅車。

【輯評】

陸時雍唐詩鏡卷四一：王建古詞正直，此曲不厭村樸。

沈德潛重訂唐詩别裁集卷八：「田家衣食無厚薄，不見縣門身即樂」，守此語，便爲良農。

去婦〔一〕

新婦去年胼手足㊀〔二〕，衣不暇縫蠶廢簇㊁。白頭使我憂家事，還如夜裏燒殘燭。當初爲信傍人語㊂，豈道如今自辛苦。在時縱嫌織絹遲，有絲不上鄰人機㊃〔三〕。

【校記】

㊀胼，全詩、品彙三四校一作胝。

㊁暇，原作解，據毛本、明鈔本、品彙、全詩改。

㊂信，毛本、明鈔本、胡本、全詩作取。

㊃人，明鈔本、品彙、全詩作家。

【箋注】

〔一〕去婦謂已休棄回娘家的媳婦。王建此詩是以婆婆的口氣寫的，當初聽信讒言將媳婦休棄回家，活無人幹，只好自己操勞。表現了婆婆的無限後悔之意。

〔二〕胼：手掌與足底生的老繭。

〔三〕絲上鄰人機：請鄰家代織之意，或是將絲賣給了鄰人。

神樹詞

我家家西老棠樹，須晴即晴雨即雨。四時八節上栢盤〔一〕，願神不離神處所㊀。男不著丁女在舍〔二〕，事官上下無言語㊁。老身長健樹婆娑，萬歲千年作神主。

【校記】

㊀ 不，毛本、明鈔本、全詩作莫。

㊁ 事官，全詩作官事。

【箋注】

〔一〕四時八節：謂春、夏、秋、冬四時，立春、春分、立夏、夏至、立秋、秋分、立冬、冬至八個節氣。馬總意林卷一引隨巢子：「鬼神爲四時八節，以紀育人，乘雲雨潤澤以繁長之，皆鬼神所能也。」上栢盤：以酒食祭祀神樹之意。

〔二〕著丁：唐代男子二十一歲成丁，丁男除侍丁孝者或法律恩赦外，須服徭役。此言「不著丁」謂不在丁的名册，即不服徭役。

【輯評】

唐詩品彙卷三四：劉（須溪）云：不足而有愁意。

祝　鵲〔一〕

神鵲神鵲好言語，行人早回多利賂。我今庭中栽好樹，與汝作巢當報汝㊀。

【校記】

㊀汝，原作爾，據毛本、席本、全詩改。

【箋注】

〔一〕祝鵲，對鵲説的祝詞。古以鵲噪爲喜兆，西京雜記卷三：「乾鵲噪而行人至，蜘蛛集而百事喜。」王仁裕開元天寶遺事卷下：「時人之家聞鵲聲，皆爲喜兆，故謂靈鵲報喜。」

古　謡㊀

一東一西隴頭水〔一〕，一聚一散天邊霞。一來一去道上客，一顛一倒池中麻㊁〔二〕。

【校記】

㊀全詩校一作雜詠。

㈢中，全詩校一作上。

【箋注】

〔一〕隴頭水：太平御覽卷五七二引辛氏三秦記：「隴右西關，其阪紆迴，不知高幾里，欲上者七日越。高處可容百餘家，下處數十萬。上有清水，四注流下，俗歌曰：『隴頭流水，鳴聲幽噎。遥望秦川，心肝斷絶。』」

〔二〕池中麻：詩經陳風東門之池：「東門之池，可以漚麻。」

公無渡河〔一〕

渡河惡天兩岸遠㈠，波濤塞川如疊坂。幸無白刃驅向前，何用將身自棄捐。蛟龍嚙骨魚食肉㈡，黄泥直下無青天。男兒縱輕婦人語，惜君性命還須取。婦人無力挽斷衣㈢，舟沉身死悔難追，公無渡河公自爲㈣。

【校記】

㈠河，樂府二六、毛本、明鈔本、全詩作頭。天，胡本作風。兩，原作雨，據樂府、明鈔本、全詩改。

㈡骨，樂府作尸。肉，樂府、毛本、明鈔本、席本、全詩作血。

㈢斷，全詩校一作短。

㈣ 公自爲，全詩作公須自爲。

【箋注】

〔一〕公無渡河，即箜篌引，樂府詩集卷二六列爲相和歌辭。崔豹古今注卷中：「箜篌引，朝鮮津卒霍里子高妻麗玉所作也。子高晨起刺船而櫂，有一白首狂夫披髮提壺，亂河游而渡，其妻隨而止不及，遂墮河水死。於是援箜篌而鼓之，作公無渡河，聲音悽愴，曲終，自投河而死。霍里子高還，以其聲語妻麗玉，麗玉傷之，乃引箜篌而寫其聲，聞者莫不墜淚飲泣焉。麗玉以其曲傳鄰女麗容，名曰箜篌引焉。」王建此詩乃寫其本事。

海人謡〔一〕

海人無家海裏住，採珠殺象爲歲賦㈠。惡波横天山塞路，未央宫中常滿庫〔二〕。

【校記】

㈠ 殺，全詩作役。

【箋注】

〔一〕海人，指長年在海上生活、以船爲家的人。此詩寫他們艱苦而危險的生活，要下海採珍珠、入山殺象取象牙，以貢賦官府。

〔二〕未央宫：西漢宫殿名，高祖七年蕭何主持營造，倚龍首山建前殿，立東闕、北闕、武庫、太倉等，周圍二十八里。參見三輔黄圖卷二、程大昌雍録卷二。此以漢宫代指唐宫。

行見月〔一〕

月初生，居人見月一月行㊀。月行一年十二月㊁，强半馬上看盈缺㊂。百年歡樂能幾何，在家見少行見多。不緣衣食相驅遣，此身誰願長奔波。篋中有帛倉有粟，豈向天涯走碌碌。家人見月望我歸㊃，正是道上思家時。

【校記】

㊀此句百家一三作居人行。

㊁月行，百家作見月，毛本、明鈔本、胡本、全詩作行行。

㊂盈，品彙三四作圓。

㊃人，原校一作中。

【箋注】

〔一〕此詩寫長年累月奔波於路途之人對家的思念之情。

【輯評】

葛立方韻語陽秋卷二〇：杜子美身遭離亂，復迫衣食，足迹幾半天下。自少時遊蘇及越，以至作諫官，奔走州縣，既皆載壯遊詩矣。其後贈韋左丞詩云「今欲東入海，即將西去秦」，則自長安之齊魯也。贈李白詩云：「亦有梁宋遊，方期拾瑤草」，則自東都之梁宋也。發同谷縣云：「賢有不黔突，聖有不暖席，始來兹山中，休駕喜地僻。奈何迫物累，一歲四行役」，則自隴右之劍南也。留别章使君云：「終作適荆蠻，安排用莊叟，隨雲拜東皇，挂席上南斗」，則自蜀之荆楚也。夫士人既無常産，爲饑所驅，豈免仰給於人，則奔走道途，亦理之常爾。王建云：「一年十二月，强半馬上看圓缺。百年歡樂能幾何，在家見少行見多。不緣衣食相驅遣，此身誰願長奔波。」李頎亦云：「男兒在世無産業，行子出門如轉蓬。」皆爲此也。

范晞文對牀夜語卷三：吴融「見多鄰犬遥相認，來慣幽禽近不驚」，與雍陶「初歸山犬翻驚主，久别江鷗却避人」之句同。白樂天「想得家中夜深坐，還應説著遠行人」，語頗直，不如王建「家中見月望我歸，正是道上思家時」有曲折之意。劉商柳詩「幾回離别折欲盡，一夜春風吹又長」，不如樂天草詩「野火燒不盡，春風吹又生」，語簡而思暢。

七夕曲〔一〕

河邊獨自看星宿㊀，夜織天絲難接續㊁。抛梭振躡動鳴璫㊂〔二〕，爲有秋期恨不足㊃。遥想今夜河水隔㊄，龍駕車轅鵲填石㊅〔三〕。流蘇翠帳星渚間，環珮無聲燈寂寂。兩情纏綿忽如故，復畏秋風生曉露㊆。幸回郎意且斯須㊇，一年中別今始初，明星未出少停車㊈〔四〕。

【校記】

㊀看，原校一作對，歲詠二六作對。

㊁夜，原作衣，據毛本、歲詠、全詩改。絲，全詩校一作孫。

㊂躡，全詩作鑷。嗚，全詩作明。

㊃恨，明鈔本、席本、歲詠、全詩作眠。

㊄想，毛本、明鈔本、席本、歲詠、全詩作愁。

㊅駕，席本作馬。鵲，原作雀，據席本，全詩改。

㊆露，明鈔本、全詩作路。

㊇且，全詩校一作住。

㊈出，全詩校一作明。

【箋注】

〔一〕七月七日相傳爲天上牛郎織女相會之夕，藝文類聚卷四引崔寔四民月令：「七月七日，曝經書，設酒脯時果，散香粉於筵上，祈請於河鼓織女，言此二星神當會，守夜者咸懷私願。或云見天漢中有奕奕正白氣，如地河之波，輝輝有光曜五色，以此爲徵應，見者便拜乞願，三年乃得。」又引吴均續齊諧記：「桂陽城武丁，有仙道，謂其弟曰：『七月七日，織女當渡河，諸仙悉還宮。』弟問曰：『織女何事渡河？』答曰：『織女暫詣牽牛。』世人至今云織女嫁牽牛也。」王建此詩是擬織女的語氣寫的。

〔二〕「夜織」二句：關於織女故事的流傳，詩經小雅大東：「跂彼織女，終日七襄。」初學記卷二引春秋元命苞：「織女之爲言，神女也。」文選古詩十九首：「迢迢牽牛星，皎皎河漢女。纖纖擢素手，札札弄機杼。終日不成章，泣涕零如雨。河漢清且淺，相去復幾許？盈盈一水間，脈脈不得語。」文選曹植洛神賦「詠牽牛之獨處」，李善注引曹植九詠注：「牽牛爲夫，織女爲婦，織女牽牛之星各處河鼓之旁，七月七日乃得一會。」此詩描寫織女夜織的情況，即由此而來。躡，織布機上兩條用脚踏的木板。璫，耳飾。

〔三〕鵲填石：韓鄂歲華紀麗七夕：「鵲橋已成，織女將渡。」注曰：「風俗通云：織女七夕將渡河，使鵲爲橋。」

〔四〕明星：金星，又叫啓明、太白，先日而出，故稱啓明。爾雅釋天：「明星謂之啓明。」郭璞注：「太白星也，晨見東方爲啓明，昏見西方爲太白。」詩經鄭風女曰雞鳴：「子興視夜，明星有爛。」

兩頭纖纖〔一〕

兩頭纖纖青玉玦，半白半黑頭上髮。偪偪仆仆春冰裂㊀〔二〕，磊磊落落桃華結㊁〔三〕。

【校記】

㊀ 偪偪仆仆，全詩校一作腷腷膊膊。

㊁ 華，原校一作初。

【箋注】

〔一〕藝文類聚卷五六載古兩頭纖纖詩：「兩頭纖纖月初生，半白半黑眼中精。腷腷膊膊雞初鳴，磊磊落落向曙星。」遂成爲一種詩體。齊王融代兩頭纖纖：「兩頭纖纖綺上文，半白半黑燕翔群。腷腷膊膊鳥迷曛，磊磊落落玉石分。」

〔二〕偪仆：象聲詞。

〔三〕磊落：錯落分明貌。結：結果實。

【輯評】

胡震亨唐音癸籤卷二八：漢人有「兩頭纖纖月初生」古辭，唐王建有擬。建又有擬古謠「一東一西隴頭水」，亦兩頭纖纖之類。

獨漉曲㊀〔一〕

獨漉獨漉㊁，鼠食猫肉。烏日中，鶴露宿㊂〔二〕，黄河水直人心曲〔三〕。

【校記】

㊀ 曲，樂府五五、席本、全詩作歌。

㊁ 此句原作獨獨漉漉，據明鈔本改。全詩校一作獨漉獨漉。

㊂ 鶴，原作雀，雀不警露，故據明鈔本、全詩改。

【箋注】

〔一〕南齊書樂志：「獨禄辭：『獨禄獨禄，水深泥濁。泥濁尚可，水深殺我。』右一曲晉獨鹿舞歌，六解，此是前一解。古辭明君曲後云：『勇安樂無慈，不問清與濁。清與無時濁，邪交與獨禄。』伎録云：『求禄求禄，清白不濁。清白尚可，貪汙殺我。』晉歌爲鹿字，古通用也。疑是風刺之辭。」李白有獨漉篇，首云：「獨漉水中泥，水濁不見月。不見月尚可，水深行人没。」李太白集分類補注卷四蕭士贇補注云：「獨漉篇，即拂舞歌五曲中之獨禄篇也，特太白集中禄字作漉字，其間命意造辭亦模倣規擬，但古詞爲父報仇，太白言爲國雪恥耳。」此歌古辭與李白詩第一解皆言水深泥濁，是世道黑暗、是非顛倒之意，王建此詩將此意更明確化。

〔二〕烏日中：「日」字當是「月」字之訛。此詩列舉四種事物皆爲反説，若作「日」，便是正説，與其餘三事不類。藝文類聚卷九二引春秋元命苞：「火流爲烏，烏，孝烏。何知孝烏？陽精，陽天之意，烏在日中，從天，以昭孝也。」日屬陽，烏爲陽精，故在日中。可知在日中是正説。月屬陰，烏在月中，便爲反説。鶴露宿：藝文類聚卷九〇引周處風土記：「鳴鶴戒露，此鳥性警，至八月白露降，流於草上，滴滴有聲，因即高鳴相警，移徙所宿處，慮有變害也。」

〔三〕黄河水直：黄河水道曲折，酈道元水經注卷一河水：「物理論曰：河色黄者，衆川之流，蓋濁之也。百里一小曲，千里一曲一直矣。」樂府詩集卷九一高適九曲詞三首解題引河圖曰：「黄河出崑崙山，東北流千里，折西而行，至於蒲山。南流千里，至於華山之陰。東流千里，至於桓雍。北流千里，至於下津。河水九曲，長九千里，入於渤海。」

【輯評】

陸時雍唐詩鏡卷四一：一語快然。

寄遠曲〔一〕

美人别來無處所，巫山月明湘江雨〔二〕。千回想見不分明㊀，井底看星夢中語㊁〔三〕。兩心相對尚難知㊂，何況萬里不相疑㊃。

【校記】

㊀ 想，原作相，據百家一三、樂府九四改。

㊁ 看星，原作相看，井底無法相看，據百家、樂府、毛本、明鈔本、胡本、全詩改。

㊂ 對，原作見，據樂府、明鈔本、胡本、全詩改。

㊃ 全詩校一本無後二句。

【箋注】

〔一〕樂府詩集卷九四將其歸入新樂府辭之樂府雜題。王建此詩寫思念美人，美人行蹤無定，近在眼前尚難知心，何況在萬里之外呢！表達了對美人的疑慮。當爲有所寄託之詞。

〔二〕巫山：在四川巫山縣東，江水穿巫山而過，夾江即巫峽。文選宋玉高唐賦記楚襄王遊雲夢臺館，望高唐宫觀，宋言先王夢與巫山神女相會，神女辭别時云：「妾在巫山之陽，高丘之阻，旦爲朝雲，暮爲行雨，朝朝暮暮，陽臺之下。」陸游入蜀記卷六：「二十三日，過巫山凝真觀，謁妙用真人祠。真人，即世所謂巫山神女。」湘江：水名。酈道元水經注卷三八湘水：「湘水又北經黄陵亭西，右合黄陵水口，其水上承大湖，湖水西流，經二妃廟南，世謂之黄陵廟也。言大舜之陟方也，二妃從征，溺於湘江，神遊洞庭之淵，出入瀟湘之浦。」

〔三〕井底看星：喻所見不廣。尸子廣澤：「因井中視星，所見不過數星。」

【輯評】

邢昉唐風定卷一一：文昌、仲初，體制略同，仲初氣勝文昌，文昌雅訓勝仲初。

陸時雍唐詩鏡卷四一：「井底」一語古拙。

周珽刪補唐詩選脈箋釋會通評林卷二三：周明輔曰：情至之語，似猜似怨。

王夫之唐詩評選卷一：祇是一意，終篇乃見。「井底看星夢中語」，麗情奇句。引類言之，亦可寄采葛之思。

傷韋令孔雀詞㊀〔一〕

可憐孔雀初得時，美人爲爾别開池㊁〔二〕。池邊鳳凰作伴侶，羌聲鸚鵡無言語㊂〔三〕。雕籠玉架嫌不栖，夜夜思歸向南舞㊃。如今憔悴人見惡，萬里更求新孔雀。熱眠雨水飢食虫㊄，翠尾拖泥金粉落㊅。多時人養不解飛，海山風黑何處歸。

【校記】

㊀ 韋令，百家一三無此二字。

㈡爲爾，百家作見好。
㈢羌，百家作新。無言語，毛本、明鈔本、胡本校一作尋花飛。
㈣向南舞，毛本、明鈔本、胡本校一作南海枝。舞，百家作廡。孔雀憔悴不當舞，廡爲堂前走廊，疑當作廡。
㈤食，全詩作拾。
㈥拖，原作盤，據百家改。粉，毛本、明鈔本、胡本、全詩作彩。

【箋注】

〔一〕此韋令爲韋皋。韋皋貞元元年爲成都尹、兼御史大夫、劍南東川節度觀察使，貞元末以擒論莽熱功檢校司徒兼中書令，封南康郡王，永貞元年卒。見兩唐書韋皋傳。武元衡有西川使宅有韋令公時孔雀存焉暇日與諸公同玩座中兼故府賓妓興嗟久之有賦此詩用廣其意，爲武元衡元和八年在成都時作。韓愈有奉和武相公鎮蜀時詠使宅韋太尉所養孔雀，白居易亦有和武相公感韋令舊池孔雀，皆作於元和八年，時武元衡已回朝。孔雀以及飼養孔雀之池苑皆在成都，王建此詩當亦作於成都。此詩表現了作者對於孔雀淪爲人們寵物的同情。

〔二〕美人：此指薛濤。上述武元衡詩云「上客徹瑶瑟，美人傷蕙心」，美人亦謂薛濤。大和六年薛濤卒，李德裕作傷孔雀及薛濤詩（已佚），劉禹錫有詩和西川李尚書傷孔雀及薛濤之什。説郛弓二四章淵槁簡贅筆：「蜀妓薛濤字弘度，本長安良家子……韋皋鎮蜀，召令侍酒賦詩，因入樂籍。」

〔三〕鸚鵡：隴山多鸚鵡，因云「羌聲」。李吉甫元和郡縣圖志卷三九秦州清水縣：「小隴山一名隴坻，又名分水嶺……東去大震關五十里。上多鸚鵡。」

傷鄰家鸚鵡詞〔一〕

東家小女不惜錢，買得鸚鵡獨自憐。自從死卻家中女，無人復共鸚鵡語㈠。十日不飲一滴漿㈡，淚漬綠毛頭似鼠。舌關啞咽蓄哀怨，開籠放飛離人眼㈢。短聲亦絶翠臆翻，新墓崔嵬舊巢遠。此禽有志女有靈，定爲連理相並生〔二〕。

【校記】

㈠ 復，毛本、明鈔本、胡本作更。

㈡ 飲，宋本作食，據毛本、明鈔本、胡本、全詩改。

㈢ 籠，宋本作籬，據百家一三、明鈔本、全詩改。

【箋注】

〔一〕此詩寫東家小女兒買得一隻鸚鵡，後來不幸小女去世，鸚鵡不吃不喝，家人遂將鸚鵡放飛。此詩即歌頌了這一通人性的鸚鵡。

〔一〕連理：異根的草木，枝榦連生在一起，稱連理。常以喻恩愛夫妻，如白居易長恨歌：「在天願作比翼鳥，在地願爲連理枝。」

【輯評】

丘迥刊刻王荆公唐百家詩選何焯批：善叙致。

春來曲

春欲來，每日望春門早開〔一〕。黄衫白馬帶塵土，逢著探春人卻回〔二〕。御堤内園曉過急，九衢大宅家家入。青帝少女染桃華㊀〔三〕，露粧初出紅猶濕。光風暾暾蝶宛宛〔四〕，繞樹氣匝枝柯軟㊁。可憐寒食街中郎〔五〕，早起著得單衣裳。少年即見春好處㊂，似我白頭無好樹。

【校記】

㊀青帝，胡本作看春。當作看春。

㊁繞，宋本校一作庭。枝，全詩校一作花。

㊂見，全詩校一作是。

【箋注】

〔一〕望春門：望春宮的宮門。新唐書地理志一京兆府萬年縣：「有南望春宮，臨滻水。西岸有北望春宮，宮東有廣運渠。」宋敏求長安志卷一一：「望春宮在（萬年）縣東十里，臨滻水西岸，在大明宮之東，東有廣運渠。」資治通鑑卷二二六唐德宗建中二年「上御望春樓宴勞將士」胡三省注：「望春樓在灞水之西，臨廣運渠。」

〔二〕探春：王仁裕開元天寶遺事卷下：「都人士女，每至正月半後，各乘車跨馬，供帳於園圃或郊野中，爲探春之宴。」即謂此。

〔三〕青帝少女：青帝爲東方之神，東方爲春，故爲春神。如史記封禪書：「秦宣公作密畤於渭南，祭青帝。」少女則爲少女風。兑爲少女，西方之卦，故稱西風爲少女風。如三國志魏書管輅傳：「到鼓一中，星月皆沒，風雲並起，竟成快雨。」裴松之注引管輅别傳：「輅言：『樹上已有少女微風，樹間又有陰鳥和鳴，又少男風起，衆鳥和翔，其應至矣。』須臾，果有艮風鳴鳥。」但春天不當言西風，故有誤，當從胡本作「看春少女」，即到郊外遊春的少女。染桃花：即以桃花塗面，用作化妝。

〔四〕光風：日麗風和的景象。楚辭宋玉招魂：「光風轉蕙，氾崇蘭些。」暾暾：温暖貌。楚辭劉向九歎遠遊：「日暾暾其西舍兮，陽焱焱而復顧。」宛宛：翩翩飛舞貌。

〔五〕郎：少年人的通稱。

春去曲

春已去，華亦不知春去處。緣崗繞澗卻歸來，百迴看著無花樹㈠。就中一夜東風惡，收紅拾紫無遺落㈡〔一〕。老夫不比少年兒㈢，不中數與春別離〔二〕。

【校記】

㈠ 百迴，全詩校一作一日。

㈡ 紫，原作翠，據百家一三、明鈔本、席本、全詩改。

㈢ 夫，原作天，百家作大，據毛本、席本、全詩改。

【箋注】

〔一〕收紅拾紫：指將花吹落。

〔二〕不中：張相詩詞曲語辭滙釋卷四：「不中，猶云不堪也，不合也，不行也，不好也。王建春去曲：『老夫不比少年兒，不中數與春別離。』此不堪意。」

【輯評】

唐詩歸卷二七：鍾（惺）云：「不中」二字用俗語，妙。

邢昉唐風定卷一一：「花亦不知春去處」，纖極矣，竟陵卻愛之，微可發一哂。仲初有太鄙俚處，短歌、田家之類，不能濫以爲佳。

陸時雍唐詩鏡卷四一：起二語絶是辭家。

東征行〔一〕

桐柏水西賊星落〔二〕，梟雛夜飛林木惡〔三〕。相國刻日波濤清，當朝自請東南征。舍人爲賓侍郎副，曉覺蓬萊欠珮聲〔四〕。玉階舞蹈謝旌節，生死向前山可穴〔五〕。同時賜馬并賜衣，御樓看帶弓刀發㊀〔六〕。馬前猛士三百人，金書左右紅旗新。司庖常膳皆得對㊁，好事將軍封爾身。男兒生殺在手裏，營門老將皆憂死。曈曈白日當南山，不立功名終不還。

【校記】

㊀刀，席本作箭。

㊁常，百家一三作嘗，全詩校一作掌。

【箋注】

〔一〕此詩寫裴度自請受命征討淮西吴元濟事。舊唐書憲宗紀下：「（元和十二年七月）丙辰，制以中書侍郎平章事裴度守門下侍郎、同平章事，使持節蔡州諸軍事、蔡州刺史、充彰義軍節度使、申光蔡觀察處置等使，仍充淮西宣慰處置使。……以刑部侍郎馬總兼御史大夫，充淮西行營諸軍宣慰副使。以太子右庶子韓愈兼御史中丞，充彰義軍行軍司馬。以司勳員外郎李正封、都官員外郎馮宿、禮部員外郎李宗閔皆兼侍御史，爲判官、書記，從度出征。」詩中相國即指裴度，侍郎謂馬總，舍人謂韓愈。此前韓愈曾官中書舍人。

〔二〕桐柏：山名，淮水所出。尚書禹貢：「導淮自桐柏。」酈道元水經注卷三〇淮水：「風俗通曰：南陽平氏縣桐柏，大復山在東南，淮水所出也。淮，均也。」此以桐柏水指淮水。賊星：即流星，古云妖星。此以指吴元濟。

〔三〕梟雛：小貓頭鷹。梟即鴞，舊傳梟食母，故以指惡人。許慎說文解字：「梟，不孝鳥也，故日至捕梟磔之。」

〔四〕蓬萊：蓬萊宮，唐宮名。資治通鑑卷二〇〇唐高宗龍朔二年三月：「辛巳，作蓬萊宮。」胡三省注：「蓬萊宮即大明宮，亦曰東内。程大昌曰：大明宮地，本太極宮之後苑東北面射殿之地，在龍首山上。太宗初於其地營永安宮，以備太上皇清暑，雖嘗改名大明宮，而太上皇仍居大安宮，不曾徙入。龍朔二年，高宗苦風痹，惡太極宮卑下，故就修大明宮，改名蓬萊宮，取殿後蓬萊池以爲名。」

〔五〕穴：洞穿。

〔六〕「賜馬」二句：舊唐書裴度傳：「度既受命，召對於延英，奏曰：『主憂臣辱，義在必死，賊滅，則朝天有日；賊在，則歸闕無期。』上爲之惻然流涕。十二年八月三日，度赴淮西，詔以神策軍三百騎衛從，上御通化門慰勉之。度樓下銜涕而辭，賜之犀帶。」

【輯評】

葛立方韻語陽秋卷一一：元和中，討蔡數不利，群臣争請罷兵，錢徽、蕭俛力請於前，（李）逢吉、王涯力請於後，惟裴度以一病在腹心，不時去且爲大患，又自請以身督戰，誓不與賊俱存。王建所謂「桐柏水西賊星落，梟雛夜飛林木惡，相國刻日波濤清，當朝自請東西征」是也。憲宗御通化門，臨遣賜度通天御帶，發神策騎三百爲衛。王建詩所謂「同時賜馬并賜衣，御樓看帶弓刀發，馬前猛士三百人，金書左右紅旗新」是也。未幾，李愬夜入縣瓠城，縛吴元濟，度遣馬總先入蔡。明日，統洄曲降卒萬人，徐進撫定。則韓愈平淮西碑言之詳矣。

丘迥刊刻王荆公唐百家詩選何焯批：裴度征淮西事也。「曉覺蓬萊欠佩聲」，此剩語也。「欠佩聲」句，亦巷無居人之意。「生死向前山可穴」，只似一健兒。

荆門行〔一〕

江邊行人暮悠悠㊀，山頭殊未見荆州。峴亭西南路多曲〔二〕，櫟林深深石鏃鏃㊁〔三〕。看炊紅米煮白魚〔四〕，夜向雞鳴店家宿。南中三月蚊蚋生，黄昏不聞人語聲。生紗帷疎薄如霧㊂〔五〕，隔衣噆膚耳邊鳴〔六〕。欲明不待燈火起，喚得官船過蠻水〔七〕。女兒停客茆屋新，開門掃地桐華裏。犬聲撲撲寒谿煙，人家燒竹種山田。巴雲欲雨薫石熱㊃，麋鹿渡江虫出穴㊄。大蛇過處一山腥，野牛驚跳雙角折。斜分漢水横湘山㊅〔八〕，山青水緑荆門關㊆。向前問箇長沙路，舊是屈原沈溺處〔九〕。誰家丹旐已南來〔一〇〕，逢著流人從此去㊇。月明山鳥多不栖，下枝飛上高枝啼。主人念遠心不懌，羅衫對舞章臺夕㊈〔一一〕。紅燭交横各自歸，酒醒還是他鄉客。壯年留滯尚思家㊉，況是白頭在天涯⑪。

【校記】

㊀ 暮，原作莫，據明鈔本、全詩改。

㊁ 鏃鏃，全詩校一作簇簇。

㊂ 生，原作玉，據明鈔本、毛本、席本、全詩改。此句百家一三作紗帷疏薄如露卧。丘迥刊刻王荆公唐百家詩選何焯批：「集作生紗帷疏薄如霧，不如此下三字有力。」

㊃ 巴，原作巳，據百家、明鈔本、毛本、席本、全詩改。薫，百家作蒸。石，原作日，據百家、明鈔本、毛本、席本、全詩改。

㊄渡，百家作入，明鈔本、席本作飲，胡本作過。虫，全詩作蟲。「虫」爲「虺」的本字，即毒蛇。
㊅湘，胡本、全詩作千。
㊆闗，百家作間。
㊇此，百家作北。
㊈對舞，毛本、全詩作卧對。章臺，全詩校一作章華。
㊉留，原作多，據百家、明鈔本、席本、全詩改。
⑪是，全詩作復。

【箋注】

〔一〕荆門，山名，在今湖北宜都西北。酈道元水經注卷三四江水：「江水又東歷荆門、虎牙之間，荆門在南，上合下開，闇徹山南，有門像。虎牙在北，石壁色紅，間有白文，類牙形，並以物像受名。此二山，楚之西塞也。」山上原有關，即荆門關。常璩華陽國志卷五：「（岑）彭破（公孫）述荆門關及沔關，徑至彭亡。述使刺客刺殺彭，由是改彭亡曰平無，言無賊也。」荆門古屬荆州，爾雅釋地：「漢南曰荆州。」但疆域治所屢有變更。漢末劉表爲荆州牧，治所在襄陽。關羽督荆州，治江陵。唐設山南東道，治所在江陵，即古荆州之地。

〔二〕峴亭：峴山亭。峴山在今湖北襄陽，又名峴首山。晉羊祜鎮襄陽，嘗登峴山，置酒言詠，見晉書羊祜傳。李吉甫元和郡縣圖志卷二一山南道襄州：「峴山在（襄陽）縣東南九里，山東臨漢水，古今大路。羊祜鎮襄陽，與鄒潤甫共登此山，後人立碑，謂之墮淚碑。」歐陽修峴山亭記：「峴山臨漢上，望之隱然，蓋諸山之小者，而其名特著於荆州者，豈非以其人哉！其人謂誰？羊祜叔子、杜預元凱是已。」

〔三〕鏃鏃：挺拔貌。

〔四〕紅米：糙米，表面帶有未除淨的紅皮，故稱紅米。

〔五〕紗帷：紗制幃帳。

〔六〕噆：音攢（上聲），又音咋。叮，咬。莊子天運：「蚊虻噆膚，則通昔不寐矣。」

〔七〕蠻水：水經注卷二八沔水：「夷水出自房陵，東流注之。夷水，蠻水也。桓温父名夷，改曰蠻水。夷水導源中廬縣界康狼山，山與荆山相鄰，其水東南流歷城西山，謂之蠻溪，又東南逕羅川城，故羅國也，又謂之鄢水。」祝穆方輿勝覽卷二九荆門軍：「蠻水，在雞鳴澗北，即夷水也。桓温父名彝，改曰蠻水。王建詩荆門行：『唤起官船渡蠻水』。」

〔八〕湘山：史記秦始皇本紀：「浮江，至湘山祠。」張守節正義：「括地志云：『黄陵廟在岳州湘陰縣北五十七里，舜二妃之神。二妃塚在湘陰北一百六十里青草山上。盛弘之荆州記云青草湖南有青草山，湖因山名焉。列女傳云舜陟方，死於蒼梧，二妃死於江湘之間，因葬焉。』」按湘山者，乃青草山。山近湘水，廟在山南，故言湘山祠。」祝穆方輿勝覽卷二九荆門軍引王建此詩兩句作「斜分漢水横湘水，山青水緑荆門間」。

〔九〕屈原：水經注卷三八湘水：「汨水又西爲屈潭，即汨羅淵也。屈原懷沙，自沈於此，故淵潭以屈爲名。昔賈誼、史遷，皆嘗經此，弭檝江波，投弔於淵。淵北有屈原廟。」方輿勝覽卷二三湖南路：「屈潭，在湘陰縣六十里。」

〔一〇〕丹旐：喪禮用的銘旌。

〔一一〕章臺：章華臺，春秋時楚靈王造。左傳昭公七年：「楚子成章華之臺，願與諸侯落之。」杜預注：「臺今在華容城內。」沈括夢溪筆談卷四：「章華臺，亳州城父縣，陳州商水縣，荆州江陵、長林、監利縣皆有之……華容，即今之監利縣，非岳州之華容也。至今有章華故臺在縣郭中，與杜預之説相符。」

鏡聽詞〔一〕

重重摩挲嫁時鏡，夫婿遠行憑鏡聽。迴身不遣別人知，人意丁寧鏡神聖。懷中收拾雙錦帶，恐畏街頭見驚怪。嗟嗟嚓嚓下堂階〔二〕，獨自竈前來跪拜。出門不願聞悲哀〔一〕，身在任郎回不回〔二〕。月明地上人過盡，好語多同皆道來〔三〕。卷帷上床喜不定，與郎裁衣失翻正。可中三日得相見〔四〕，重繡鏡囊磨鏡面〔三〕。

【校記】

㈠ 不願，毛本、席本、全詩作願不。

㈡ 身，毛本、全詩作郎。

㈢ 鏡，全詩作錦。

【箋注】

〔一〕鏡聽，古代占卜之法，懷鏡於胸前，出門聽人言，以占卜吉凶休咎。王建此詩則寫妻子占卜外出的丈夫何時歸來。朱弁曲洧舊聞卷九：「王建集有鏡聽詞，謂懷鏡於通衢間，聽往來之言，以占休咎。近世人懷杓以聽，亦猶是也。又有無所懷而直以耳聽之者，謂之響卜，蓋以有心聽無心耳。然往往而驗。」吳景旭歷代詩話卷五〇「鏡聽」條：「余觀李廓亦有鏡聽詞，云『匣中取鏡祠竈王』，蓋聽者必先竈前跪拜。按鬼谷子卜竈法云：元旦之夕，灑掃爨室，置香燈於竈門，注水滿鐺，置杓於水，虔禮拜祝，撥杓使旋，隨柄所指之方，抱鏡出門，密聽人言，第一句即是卜者之兆。如有同卜者，以鏡遞執，即是彼兆。三人五人皆傳鏡爲主，宜夜靜卜之。」

〔二〕嚓嚓：小聲細語。嚓，音妾。玉篇：「嚓，小語。」

〔三〕皆道來：聽見的都是「來」字。

〔四〕可中：假若，爲唐俗語。

【輯評】

葛立方韻語陽秋卷一七：凡物皆可占，非特蓍龜也。市中亦有聽聲而知禍福者，莫知其所自。余觀王建集有鏡聽詞，云：「重重摩挲嫁時鏡，夫婿遠行憑鏡聽」，豈今聽聲之類邪？大涅槃經云：「不以瓜鏡、芝草、楊枝、鉢盂、髑髏而作卜筮。」則鏡能占卜，信矣。

楊慎升庵詩話卷一四：李廓、王建皆有鏡聽詞，鏡聽，今之響卜也。

唐詩歸卷二七：鍾（惺）云：「嫁時」二字有意。（「出門」四句）鍾（惺）云：口齒情事在目。

又卷三〇李廓鏡聽詞鍾惺評：王建亦有此詞，説向喜邊，此專説向悲邊，苦情則一，而此詩入景，更深婉。

邢昉唐風定卷一一：刺心語，可傷。

删補唐詩選脈箋釋會通評林卷二三：顧璘曰：閨情俗事理不寫，蓋非仲初不能。周珽訓：身在，郎之身在也，郎在終得見期，即不回無妨。蓋去家日久，生死難測，遠别多慮，到此故「出門」二句是真心刻骨之語。夫既願聞好語，凡問卜者皆然。及聞好語，惟冀早見應驗，又人情之當。至裁衣失所翻正，描寫閨婦喜狀，極肖極盡矣。同時李廓亦有鏡聽詞，鍾伯敬謂王詞説向喜邊，李詞説向悲邊者，情則一而李詞入景，更深婉。珽意王之沈思妙想之中兼有神理，心口間靈慧，其見轉佈，何常不婉。

黄周星唐詩快卷七：兒女子瑣細之事，寫得如此幽婉靈活，自是化工之筆。

沈德潛唐詩別裁集卷八：摹寫兒女子聲口，可云惟肖。

行宫詞〔一〕

上陽宫到蓬萊殿〔二〕，行宫巖巖遥相見㊀〔三〕。向前天子行幸多，馬蹄車轍山川遍。常時州縣每年修㊁，皆留内人看玉案。禁兵奪得明堂後〔四〕，長閉桃源與崎岫㊂〔五〕。開元歌舞百草頭㊃，梁州樂世人嫌舊㊄〔六〕。官家定人作宫户㊅〔七〕，不泥宫墻斫宫樹。兩邊仗屋半崩摧㊆，野火入林燒殿柱㊇。休封中岳六十年〔八〕，行宫不見人眼穿。

【校記】

㊀巖巖，百家一三作磊磊。

㊁常，明鈔本、毛本、席本、全詩作當。

㊂閉，明鈔本、毛本校一作閑。崎岫：原本作綺繡，校繡一作岫。明鈔本、毛本、席本、全詩同。百家作綺岫，統籤作崎岫。崎岫指崎岫宫，故據改。

㊃百，胡本、全詩作古。

㊄此句各本作梁州樂人世嫌舊，百家作原州樂世嫌舊遊。樂世爲樂曲名，故據百家將人、世二字乙轉。

㊅定，原作乏，據百家改。

㊆仗，原作伏，據明鈔本、毛本改。

㊇野，毛本、胡本、全詩作夜。

【箋注】

〔一〕行宮，京城以外供帝王出行時居住的宮殿。此指洛陽的行宮。唐時洛陽爲東都，高宗時幾乎年年行幸東都，武則天則長年在洛陽，並改東都曰神都。資治通鑑卷二〇〇唐高宗永徽六年：「武后數見王（皇后）、蕭（淑妃）爲祟，被髮瀝血如死時狀，後徙居蓬萊宮，復見之，故多在洛陽，終身不歸長安。」

〔二〕上陽宮：在洛陽。唐六典卷七：「上陽宮在皇城之西南，苑之東垂也。南臨洛水，西拒穀水，東面即皇城右掖門之南。上元中營造，高宗晚年常居此以聽政焉。」蓬萊殿：蓬萊宮，即大明宮，在長安。唐六典卷七：「大明宮在禁苑之東南，西接宮城之東北隅，龍朔二年高宗以大內卑濕，乃於此置宮。」新唐書地理志一關內道上都：「大明宮在禁苑東南……曰東內，本永安宮，貞觀八年置，九年曰大明宮，以備太上皇清暑，百官獻貲以助役。高宗以風痹，厭西內湫濕，龍朔二年始大興葺，曰蓬萊宮。咸亨元年曰含元宮，長安元年復曰大明宮。」

〔三〕巖巖：高峻貌。詩經魯頌閟宫：「泰山巖巖，魯邦所詹。」

〔四〕明堂：明堂爲古代帝王宣明政教的地方。武則天於東都造明堂，資治通鑑卷二〇四武則天垂拱四年：「太宗、高宗之世，屢欲立明堂，諸儒議其制度，不決而止。……二月庚午，毁乾元殿，於其地作明堂，以僧懷義爲之使，凡役數萬人。」神龍元年正月，張柬之、崔玄暐、敬暉、桓彦範、袁恕己乘武則天病重，擁太子李顯，率兵斬玄武門而入，殺張昌宗、張易之。太后在迎仙宫，進至太后所居長生殿，迫其傳位太子。遂徙太后居上陽宫，洛陽復曰東都。神龍二年十月，中宗還長安。此句即指此事。

〔五〕桃源：新唐書地理志二陝州陝郡：「靈寶，望。本桃林……天寶元年獲寶符於縣南古函谷關，因更名。……有桃源宫，武德元年置。」崎岫：新唐書地理志二河南府河南郡：「永寧，畿。本熊耳，義寧二年更名……西五里有崎岫宫，西三十三里有蘭峰宫，皆顯慶三年置。」資治通鑑卷二四三唐敬宗寶曆二年二月載敬宗欲行幸東都，被宰臣諫止。胡三省注：「自長安歷華、陝至洛，沿道皆有行宫，如華陰之瓊岳宫、金城宫，鄭縣之神臺宫，陝縣之繡嶺宫，澠池之芳桂宫，福昌之福昌宫，永寧之崎岫宫、蘭峰宫，壽安之連昌宫、興泰宫是也。」

〔六〕梁州：當作涼州。舊唐書音樂志二：「西涼樂者，後魏平沮渠氏所得也。晉宋末，中原喪亂，張軌據有河西，苻秦通涼州，旋復隔絶。其樂具有鐘磬，蓋涼人所傳中國舊樂，而雜以羌胡之聲也。魏世共隋咸重之。」新唐書禮樂志十二：「開元二十四年，升胡部樂於堂上。而天寶樂曲，皆以邊地名，如涼州、伊州、甘州之類。後又詔道調、法曲與胡部新聲合作。明年，安禄山反，涼州、伊州、甘州皆陷吐蕃。」樂世：亦爲樂曲名。王灼碧雞漫志卷三：「六么亦名緑腰，一名樂世，亦名録要。」又見樂府詩集卷八〇。

〔七〕宫户：守宫人家。舊唐書王璵傳：「請於昭應縣南三十里山頂置天華上宫露臺、大地婆父、三皇、道君、太古天皇、中古伏羲媧皇等祠堂，並置灑掃宫户一百户。」李商隱舊頓：「猶鎖平時舊宫殿，盡無宫户有宫花。」

〔八〕中岳：中岳嵩山。李吉甫元和郡縣圖志卷五河南道登封縣：「嵩高山在縣北八里，亦名外方山。又云：東曰太室，西曰少室，嵩高總名。即中岳也。」唐高宗、武則天皆有封中岳事，見資治通鑑卷二〇三唐高宗永淳元年、武則天萬歲通天元年。唐玄宗無封中岳事。玄宗開元二十二年行幸東都，二十四年還京，此後再無行幸東都事。詩云「休封中岳六十年」，蓋指行幸東都，由開元二十四年下推六十年爲貞元十二年，約爲此詩作時。

羽林行〔一〕

長安惡少出名字，樓下劫商樓上醉。天明下直明光宫㊀〔二〕，散入五陵松柏中〔三〕。百回殺人身合死㊁，赦書尚有收城功。九衢一日消息定，鄉吏籍中重改姓〔四〕。出來依舊屬羽林，立在殿前射飛禽。

【校記】

㊀下直，宋本作直下，據百家一三、樂府六三、席本、全詩改。

㊁百，百家作一。

【箋注】

〔一〕漢書百官公卿表上：「羽林掌送從，次期門，武帝太初元年初置，名曰建章營騎，後更名羽林騎。又取從軍死事之子孫養羽林，官教以五兵，號曰羽林孤兒。」顏師古注：「羽林，亦宿衛之官，言其如羽之疾，如林之多也。」唐會要卷七二京城諸軍：「垂拱元年五月十七日，置左右羽林軍，領羽林郎六千人。至天授二年二月三十日，改爲左右羽林衛，以武攸寧爲大將軍。神龍元年二月四日，又改爲左右羽林軍。」可知羽林爲皇家衛隊。後漢辛延年作有羽林郎，樂府詩集卷六三屬之雜曲歌辭，解題云：「又有胡姬年十五，亦出於此。」王建此詩即由羽林郎而出。

〔二〕明光宮：漢宮名，漢武帝置。見三輔黄圖卷二、程大昌雍録卷二。此代指唐宮。

〔三〕五陵：漢代五個皇帝的陵墓，在長安近郊。文選班固西都賦：「則南望杜霸，北眺五陵」，李善注：「高帝葬長陵，惠帝葬安陵，景帝葬陽陵，武帝葬茂陵，昭帝葬平陵。」

〔四〕重改姓：意謂又改回原姓。此羽林惡少犯罪之後，爲逃避法律治裁，暫時改名换姓。在皇帝大赦之後又改回原姓。

【輯評】

劉克莊後村詩話前集卷一：韋蘇州話舊云：「昔事武皇帝，無賴恃恩私。身爲里中横，家藏亡命兒。朝持摴蒲局，暮竊鄰家姬。司隸不敢捕，立在白玉墀。」此篇蓋韋公身在三衛，目擊其類如此，非自謂也。王建羽林行云……可與韋詩互看。韋詩律深妙，流出肝肺，非學力。世言其所至掃地焚香而坐，不應爲人老少頓異，可見前語寓言耳。

删補唐詩選脈箋釋會通評林卷二三：楊慎曰：氣俠獨勝諸作。周珽曰：叙述惡少放縱恣肆行徑，蓋有所指而作也。劉後村評此詩可與韋蘇州逢楊開府篇同看，可知當年托迹羽林、憑藉寵靈横行，可惡。陸士鈜曰：摹寫羽林横行之惡，旁若無人。

丘迥刊刻王荆公唐百家詩選何焯批：此刺神策軍士憑藉中尉亂京輦也。

射虎行〔一〕

自去射虎得虎歸，官差射虎得虎遲。獨行以死當虎命，兩人因疑終不定〔二〕。朝朝暮暮空手回，山下緑苗成道徑。遠立不教污箭鏃〔三〕，聞死還來分虎肉。惜留猛虎著深山㊂，射殺恐畏終身閑。

【校記】

㊀因，百家一三、胡本、全詩作相。

㊁教，全詩作敢。

㊂著，原作看，據百家、毛本、胡本、席本、全詩改。

【箋注】

〔一〕此題出樂府猛虎行。樂府詩集卷三一相和歌辭六：「古辭曰：『飢不從猛虎食，暮不從野雀栖。野雀安無巢，遊子爲誰驕。』魏明帝辭曰：『雙桐生空枝，枝葉自相加。通泉溉其根，玄雨潤其柯。』古今樂録曰：『猛虎行，王僧虔技録曰：荀録所載，明帝雙桐一篇，今不傳。』」吴兢樂府古題要解卷下：「猛虎行，右陸士衡『渴不飲盗泉水』，言從遠役猶耿介，不以艱難改節也。」按：唐人用此題者旨趣各異，李白此題作於安史之亂時用以與張旭相别，中唐詩人用此題大多有所寄諷，如李賀、張籍等作，皆以寓托藩鎮割據之現實。王建此詩亦以寫諸將討伐叛鎮觀望遲延，互相推諉，企圖養寇自重，又冒功領賞之事。具體戰事已不好指實了。

【輯評】

陸時雍唐詩鏡卷四一：畏禍貪功，入人隱處。

鍾惺唐詩歸卷二七：有激之言，字字痛切，似爲千古朝事、邊事寫一招狀。

邢昉唐風定卷一一：直直説透，有諷刺而罕藴藉。兩家伎倆，自是如此，捨此即無處著手也。

删補唐詩選脈箋釋會通評林卷二三：吴山民曰：首四句説人情精透。「遠立」二句，無恥人行徑，可惡。周珽曰：冷刺熱喝，使人毛骨俱悚。又總訓：利名兩不甘捨，不義人常情，豈獨射虎足怪哉！所惡恐閑之心，每事養姦禳亂，一惟固寵，放利是圖，則貪惡肝腸居然猛虎耳。

丘迥刊刻王荆公唐百家詩選何焯眉批：細尋結句，乃刺長慶河朔之師。又尾批：雖欲在上者聞而知誡，其若不諷而勸之弊何！

遠將歸〔一〕

遠將歸，勝未别離時。在家相見熟，新歸歡不足㈠。去願車輪遲，回思馬蹄速。但令在舍相對貧㈡，不向天涯金遶身㈢。

【校記】

㈠ 歸，原作婦，據百家一三、全詩改。

㈡ 舍，明鈔本、全詩作家。

㈢ 向，全詩校一作願。

【箋注】

〔一〕此詩寫在外遊子急於歸家與家人團聚之狀。

【輯評】

陸時雍唐詩鏡卷四一：兒女口中，語自喁喁，語帶俚氣。

删補唐詩選脈箋釋會通評林卷二三：顧璘曰：古樂府解縻意也。周珽訓：古詩「客行雖云樂，不如早旋歸」，閨婦致夫之詞也。此云「但令在家相對貧，莫向天涯金繞身」，本其意而擴之，有「悔教夫婿覓封侯」之深想。張籍云「同居貧賤心亦舒」，要知念到别離處，雖富貴，人人有所不願者。

尋橦歌〔一〕

人間百戲皆可學〔二〕，尋橦不比諸餘樂。重梳短髻下金鈿，紅冒青巾各一邊㊀。身輕足捷勝男子，遶竿四面争先緣。習多倚附欹竿滑㊁，上下蹁躚皆著襪。翻身垂頸欲落地，却住把橦初似歇㊂。大竿百夫擎不起〔三〕，裊裊半在青天裏㊃。纖腰女兒不動容，戴行直舞一曲終。回頭但覺人眼見，矜難恐畏天無風。險中更險何曾失㊄，山鼠懸頭猨挂膝〔四〕。小垂一手當盤舞㊅〔五〕，斜慘雙蛾看落日。斯須改變曲解新㊆〔六〕，貴欲歡他平地人㊇。散時滿地生顏色㊈，行步依前無氣力。

【校記】

㊀冒，百家一三、明鈔本、胡本、席本、全詩作帽，冒、帽古通。

㊁附欹，百家作付欺，宋本校一作附欺。

㊂橦，各本作腰，據統籤丁籤七六改。

㊃天，百家、明鈔本、毛本、胡本、席本、全詩作雲。

㊄何曾，胡本作無蹉。

㊅盤舞，宋本、百家作舞盤，據統籤、明鈔本改。

㊆變，席本作遍。樂曲一段音樂終了叫一遍，亦稱變，皆是。

㊇欲，全詩校一作舞。

㊈滿地，百家、明鈔本、毛本、胡本、席本、全詩作滿面，是。統籤作自覺。

【箋注】

〔一〕尋橦，緣竿戲，漢代雜技名。張衡西京賦：「烏獲扛鼎，都盧尋橦。」舊唐書音樂志二：「梁有獼猴幢伎，今有緣竿，又有獼猴緣竿，未審何者爲是。」鄭處晦明皇雜録卷下：「每賜宴設酺會，則上御勤政樓，金吾及四軍兵士未明陳仗，盛列旗幟，皆帔黄金甲，衣短後繡袍。太常陳樂，衛尉張幕後，諸蕃酋長就食。府縣教坊大陳山車旱船、尋橦走索、丸劍角抵、戲馬鬬雞。」曾慥類説卷七引教坊記：「上於天津橋南設帳殿，酺三日。教坊一小兒筋斗絶倫，乃衣以綵繒，梳流，雜於内伎中。少頃緣長竿上，倒立，尋復去乎，久之，垂手抱竿，翻身而下。樂人等皆捨所執，宛轉於地，大呼萬歲。百官拜慶，中使宣旨云：『此技尤難，近方教成。』其實乃小兒也。」所描寫即此戲。

〔二〕百戲：古時雜技之稱。舊唐書音樂志二：「散樂者，歷代有之，非部伍之聲，俳優歌舞雜奏……如此雜變，總名百戲。」

〔三〕「大竿」句：據此，竿爲一人或二人於地上高高擎起，表演者在竿上做各種動作，同時有音樂演奏。

〔四〕山鼠：即鼲，松鼠。爾雅釋獸「鼲鼠」郭璞注：「今江東山中有鼲鼠，狀如鼠而大，蒼色，在樹木上。」

〔五〕小垂：吴兢樂府古題要解卷下：「大垂手，右言舞而垂其手。亦有小垂手及獨垂手也。」盤舞：舊唐書音樂志二：「漢世有橦木伎，又有盤舞，晉世加之以柸，謂之柸盤舞。」此言舞者在竿上一會兒作垂手舞狀，一會兒摹擬盤舞。

〔六〕曲解：樂曲一節終了謂之一解。樂府詩集卷二六引古今樂録：「傖歌以一句爲一解，中國以一章爲一解。」

雞鳴曲㊀〔一〕

雞初鳴，明星照東屋〔二〕。雞再鳴，紅霞生海腹。百官待漏雙闕前〔三〕，聖人亦掛山龍服。寶釵命婦燈下起，珮環玲瓏曉光裏。直内初燒玉案香㊁，司更尚滴銅壺水㊂〔四〕。金吾衛裏直郎妻㊃，到明不睡聽晨雞㊄。天頭日月相送迎㊅，夜栖旦鳴人不迷㊆。

【校記】

㊀ 此詩宋本無，據王建詩集二繆荃孫補遺、樂府八三、明鈔本、席本、全詩二九八補。

㊁ 案，樂府作按。

㊂ 尚，全詩校一作常。

㊃ 直，樂府、全詩校一作更。

㊄ 明，繆補作鳴，據樂府、明鈔本、席本、全詩改。

㊅ 迎，樂府作近。

㊆ 旦，繆補作且，據樂府、明鈔本、席本、全詩改。

【箋注】

〔一〕樂府詩集卷八三雜曲謠辭一雞鳴歌解題：「樂府廣題曰：『漢有雞鳴衛士，主雞唱。宮外舊儀，宮中與臺並不得畜雞，晝漏盡，夜漏起，中黄門持五夜，甲夜畢傳乙，乙夜畢傳丙，丙夜畢傳丁，丁夜畢傳戊，戊夜，是爲五更。未明三刻雞鳴，衛士起唱。』漢書曰：『高祖圍項羽垓下，羽是夜聞漢軍四面皆楚歌。』應劭曰：『楚歌者，雞鳴歌也。』晉太康地記曰：『後漢固始、鮦陽、公安、細陽四縣衛士習此曲，於闕下歌之，今雞鳴歌是也。』然則此歌蓋漢歌也。按周禮雞人掌大祭祀，夜嘑旦以嘂百官。則所其亦遠矣。」

〔二〕明星：即金星，也叫啓明星、太白星。爾雅釋天：「明星謂之啓明。」郭璞注：「太白星也，晨見東方謂啓明，昏見西方謂太白。」詩經鄭風女曰雞鳴：「子興視夜，明星有爛。」

〔三〕待漏：古代百官清早入朝，準備朝拜皇帝，稱待漏。李肇唐國史補卷中：「舊百官早朝，必立馬於望仙、建福門外，宰相於光宅車坊，以避風雨。元和初，始置待漏院。」雙闕：崔豹古今注卷上：「闕，觀也。古每門樹兩觀於其前，所以標表門宮也。其上可居，登之則可遠觀，故謂之觀。人臣將至此，將思其所闕，故謂之闕。其上皆丹堊，其下皆畫雲氣、仙靈、奇禽怪獸，以昭示四方焉。」

〔四〕司更：宮中掌報時辰之人。新唐書百官志二：司天臺，「五官司辰八人，正九品上。漏刻博士六人，從九品下。掌知漏刻。凡孔壺爲漏，浮箭爲刻，以考中星昏明，更以擊鼓爲節，點以擊鐘爲節。」銅壺：即漏壺，以銅製成，古代計時器。

送衣曲㊀〔一〕

去秋送衣渡黄河，今秋送衣上隴阪〔二〕。婦人不知道徑處，但問新移軍近遠㊁。半年著道經雨濕，開籠見風衣領急。舊來十月初點衣，與郎著向營中集。絮時厚厚綿纂纂〔三〕，貴欲征人身上暖。願郎莫著裹屍歸㊂〔四〕，願妾不死長送衣。

【校記】

㊀ 此詩宋本無，據王建詩集二繆荃孫補遺、樂府九四、明鈔本、席本、全詩二九八補。

㊁ 問，樂府作聞。

㊂ 郎，樂府、明鈔本、席本、全詩作身。

【箋注】

〔一〕樂府詩集歸之爲新樂府辭之樂府雜題。此詩寫征人之妻親自往邊塞爲親人送寒衣。

〔二〕隴阪：李吉甫元和郡縣圖志卷三九秦州清水縣：「小隴山一名隴坻，又名分水嶺。隗囂時來歙襲得略陽，囂使王元拒之。隴阪九迴，不知高幾里，每山東人西役，升此瞻望，莫不悲思。隴上有水，東西分流，因號驛爲分水驛。行人歌曰：『隴頭流水，鳴聲幽咽。遥望秦川，肝腸斷絶。』東去大震關五十里。上多鸚鵡。」

〔三〕纂纂：厚集貌。

〔四〕裹屍：後漢書馬援傳馬援語：「男兒要當死於邊野，以馬革裹屍還葬耳，何能卧牀上，在兒女子手中邪？」

斜路行㊀〔一〕

世間娶容非娶婦㊁，中庭牡丹勝松樹。九衢大道人不行，走馬奔車逐斜路〔二〕。斜路行熟直路荒，東西豈是横太行㊂。南樓彈弦北户舞㊃〔三〕，行人到此多徊徨㊄。頭白如絲面如繭，亦學少年行不返。縱令自解思故鄉㊅，輪折蹄穿白日晚。誰將古曲換斜音，回取行人斜路心。

【校記】

㊀此詩宋本無，據王建詩集二繆荃孫補遺、樂府九四、明鈔本、席本、全詩二九八補。

㊁非，樂府校一作不。

㊂是，樂府校一作不。

㊃弦，繆補作絲，據樂府、明鈔本、席本、全詩改。

㈤ 徊，繆補作彷，樂府校一作彷，據樂府、明鈔本、席本、全詩改。

㈥ 解，繆補作愛，據樂府、明鈔本、席本、全詩改。

【箋注】

〔一〕樂府詩集卷九四新樂府辭五斜路行解題：「長安有狹斜行曰：『長安有狹斜，道隘不容車。』斜路行其義亦同。」又卷三四相和歌辭九相逢行解題：「一曰相逢狹路間行，亦曰長安有狹斜行。樂府解題曰古詞，文意與雞鳴曲同。晉陸機長安狹斜行云：『伊洛有歧路，歧路交朱輪』，則言世路險狹邪僻，正直之士無所措手足矣。」王建此詩寫長安士人的冶遊生活。

〔二〕斜路：漢書五行志中之上引成帝時童謠：「邪徑敗良田，讒口害善人。」又，狹斜意謂小徑曲巷，娼妓多居此種地方，故指娼妓居處。

〔三〕北户：即北里。史記殷本紀：「於是使師涓作新淫聲，北里之舞，靡靡之樂。」北里遂成爲淫樂之地的代稱。唐長安平康里，妓院所在，在長安城北，也稱北里。

【輯評】

吴慈培手抄本王建詩集載録錢謙益題注：長安有狹斜行曰：「長安有狹斜，道隘不容車。」斜路行其義亦同。

織錦曲㊀〔一〕

大女身爲織錦户㊁〔二〕，名在縣家供進簿㊂。長頭起樣呈作官〔三〕，聞道官家中苦難。回花側葉與人別，唯恐秋天絲線乾㊃。紅縷葳蕤紫茸軟，蝶飛參差花宛轉㊄。一梭聲盡重一梭，玉腕不停羅袖卷。窗中夜久睡髻偏，橫釵欲墮垂著肩。合衣卧時參没後〔四〕，停燈起在雞鳴前。一匹千金亦不賣，限日未成官裏怪㊅。錦江水涸貢轉多〔五〕，宫中盡著單絲羅〔六〕。莫言山積無盡日，百尺高樓一曲歌。

【校記】

㊀此詩宋本無，據王建詩集二繆荃孫補遺、樂府九四、明鈔本、席本、全詩二九八補。

㊁大，全詩校一作一。

㊂家，繆補作來，據樂府、明鈔本、席本、全詩改。

㊃恐，全詩校一作愁。

㊄飛，繆補作花，據樂府、明鈔本、席本、全詩改。

㊅官，明鈔本、全詩作宫。

【箋注】

〔一〕樂府詩集卷九四收爲新樂府辭之樂府雜題。

〔二〕織錦户：專門負責給官府織錦的人家。元稹織婦詞自注：「余掾荆時，目擊貢綾户有終老不嫁之女。」貢綾户即專門織造貢綾的人家。

〔三〕長頭：指爲官府做事的人。

〔四〕參：星宿名，夜晚出現於西方天空，半夜後没於地平線下。

〔五〕錦江：水名，在成都南。常璩華陽國志卷三：「其道西城，故錦官也。錦江織錦濯其中則鮮明，他江則不好，故曰錦里也。」酈道元水經注卷三三江水：「道西城，故錦官也。言錦工織錦則濯之江流，而錦至鮮明，濯以他江，則錦色弱矣，遂命之爲錦里也。」新唐書地理志六成都府蜀郡：「土貢：錦、單絲羅、高杼布、麻、蔗糖、梅煎、生春酒。」

〔六〕單絲羅：一種極精美的絲織品。馬縞中華古今注卷中：「襯裙，隋大業中，煬帝製五色夾纈花羅裙，以賜宫人及百僚母、妻，又製單絲羅以爲花籠裙，常侍宴供奉，宫人所服。後又於裙上剪絲鳳綴於縫上，取象古之褕翟，至開元中猶有製焉。」

擣衣曲〔一〕

月明中庭擣衣石，掩帷下堂來擣帛。婦姑相對初力生〔二〕，雙揎白腕調杵聲。高樓敲玉節會成，家家不睡皆起聽。秋天丁丁復凍凍〔二〕，玉釵低昂衣帶動。夜深月落冷如刀，濕著一雙纖手痛。回編易裂看生熟，鴛鴦紋成水波曲。重燒熨斗帖兩頭㊂，與郎裁作迎寒袞。

【校記】

㊀ 此詩宋本無，據王建詩集二繆荃孫補遺、樂府九四、明鈔本、席本、全詩二九八補。樂府收此詩無作者姓名，前一首爲王建當窗織，當是相沿而下以致脱去作者名。題，全詩校一作送衣曲。

㊁ 初，全詩作神。

㊂ 重，繆補作曲，據樂府九四、明鈔本、席本、全詩改。

【箋注】

〔一〕樂府詩集卷九四新樂府辭五擣衣曲解題：「班婕妤擣素賦曰：『廣儲縣月，暉木流清，桂露朝滿，涼衿夕輕。改容飾而相命，卷霜帛而下庭。於是投香杵，加紋碪，擇鸞聲，争鳳音。』又曰：『調無定律，聲無定本，任落手之參差，從風飆之遠近。或連躍而更投，或暫舒而長卷。』蓋言擣素裁衣，緘封寄遠也。」楊慎升庵詩話卷一二：「字林曰：『直舂曰擣。』古人擣衣，兩女子對立，執一杵，如舂米然。今易作臥杵，對坐擣之，取其便也。嘗見六朝人畫擣衣圖，其製如此。」

〔二〕丁丁：形容擣衣聲。凍凍：形容較沉重的擣衣聲。

秋夜曲兩首㈠〔一〕

天清漏長霜泊泊〔二〕，蘭緑收榮桂膏涸。高樓雲鬟弄嬋娟，古瑟暗斷秋風弦〔三〕。玉關遥隔萬里道，金刀不剪雙淚泉。香囊火死香氣少〔四〕，向帷合眼何時曉㈡。城烏作營啼野月㈢，秦州少婦生離別㈣〔五〕。

【校記】

㈠此二詩宋本無，據王建詩集二繆荃孫補遺、樂府七六、明鈔本、席本、全詩二九八補。第二首又載萬曆本絶句二四。兩，全詩作二。

㈡此句繆校一作向帷眠閣何時曉。

㈢野，席本作夜。

㈣州，全詩校一作川。

【箋注】

〔一〕樂府詩集卷七六雜曲歌辭十六秋夜長解題：「魏文帝詩曰：『漫漫秋夜長，烈烈北風涼。展轉不能寐，披衣起彷徨。彷徨忽已久，白露沾我裳。俯視清水波，仰看明月光。』又曰：『草蟲鳴何悲，孤雁獨南翔。鬱鬱多悲思，綿綿思故鄉。』秋夜長其取諸此。」

〔二〕泊泊：通薄薄，形容薄薄的一層。

〔三〕秋風：樂府詩集卷六〇琴曲歌辭四有秋風。此處雙關。

〔四〕香囊：盛香料的小囊，佩帶於身或懸挂帳中。但香囊中不能點火，此處云「香囊火死」，疑「香囊」爲「香爐」或「香毬」之訛。香爐爲焚香器，用以薰香。香毬爲被中熏香器，圓形，外爲金屬鏤空的圓罩，內有三層關捩，中置半球狀碗以爇火，可置被中，雖轉動而火不滅。元稹香毬詩：「順俗唯團轉，居中莫動摇。愛君心不測，猶訝火長燒。」即寫此物。參閲王三聘古今器物考卷七「器用香毬」條。

〔五〕秦州：唐秦州天水郡，中都督府，府治今甘肅天水。

秋燈向壁掩洞房，良人此夜直明光〔一〕。天何悠悠漏水長，南樓北斗兩相當㊀〔二〕。

【校記】

㊀ 樓，萬曆本絶句、明鈔本、席本、全詩作斗。

【箋注】

〔一〕明光：漢明光宫，漢武帝置，一在北宫，太初四年秋建，南與長樂宫相連。一在甘泉宫，爲漢武帝求仙而建，見三輔黃圖卷三。

〔二〕北斗：北斗七星，在北天排列成斗形的七顆亮星。相當：相對。

題台州隱靜寺㊀〔一〕

隱靜靈仙寺天鑿㊁，杯度飛來建巖壑〔二〕。五峰直上插銀河，一澗當空瀉寥廓。崆峒黯淡碧琉璃㊂〔三〕，白雲吞吐紅蓮閣。不知勢壓天幾重，鐘聲常在月中落㊃。

【校記】

㊀此詩宋本無，據王建詩集二繆荃孫補遺、英華二三三六、明鈔本、席本、全詩二九八補。台州，英華校一作天台。

㊁仙，明鈔本、繆補作山，據英華、席本、全詩改。

㊂碧琉璃，英華校一作瑠璃殿。

㊃在，英華、全詩作聞。

【箋注】

〔一〕隱靜寺不在台州，「台州」或爲「宣州」之訛，或爲衍文。李白有送通禪師還南陵隱靜寺，張祜有題南陵隱靜寺，皆云隱靜寺在南陵（屬宣州）。隱靜寺所在之隱靜山有五峰，天台國清寺左右也有五峰，或由此與天台國清寺混爲一談耶？周賀宿隱靜寺上人：「一宿五峰杯度寺，虛廊中夜磬聲分」，陳耆卿嘉定赤城志卷二八將周賀詩收在天台國清寺下，已將南陵隱靜寺誤爲天台國清寺矣。國清寺從未名過「隱靜」，也與杯度無關，此誤甚明。王象之輿地紀勝卷一八：「隱靜山在繁昌縣東南七十里，乃杯度建道場之所，爲普惠寺。山有五峰，碧霄峰泉出其下，中有魚金鬣。桂月峰乃杯度經行之地，有桂樹，每月夜宴坐其下，坐石今在。鳴磬峰當杯度時，每至秋夕，自然有磬聲。猿巖多栖猿狖。噴雲泉在寺北，通海寺在寺東。」康熙太平府志卷二五：「隱靜寺在（繁昌）縣東南二十里隱靜山，一名五峰寺，劉宋杯度禪師建，舊匾江東第二禪林。宋大中祥符間改普慧禪寺，嘉祐三年建閣，藏三朝御書百十一軸……寺有杯度松、朗公菊、頻伽鳥，皆晉宋遺迹。又有水米鹽醬等池，相傳創寺時，諸物從中出。」同書卷三：「隱靜山在邑東南三十里銅官鄉……寺當五峰之會，巑岏拱合，右瞰西庵，左顧降福殿，鐘磬鏜鎝，從松濤竹浪中出。距寺二里許，雙松對峙，勢若虯蠖，爲杯度手植。古澗委折，殷雷轟地，洵勝覽焉。」王建詩所寫景象與地志所述皆合，可知寺即宣州隱靜寺。

〔二〕杯度：慧皎高僧傳卷一〇宋京師杯度：「杯度者，不知姓名，常乘木杯度水，因而爲目。」

〔三〕崆峒：讀若「空洞」，山洞。

長安别㊀

長安清明好時節，只宜相送不宜别。惡心牀上銅片明㊁〔一〕，照見離人白頭髮。

【校記】

㊀此詩宋本無，據王建詩集二繆荃孫補遺、萬曆本絶句二四、明鈔本、席本、全詩三〇一補。

㊁心，全詩校一作他。

【箋注】

〔一〕銅片：此指鏡。

誤收之作

銅雀臺

驕愛更何日，高臺空數層。含啼映雙袖，不忍看西陵。漳水東流無復來，百花輦路爲蒼苔。青樓月夜長寂寞，碧雲日暮空徘徊。君不見鄴中萬事非昔時，古人不在今人悲。春風不逐君王去，草色年年舊宫路。宫中歌舞已浮雲，空指行人往來處。

【辨證】

毛本、席本、胡本皆録此詩，宋本無。全唐詩卷二九八王建詩亦收。然唐文粹卷一二、樂府詩集卷三一皆題劉長卿作。明陸時雍唐詩鏡卷四一將此詩收在王建名下，毛本、席本、胡本或據此收。銅雀臺在鄴都，曹操所建。

【輯評】

陸時雍唐詩鏡卷四一：氣格稍挺。張王七古瘖啞偪側，每到真處，一如兒啼女笑所爲，故詩以清遠爲佳，不以苦刻爲貴。

柘枝詞

將軍奉命即須行，塞外□疆□□□。□□聞道烽煙動，腰間寶劍匣中鳴。

【辨證】

此詩只載席本，各本無。樂府詩集卷五六載此詩，題同，詩如下：「將軍奉命即須行，塞外强領兵。聞道烽煙動，腰間寶劍匣中鳴。」即收在席本中的這首詩。但樂府詩集無作者姓名，應是無名氏的作品，席本誤收。

讚碎金

一軸零書則未多，要來不得那人何。從頭至尾無閑字，勝看真珠一百螺。

【辨證】

此詩各本無，陳尚君全唐詩補編全唐詩續拾卷二五據敦煌遺書斯坦因六二〇四收入。爲此卷字寶碎金末附，署「吏部郎中王建」。斯坦因六一九亦載此詩，則署「王建郎中」。首句「則」，斯六一九作時。第二句「得」，斯六一九作問。末句「真」，斯六一九作珍。但王建從未任過郎中之職，故可判定此詩非王建作。唐代尚有一王建，唐才子傳卷四云王建大曆十年丁澤榜第二人及第，而詩人王建未嘗進士及第，賈島有光州王建使君水亭詩，又有留别光州王使君建（詩下注云：「一本無建字。」），詩人王建亦未嘗爲光州刺史，則此爲郎中之王建很可能就是大曆十年進士登第、又曾爲光州刺史之王建。總之，此詩非詩人王建作。字寶碎金是一部收録民間俗字的字書，碎金喻其零散。世説新語文學：「桓公及謝安石作簡文謚議，看竟，擲與坐上諸客曰：『此是安石碎金。』」

夢好梨花歌

薄薄落落霧不分，夢中唤作梨花雲。瑶池水光蓬萊雪，青葉白花相次發。不從地上生枝柯，合在天頭繞宫闕。天風微微吹不破，白豔卻愁春涴露。玉房綵女齊看來，錯認仙山鶴飛過。落英散粉飄滿空，梨花顔色同不同。眼穿臂短取不得，取得亦如從夢中。無人爲我解此夢，梨花一曲心珍重。

【辨證】

此詩各本無，陳尚君全唐詩補編全唐詩續拾卷二五據墨莊漫録卷六收入。明馮舒抄本王建詩集馮舒題記：「宋人張邦基墨莊漫録第六卷有王建夢看梨花雲歌，且云建集共七卷，印行本一卷，乃無此詩。余此本亦爲柳大中傀改，竟不知所謂七卷本又何如也。」張邦基墨莊漫録卷六「王建梨花詩」條：「東坡作梅花詞云：『高情已逐曉雲空，不與梨花同夢。』注云：『唐王建有夢看梨花雲詩。』予求王建詩，世所雕行印本一卷，乃無此篇，後得之於晏元獻類要中。後又得建全集七卷，乃得全篇，題云夢好梨花歌……（即上所録詩）或誤傳爲王昌齡，非也。」按：蘇軾西江月詞末句「不與梨花同夢」，自跋云：「詩人王昌齡夢中作梨花詩。」胡仔苕溪漁隱叢話前集卷四一：「高齋詩話云：『高情已逐曉雲空，不與梨花同夢。』後見王昌齡梅詩云：『落落寞寞路不分，夢中唤作梨花雲。』方知東坡引用此詩也。」王楙野客叢書卷六「東坡梅詞」條：「高齋詩話載：王昌齡梅詩云：『落落莫莫路不分，夢中唤作梨花雲。』坡蓋用此事也。」可見蘇軾、曾慥皆以此詩爲王昌齡作。張邦基云王建詩「世所雕行印本一卷」，「一」字當是「十」字之訛。南宋時王建詩集尚全，其中無此詩，自當非王建作。張氏云得之於晏殊類要，很可能類要誤王昌齡作王建，正像宋人的某些類書引詩誤王維作王建一樣。故判斷此詩非王建作。第八句「涴露」當作「露涴」。「露」爲去聲暮韻，與破、過不協。「涴」則爲去聲過韻，與破、過正叶。涴，沾染。第九句「玉房」，爲道家傳説中的仙居。張君房雲笈七籤卷一二黄庭外景經：「玉房之中神門户」，注：「玉房，一名洞房，一名紫房，一名絳宫，一名明堂，玉華之下金匱鄉。」綵女則指仙居宫室中的仙女。

王建詩集卷第三

樂府

宮中三臺㈠〔一〕二首六言

魚藻池邊射鴨〔二〕，夫容苑裏看花㈡〔三〕。日色柘袍相似㈢〔四〕，不著紅鸞扇遮〔五〕。

【校記】

㈠才調集一、百家一三、萬曆本絶句一〇、全詩三〇一題作宮中三臺詞。

㈡夫容，諸本作芙蓉。苑，才調集、樂府七五、絶句作園。

㈢袍，才調集、百家、絶句作黄。

【箋注】

〔一〕樂府詩集卷七五雜曲歌辭十五三臺解題：「後漢書曰：『蔡邕爲侍御史，又轉持書侍御史，遷尚書，三日之間，周歷三臺。』馮鑑續事始曰：『樂府以邕曉音律，製三臺曲以悦邕，希其厚意。』劉禹錫嘉話録曰：『三臺送酒，蓋因北齊高洋毀銅雀臺，築三個臺，宮人拍手呼上臺送酒，因名其曲爲三臺。』李氏資暇曰：『三臺，三十拍促曲名。昔鄴中有三臺，石季龍常爲宴遊之所，樂工造此曲以促飲。』未知孰是。鄴都故事曰：『漢獻帝建安五年，曹操破袁紹於鄴，十五年築銅雀臺，十八年作金虎臺，十九年造冰井臺，所謂「鄴中三臺」也。』北史曰：『齊文宣天保中營三臺於鄴，因其舊基而高博之，九年臺成，改銅爵曰金鳳，金虎曰聖應，冰井曰崇光』云。按樂苑，唐天寶中羽調曲有三臺，又有急三臺。」按：此云宮中三臺，蓋詞以寫宮中事也。後詩因寫江南事，遂名之江南三臺。

〔二〕魚藻池：宋敏求長安志卷六：「九曲宮去宮城十二里，在左右神策軍後。宮中有殿舍、山池，貞元十二年詔浚魚藻池，深一丈，至穆宗又發神策六軍二千人浚之。」資治通鑑卷二四一唐憲宗元和十五年：「八月，癸巳，發神策兵二千浚魚藻池。」胡三省注：「魚藻池在魚藻宮。程大昌曰：『禁池中有山，山中建魚藻宮。王建宮詞云：「魚藻宮中鎖翠娥，先皇幸處不曾過。而今池底休鋪錦，菱葉雞頭漸漸多。」先皇，謂德宗也。』自東内苑玄化門入禁苑，魚藻宮在其西。」

〔三〕夫容苑：即芙蓉苑。康駢劇談録卷下：「曲江池本秦世隑州，開元中疏鑿，遂爲勝境。其南有紫雲樓、芙蓉苑，其西有杏園、慈恩寺，花卉環周，煙水明媚，都人遊翫，盛於中和、上巳之節。」宋敏求長安志卷九：「南街東出春明門，開元二年置宮，因本坊爲名。十四年又取永嘉、勝業坊之半增廣之，謂之南內，置朝堂。……二十年築夾城入芙蓉園，自大明宮東皇城複道，經通化門觀以達此宮，次經春明、延喜門至曲江芙蓉園，而外人不之知也。」

〔四〕柘袍：赤黄色的袍子，唐以來爲皇帝常服。舊唐書輿服志：「其常服，赤黄袍衫，折上頭巾，九環帶，六合靴，皆起自魏、周，便於戎事。」

〔五〕紅鸞扇：即羽扇。崔豹古今注卷上：「雉扇起於殷世，高宗時有雊雉之祥，章服多用翟羽。」王溥唐會要卷二四朔望常參開元中蕭嵩奏：「『臣以爲宸儀肅穆，升降俯仰，衆人不合得而見之』，乃請備羽扇於殿兩廂，上將出，所司承旨索扇，扇合，上座定，乃去扇。」杜甫秋興八首五：「雲移雉尾開宮扇，日繞龍鱗識聖顔。」

池北池南草緑㊀，殿前殿後花紅。天子千年萬歲㊁，未央明月清風〔一〕。

【校記】

㊀緑，原作色，校一本作緑。據才調集、百家、樂府、絶句、毛本、全詩改。

㊁年，原作秋，亦據諸本改。

【箋注】

〔一〕未央：未央宮，漢宮名，高祖七年蕭何主持營造。此以代指唐宮。

【輯評】

張宗橚詞林紀事卷一：黄昇云：仲初以宫詞百首著名，三臺令、轉應曲，其餘技也。

沈雄古今詞話詞辨上卷：三臺舞曲，自漢有之。唐王建、劉禹錫、韋應物諸人，有宫中、上皇、江南、突厥之别，教坊記亦載五七言體，如「不寐倦長更，披衣出户行。月寒秋竹冷，風切夜窗聲。」傳是李後主三臺詞。「雁門關上雁初飛，馬邑闌中馬正肥。陌上朝來逢驛使，殷勤南北送征衣。」傳是盛小叢三臺詞。今詞不收五七言，而收六言四句。王建詞云：「魚藻池邊射鴨，芙蓉苑裏看花。日色赭黄相似，不著紅鸞扇遮。」故一名翠華引。

俞陛雲唐詞選釋：二詞皆臺閣體，録之以備一格，其渾成處想見盛唐詞格。

江南三臺㊀四首六言

揚州橋邊少婦㊁〔一〕，長干市裏商人㊂〔二〕。三年不得消息㊃，各自拜鬼求神。

【校記】

㊀才調集一、萬曆本絶句一〇、全詩三〇一題作江南三臺詞。

㊁揚，原作楊，各本作揚。揚州、楊州，古通，今改爲通用字。少，才調集、樂府七五、全詩八九〇作小。

㊂長干市，原作長安城，全詩同。據樂府、絶句、全詩八九〇改。長干爲著名的商業繁盛之地。

㊃三，全詩作二。

【箋注】

〔一〕揚州橋：沈括夢溪筆談補筆談卷下：「揚州在唐時最爲富盛，舊城南北十五里一百一十步，東西七里三十步，可紀者有二十四橋：最西濁河茶園橋，次東大明橋（今大明寺前），水入西門有九曲橋（今建隆寺前），次當正當帥牙南門有下馬橋，又東作坊橋，橋東河轉向南有洗馬橋，次南橋（見在今州城北門外），又南阿師橋，周家橋（今此處爲城北門），小市橋（今存），廣濟橋（今存），新橋，開明橋（今存），顧家橋，通泗橋（今存），太平橋（今存），利國橋，出南水門有萬歲橋（今存），青園橋，自驛橋北河流東出有參佐橋（今開元寺前），次東水門（今有新橋，非古迹也）東出有山光橋（見在今山光寺前）。又自衙門下馬橋直南有北三橋、中三橋、南三橋，號九橋，不通船，不在二十四橋之數，皆在今州城西門之外。」

〔二〕長干：文選左思吴都賦「長干延屬，飛甍舛互」，劉淵林（逵）注：「建業南五里有山崗，其間平地，吏民雜居，東長干中有大長干、小長干，皆相連。大長干在越城東，小長干在越城西，地有長短，故號大小長干。韓詩曰『考槃在干』，地下而廣曰干。」祝穆方輿勝覽卷一四建康府：「郡南五里有大長干、小長干、東長干，並是地名。江東謂山隴之間曰干。」

青草湖邊草色㊀〔一〕，飛猨嶺上猨聲〔二〕。萬里湘江客到㊁，有風有雨人行㊂。

【校記】

㊀湖，絶句作臺。

㊁湘江，才調集、樂府、絶句、全詩八九〇作三湘。

㊂人行，原作行人，據才調集、樂府、絶句、全詩改。

【箋注】

〔一〕青草湖：太平御覽卷六六引盛弘之荆州記：「巴陵南有青草湖，周迴數百里，日月出没其中，湖南有青草山，故因以爲名。」祝穆方輿勝覽卷二九岳州：「青草湖，一名巴丘湖，北洞庭，南瀟湘，東納汨羅之水，自昔與洞庭並稱。」

〔二〕飛猨嶺：李吉甫元和郡縣圖志卷二九建州：「飛猿嶺在（邵武）縣西一百七十里。」太平御覽卷五四引建安記：「建安縣有禱嶺，與泉州分界，言嶺高，禱而方過。又有飛猿嶺，喬木造天，猿猱之所飛走，故曰飛猿嶺。」王象之輿地紀勝卷一三四邵武軍：「飛猿嶺在邵武縣西一百七十里，建安記云猿猱之所飛走，故名。」

樹頭花落花開，道上人去人來㊀。朝愁暮愁即老㊁，百年幾度三臺。

【校記】

㊀ 道，全詩校一作岸。

㊁ 愁，宋本作恨，據才調集、樂府、毛本、全詩改。即，才調集作郎。

聞身强健且爲㊀，頭白齒落難追。准擬百年千歲，能得幾許多時㊁。

【校記】

㊀ 聞，全詩八九〇作闕。此句樂府校一作聞身康健早爲。

㊁ 能得，原校一作不知，才調集作不知。

宮中調笑詞㊀〔一〕四首

團扇，團扇，美人病來遮面㊁。玉容憔悴三年，誰復思量管絃。絃管，絃管，春草昭陽路斷〔二〕。

【校記】

㊀ 樂府八二、才調集一題作宮中調笑，全詩八九〇作調笑令。

㈡病，全詩八九〇作並。

【箋注】

〔一〕樂府詩集卷八二近代曲辭四宫中調笑解題：「樂苑曰：調笑，商調曲也。戴叔倫謂之轉應詞。」胡震亨唐音癸籤卷一三：「宫中調笑詞，三曲與三臺同一調，有此異名。白樂天云：『調笑令，乃抛打曲也。』有詩云：『打嫌調笑易，飲訝卷波遲。』」疑此調最初用於酒令，參預者依照規矩一唱一應也。

〔二〕昭陽：漢宫殿名，成帝時皇后趙飛燕居之。班固西都賦：「昭陽特盛，隆乎孝成。」後多以指皇帝和受皇帝寵愛的后妃的居處，如王昌齡長信秋詞五首三：「玉顔不及寒鵶色，猶帶昭陽日影來。」

【輯評】

張德瀛詞徵卷一：王仲初「昭陽路斷」，小星安命也。

陳廷焯白雨齋詞話卷七：王仲初調笑令云「絃管絃管，春草昭陽路斷」，結語淒怨，勝似宫詞百首。

顧起綸花庵詞選跋：王仲初古調笑，融情會景，猶不失題旨。

俞陛雲唐詞選釋：四詞節短韻長，獨彈古調，以團扇、蝴蝶、羅袖、楊柳爲起筆，詩經之比體也。意隨調轉，如「絃管絃管」句，音節亦流動生姿。倘使紅牙按拍，應怨入落花矣。

蝴蝶，蝴蝶，飛上金花枝葉㊀。君前對舞春風，百葉桃花樹紅〔一〕。紅樹，紅樹，燕語鶯啼日暮。

【校記】

㊀ 花枝，全詩八九〇作枝玉。

【箋注】

〔一〕百葉桃：太平御覽卷九六七引杜寶大業拾遺録：「四年五月，帝將北巡，發自東都，江東送百葉桃樹四株，敕付西苑種。其花似蓮花而小，花有十餘重，重有七八葉，大於尋常桃花。」

羅袖，羅袖，暗舞春風已舊㊀。遥看歌舞玉樓，好日新粧坐愁。愁坐，愁坐，一世虚生虚過㊁。

【校記】

㊀ 已，樂府作依。

㊁ 世，原作日，據才調集、樂府、全詩八九〇改。虚生，才調集作浮生。

楊柳，楊柳，日暮白沙渡口。船頭江水茫茫，商人少婦斷腸。腸斷，腸斷，鷓鴣夜啼失伴㊀〔一〕。

【校記】

㊀啼，才調集、樂府、全詩八九〇作飛。

【箋注】

〔一〕鷓鴣：鳥名。崔豹古今注卷中：「鷓鴣出南方，鳴常自呼，常向日而飛，畏霜露，早晚希出。有時夜飛，夜飛則以樹葉覆其背上。」

【輯評】

陸時雍唐詩鏡卷四一：結語每覺淒惋。

新嫁娘詞〔一〕三首㊀

鄰家人未識㊁，牀上坐堆堆。郎來傍門户，滿口索錢財〔二〕。

【校記】

㊀原本「三日入廚内」爲第一首，據明鈔、毛本、席本、全詩改。三首，統籤作二首，無「錦障」一首。

㈢未，萬曆本絶句七作不。

【箋注】

〔一〕此一組詩第一首寫郎來議婚時的情景，第二首寫出嫁時離開娘家時的情景，第三首則寫新婚之後侍奉公婆的情景。

〔二〕「滿口」句：當是女家人向前來議婚的郎家人索要錢財，即彩禮。杜佑通典卷五八禮十八公侯士大夫婚禮載大唐顯慶四年詔：天下嫁女受財，八品以下不得過五十匹，借充所嫁女資裝等用。可見當時是通行要彩禮的。

錦障兩邊橫〔一〕，遮掩侍娘行㈠。遣郎鋪簟席，相並拜親情㈡。

【校記】

㈠侍，全詩校一作待。

㈡並拜，宋本作拜並，據絶句、明鈔本、席本、全詩改。

【箋注】

〔一〕錦障：遮蔽風塵或視線的錦製行幕。李商隱朱槿花二首一：「不卷錦步障，未登油壁車。」

三日入廚內㈠，洗手作羹湯。未諳姑食性，先遣小姑嘗㈡。

【校記】

㈠ 內，絶句、明鈔本、毛本、胡本、席本、全詩作下。

㈡ 姑，全詩校一作娘。

【輯評】

劉克莊後村詩話前集卷一：王建新嫁娘詩云：「三日入廚下，洗手作羹湯。未諳姑食性，先遣小姑嘗。」張文潛寄衣曲：「別來不見身長短，試比小郎衣更長。」二詩當以建爲勝。文潛詩與晉人參軍新婦之語，俱有病。

周珽刪補唐詩選脈箋釋會通評林卷四九：顧璘曰：樂府要有此意，方不徒作。唐汝詢曰：詞樸意莊，不作麗語，得酒食是議意。

邢昉唐風定卷二〇：絶句中有調高逼古，出六朝上者，此種是也。

馬魯南苑一知集論詩：詩有最平易者，如王建新嫁娘是也，未嘗使赤繩、朱絲、金閨、玉杵、引鳳、乘龍等語。前二句是新嫁娘舉動，後二句是新嫁娘意想，未執井臼，先觀內規，未奉盤匜，先舉事與。婦代姑，故不言翁。姑尊而小姑埒，故遣小姑嘗。小姑習見之所嗜而先去問她，孝順心腸和熙氣象不小，家亦倨傲，和盤托出，豈非平易而有思致之詩？

毛先舒詩辯坻卷三：王建新嫁娘詞、施肩吾幼女詞，摹事太入情，便落卑格。

沈德潛説詩晬語卷上：五言絶句，右丞之自然，太白之高妙，蘇州之古澹，并入化機……他如崔顥長干曲、金昌緒春怨、王建新嫁娘、張祜宫詞等篇，雖非專家，亦稱絶調。

又重訂唐詩别裁集卷一九：詩至真處，一字不可移易。

黄生唐詩摘抄卷二：極細事，道出便妙，只是一真。

管世銘讀雪山房唐詩序例五絶凡例：王建之新嫁娘，即其樂府。

古風

送人〔一〕

白日向西没㊀，黄河復東流。人生足著地，寧免四方游。我行無返顧，祝子勿回頭㊁。當須向前去，何用起離憂。但恐無廣路，平地作山丘。令我車與馬，欲疾反停留。蜀客多積貨㊂，邊人競封侯㊃。男兒戀家鄉，歡樂爲仇讎〔二〕。丁寧相勸勉，苦口幸無尤〔三〕。對面無相成，不如豺虎儔〔四〕。彼遠不寄書，此寒莫寄裘。與君俱絶迹〔五〕，兩念無因由。

【校記】

㈠ 西，全詩校一作天。

㈡ 祝，全詩校一作況。

㈢ 積，原作賣，據百家一二、毛本、全詩改。

㈣ 競，原作易，據百家、毛本、全詩改。

【箋注】

〔一〕由詩中「我行無返顧」，以及「令我車與馬，欲疾反停留」之句觀之，此詩是作者遠赴某地時與友人的告別之作。

〔二〕「男兒」兩句：是說男兒如果留戀家鄉，在家裏過着歡樂的生活，那就是與自己的前途作對，因而葬送了前途。

〔三〕苦口：史記留侯世家：「且忠言逆耳利於行，毒藥苦口利於病。」後以苦口指不中聽卻懇切有益的規勸。

〔四〕「對面」兩句：是說好朋友如果面對面時無所幫助，那還不如同類的野獸。

〔五〕絶迹：到遠方極遠的地方去。文選班彪北征賦：「遂奮袂以北征兮，超絶迹而遠遊。」

【輯評】

丘迥刊刻王荆公唐百家詩選何焯「彼遠不寄書」句後批：反足上意。

主人故亭〔一〕

主人昔專城〔二〕，城南起高亭。貴與賓客遊，工者夜不寧㊀。酒食宴圃人，栽接望早成。經年使家僮，遠道求異英。郡中暫閑暇，遶樹引諸生。開泉浴山禽，爲愛山中聲。世間事難保，一旦各徂征㊁〔三〕。死生不相及，花落實方榮。我來至此中，守吏非本名〔四〕。重君昔爲主，相與下馬行。舊島日日摧，池水不復清。豈無後人賞，所貴手自營。澆酒向所思，風起如有靈。此去不重來，重來傷我形。

【校記】

㊀工，原作上，據明鈔本、毛本、席本、全詩改。

㊁旦，全詩作日。

【箋注】

〔一〕此詩所寫之主人，當爲一州刺史。當作者來到此地時，昔日的主人已經去世，所建造的池亭也大多荒廢，使作者頗有所感。

〔二〕專城：多以指州郡的地方長官。漢樂府陌上桑：「三十侍中郎，四十專城居。」潘岳馬汧督誄序：「剖符專城，紆青拖墨之司。」

〔三〕徂征：遠行。陸機於承明作與士龍：「牽世嬰時網，駕言遠徂征。」

〔四〕守吏：此指地方官員。

古從軍㈠〔一〕

漢家逐單于㈡，日没交河曲㈢〔二〕。浮雲道傍起，行子車下宿。槍城圍鼓角㈣〔三〕，氈帳依山谷。馬上懸壺漿，刀頭分頓肉㈤。來時高堂上，父母親結束。回首不見家㈥，風吹破衣服。金瘡在股節㈦〔四〕，相與拔箭鏃㈧。聞道西涼州〔五〕，家家婦人哭㈨。

【校記】

㈠樂府三三題作從軍行。

㈡家，原校一作軍，樂府作軍。

㈢交，原作處，樂府、胡本同，全詩校一作交，據改。

㈣圍，原作團，據明鈔本、全詩改。

㈤ 頓，毛本、胡本、全詩作頰。

㈥ 首，明鈔本、毛本、胡本、全詩作面。家，宋本作客，據明鈔本、胡本、席本、全詩改。

㈦ 瘡，原作槍，據明鈔、毛本、席本、全詩改。在，全詩校一作生。股，明鈔本、全詩作肢，席本作腹。

㈧ 拔，全詩校一作取。

㈨ 人，全詩作女。

【箋注】

〔一〕樂府詩集卷三三相和歌辭七從軍行解題：「樂府解題曰：『從軍行皆軍旅苦辛之辭。』廣題曰：『左延年辭云：「苦哉邊地人，一歲三從軍。三子到燉煌，二子詣隴西。五子遠鬬去，五婦皆懷身。」陳伏知道又有從軍五更轉。』」

〔二〕交河：古地名。漢書西域傳下：「車師前國，王治交河城，河水分流繞城下，故號交河。」新唐書地理志四隴右道：「西州交河郡，中都督府。貞觀十四年平高昌，以其地置。開元中曰金山都督府，天寶元年爲郡。」

〔三〕槍城：同槍纍，即籬笆。漢書揚雄傳下揚雄長楊賦：「木擁槍纍，以爲儲胥」，注：「蘇林曰：『木擁柵其外，又以竹槍纍爲外儲也。』……師古曰：儲，峙也。胥，須也。以木擁槍及纍繩連接以爲儲胥，言有儲畜以待所須也。」

〔四〕金瘡：刀箭造成的傷口。

〔五〕西涼州：即涼州，州名，西漢始置，治所屢有變更。唐涼州武威郡，治所在武威。

【輯評】

陸時雍唐詩鏡卷四一：「刀頭」句最是懷人。

邯鄲主人〔一〕

遠客無主人，夜投邯鄲市。飛蛾繞殘燭，半夜人醉起。壚頭酒家女㊀，遺我湘綺被。合成雙鳳花，宛轉不相離。縱令顔色故㊁，勿遺合歡異㊂〔二〕。一念始爲難，萬金誰足貴㊃。門前長安道，去者如流水。晨風群鳥翔，徘徊别離此。

【校記】

㊀頭，百家一二、明鈔本、毛本、席本、全詩作邊。

㊁故，席本、全詩作改，當是。

㊂遺，宋本作遺，據百家、明鈔本、全詩改。

㊃萬，席本作黄。

【箋注】

〔一〕此詩寫自己投宿邯鄲客館，酒家女贈其綺被禦寒，使作者非常感動。邯鄲，縣名。春秋時衛地，戰國時爲趙都城，秦置邯鄲郡，魏、晉爲廣平郡，隋、唐時爲縣。

〔二〕合歡：植物名。崔豹古今注卷下：「合歡樹似梧桐，枝葉繁互相交結，每風來則身相解，了不相牽綴。樹之階庭，使人不忿。嵇康種之舍前。」此樹小葉一到夜間即閉合，故又稱合昏。古時凡是由兩面折合起來的物件皆可稱合歡，如古詩十九首之十九：「文彩雙鴛鴦，裁爲合歡被。」文選班婕妤怨歌行：「裁爲合歡扇，團團似明月。」辛延年羽林郎：「長裾連理帶，廣袖合歡襦。」此處「合歡」意義雙關。

泛水曲〔一〕

載酒入烟浦，方舟泛緑波〔二〕。子酌我復飲㈠，子飲我還歌。蓮深微路通㈡，峰曲幽氣多㈢。閲芳無留瞬，弄桂不停柯。水上秋日鮮㈣，西山碧峨峨〔三〕。兹歡良可貴，誰復更來過。

【校記】

㈠ 酌，原作釣，據百家一二、全詩改。

㈡路通，全詩校一作通路。

㈢氣，全詩校一作風。

㈣日，樂府二〇作月。

【箋注】

〔一〕樂府詩集卷二〇鼓吹曲辭五齊隨王鼓吹曲解題：「齊永明八年，謝朓奉鎮西隨王教於荆州道中作，一曰元會曲，二曰郊祀曲，三曰鈞天曲，四曰入朝曲，五曰出藩曲，六曰校獵曲，七曰從戎曲，八曰送遠曲，九曰登山曲，十曰泛水曲。鈞天已上三曲頌帝功，校獵已上三曲頌藩德。」

〔二〕方舟：兩船相併。國語齊語：「方舟設泭，乘桴濟河。」韋昭注：「方，併也。」

〔三〕峨峨：高聳貌。

江南雜體二首㈠〔一〕

江上風翛翛㈡〔二〕，竹間湘水流。日夜桂花落，行人去悠悠。復見離別處，蟲聲陰雨秋。

【校記】

㊀ 雜，百家一二作新。

㊁ 翛翛，胡本、全詩作儵儵。

【箋注】

〔一〕吴兢樂府古題要解卷上：「右江南曲古詞云：『江南可采蓮，蓮葉何田田。』又云：『魚戲蓮葉東，魚戲蓮葉西，魚戲蓮葉南，魚戲蓮葉北。』蓋美其芳晨麗景，嬉遊得時。若梁簡文『桂檝晚應旋』，唯歌遊戲也。又有采蓮曲等，疑皆出於此。」樂府詩集卷二六相和歌辭一江南解題：「按梁武帝作江南弄以代西曲，有採蓮、採菱，蓋出於此。唐陸龜蒙又廣古辭爲五解云。」王建此題亦出於此。

〔二〕翛翛：形容風聲。如白居易舟中雨夜：「江雲闇悠悠，江風冷翛翛。」

處處江山緑㊀，行人發瀟湘〔一〕。瀟湘迴雁多，日夜思故鄉。春夢不知數，空山蘭蕙香㊁。

【校記】

㊀ 山，明鈔本、毛本、席本、胡本、全詩作草。

㈡蕙香，明鈔本作桂芳，百家、胡本、席本、全詩作蕙芳。

【箋注】

〔一〕瀟湘：詩文中多稱湘水爲瀟湘。山海經中山經：「帝之二女居之，是常遊於江淵，澧沅之風交瀟湘之淵，是在九江之間，出入必以飄風暴雨。」郝懿行箋疏：「湘中記曰：『湘川清照五六丈』，是納瀟湘之名矣。」

【輯評】

陸時雍唐詩鏡卷四一：二首似覺古淡。

遠征歸

萬里發遼陽〔一〕，處處問家鄉。迴車不淹轍，雨雪滿衣裳。行見日月疾，坐思道路長。但令不征戍，暗鏡重生光㈠。

【校記】

㈠重生，毛本、胡本、全詩作生重。

【箋注】

〔一〕遼陽：縣名。漢書地理志下遼東郡：「遼陽，大梁水西南至遼陽入遼。莽曰遼陰。」

思遠人〔一〕

妾思常懸懸㊀〔二〕，君行復綿綿〔三〕。征途向何處，碧海與青天。歲久自有念㊁，誰令長在邊。少年若不歸，蘭室如黄泉㊂〔四〕。

【校記】

㊀ 常，原作向，據明鈔本、胡本、席本、全詩改。

㊁ 歲久，毛本、胡本作羈人。

㊂ 蘭，樂府九三作蕭。

【箋注】

〔一〕樂府詩集卷九三歸之爲新樂府辭。

〔二〕懸懸：形容放心不下。樂府詩集卷五九蔡琰胡笳十八拍十四：「身歸國兮兒莫知隨，心懸懸兮長如飢。」

〔三〕綿綿：長遠貌。漢樂府飲馬長城窟行：「青青河畔草，綿綿思遠道。」

〔四〕蘭室：居室的美稱。張華情詩五首三：「佳人處遐遠，蘭室無容光。」黄泉：地下深處，常以代指墳墓。

傷近者不見〔一〕

離人隔中庭，幸不爲遠征。雕梁下有壁，聞語亦聞行。天涯尚寄信，此處不傳情。君能並照水，形影自分明。

【箋注】

〔一〕「者」當是「而」字之誤。四庫全書總目卷一五〇王司馬集提要：「至於傷近而不見，乃玉臺新詠舊題，此本譌爲傷近者不見。」玉臺新詠卷六王僧孺爲人傷近不見，藝文類聚卷三二王僧孺此詩題作爲人傷近而不見。王建此詩即擬王僧孺題而作。

元日早朝〔一〕

大國禮樂備，萬邦朝元正。東方色未動，冠劍門已盈。帝居在蓬萊〔二〕，肅肅鐘漏清。將軍領羽林，持戟巡宮城。翠華皆宿陳〔三〕，雪仗羅天兵。庭燎遠煌煌〔四〕，旗上日月明。聖人龍火衣〔五〕，寢殿開璇扃〔六〕。龍樓横紫煙㊀，宮女天中行。六蕃陪位次㊁〔七〕，衣服各異形。舉頭看玉牌，不識宮殿名。左右雉扇開㊂〔八〕，蹈舞分滿庭。

朝服帶金玉，珊珊相觸聲〔九〕。泰階備雅樂〔一〇〕，九奏鸞鳳鳴〔一一〕。徘徊慶雲中〔一二〕，笙磬寒錚錚㊃。三公再獻壽〔一三〕，上帝錫永貞〔一四〕。天明告四方，群后保太平〔一五〕。

【校記】

㊀ 紫，明鈔本、毛本校一作曉。

㊁ 陪，全詩作倍。

㊂ 翣，原校一作雉，毛本、胡本、全詩作雉，明鈔本、席本、雜詠作翟。

㊃ 笙，毛本、胡本、席本、雜詠、全詩作竽。

【箋注】

〔一〕詩曰「三公再獻壽，上帝錫永貞」，據此，詩當作於永貞元年。然永貞元年無元日。貞元二十一年正月，德宗卒，太子李誦即位，是爲順宗。是年八月，順宗內禪太子李純，是爲憲宗，改貞元二十一年爲永貞元年。第二年正月又改元元和。舊唐書憲宗紀上：「元和元年春正月丙寅朔，皇帝率群臣於興慶宮奉上太上皇尊號曰應乾聖壽太上皇。丁卯，御含元殿受朝賀。禮畢，御丹鳳樓，大赦天下，改元元和。」是正月一日即改元元和。此詩用改元前夕的年號，義且雙關。

〔二〕蓬萊：即大明宮。唐會要卷三〇：「至龍朔二年，高宗染風痹，以宮內湫濕，乃修舊大明宮，改名蓬萊宮，北據高原，南望爽塏。」

〔三〕翠華：用翠鳥羽毛飾於旗竿，指皇帝的儀仗。漢書司馬相如傳司馬相如上林賦：「建翠華之旗，樹靈鼉之鼓」，顏師古注：「翠華之旗，以翠羽爲旗上葆也。」

〔四〕庭燎：宮庭中照明的火炬。詩經小雅庭燎：「夜如何其？夜未央，庭燎之光。」周禮秋官司烜氏：「凡邦之大事，共墳燭庭燎。」注：「（鄭）玄謂：墳，大也。樹於門外曰大燭，於門内曰庭燎，皆所以照衆爲明。」

〔五〕聖人：指皇帝。禮記大傳：「聖人南面而治天下。」龍火衣：舊唐書輿服志：「玄衣，纁裳，十二章，八章在衣：日、月、星、龍、山、華蟲、火、宗彝，四章在裳：藻、粉米、黼、黻。衣標、領爲升龍，織成謂之也。」又云：「諸祭祀及廟、遣上將、征還、飲至、踐阼、加元服、納后，若元日受朝，則服之。」

〔六〕寢殿：即寢宮，帝王卧室。

〔七〕六蕃：皇帝元日受群臣朝賀，禮部以諸蕃貢物可執者，蕃客執入就位，見新唐書禮樂志九。

〔八〕翣扇：宋史儀衛志一：「古者扇翣，皆編次雉羽或尾爲之，故於文從羽。唐開元改爲孔雀。凡大朝會，陳一百五十有六，分居左右。國朝復雉尾之名，而四面略爲羽毛之形，中繡雙孔雀。」

〔九〕珊珊：佩玉撞擊聲。

〔一〇〕泰階：星名，即三台。上台、中台、下台共六星，兩兩並排而斜上如臺階，故名。此以喻指宫殿階陛。雅樂：用於郊廟朝會的正樂，與燕樂相對立。

〔一一〕九奏：多次演奏。尚書益稷：「簫韶九成，鳳凰來儀。」孔穎達疏：「鄭玄曰：成，猶終也。每曲一終，必變更奏，故經言九成，傳言九奏，周禮謂之九變。」

〔一二〕慶雲：五色雲氣，古時以爲祥瑞之象。漢書天文志：「若煙非煙，若雲非雲，郁郁紛紛，蕭索輪囷，是謂慶雲，喜氣也。」

〔一三〕三公：此指輔助國君治理國家的最高官員。西漢以大司馬、大司徒、大司空爲三公，東漢以太尉、司徒、司空爲三公。

〔一四〕永貞：周禮春官太祝：「太祝掌六吉之辭，以事鬼神，示祈福祥，求永貞。」鄭玄注：「永，長也；貞，正也。求多福，歷年得正命也。」

〔一五〕群后：此指公卿。文選張衡東京賦：「於是孟春元日，群后旁戾」，李善注：「群后，公卿之徒也。」

寄賀田侍中東平功成〔一〕

使迴高品滿城傳〔二〕，親見沂公在陣前〔三〕。百里旗幡衝即斷，兩重衣甲射皆穿。

探知點檢兵應怯，算得新移栅未堅。營被數驚乘勢破，將經頻敗遂生全㈠〔四〕。密招殘寇防人覺，遥斬元兇恐自專〔五〕。首讓諸軍無敢近〔六〕，功歸部曲不争先。開通州縣斜通海，交割山河直到燕。戰馬散驅還逐草，肉牛齊散卻耕田㈡。府中獨拜將軍貴，門下兼分宰相權。唐史上頭功第一，春風雙節好朝天。

【校記】

㈠ 遂，百家一三、毛本、席本作逐。

㈡ 散，席本作放。

【箋注】

〔一〕田侍中謂田弘正，詩賀田弘正討平李師道事。舊唐書田弘正傳：「（元和）十三年，王師加兵於鄆，詔弘正與宣武、義成、武寧、横海等五鎮之師會軍齊進……十四年三月，劉悟以河上之衆倒戈入鄆，斬師道首，詣弘正請降，淄青十二州平。論功加檢校司徒、同中書門下平章事。是年八月，弘正入覲，憲宗待之隆異，對於麟德殿，參佐將校二百餘人皆有頒賜。進加檢校司徒、兼侍中，實封三百户。」新唐書地理志二：「鄆州東平郡，緊。本治鄆城，貞觀八年徙治須昌。」李師道爲李納子，元和元年七月繼其兄師古爲鄆州大都督府長史，充平盧軍及淄青節度副大使知節度事，屢與朝廷對抗。元和十三年，唐軍討之，十四年平之。淄青平盧節度使爲德宗時置，原治青州，貞元四年徙治鄆州，領青、淄、登、萊、齊、兗、鄆、海、沂、密、曹、濮十二州。平李師道後，分其地爲三節度。見新唐書方鎮表二。

〔二〕使迴：使指楊於陵。資治通鑑卷二四一唐憲宗元和十四年二月：「壬戌，田弘正捷奏至，乙丑，命户部侍郎楊於陵爲淄青宣撫使。」

〔三〕沂公：田弘正。元和七年，魏博節度田季安卒，衙兵擁立田興爲留後，田興一遵朝廷約束，憲宗以田興爲銀青光禄大夫、檢校工部尚書、魏州大都督府長史、兼御史大夫、上柱國、沂國公，充魏博等州節度觀察處置支度營田等使，賜名弘正。

〔四〕「將經」句：將指劉悟。劉悟原爲李師道部將，李師道遣其以拒田弘正，劉悟權衡局勢，斬李師道之使，回軍取鄆州，遂斬師道以獻朝廷。見舊唐書劉悟傳。

〔五〕元兇：謂李師道。元和十四年，李師道部將都知兵馬使劉悟斬李師道，詣田弘正請降，淄青亂平。

〔六〕諸軍：時討李師道之軍尚有宣武軍韓弘、義成軍李光顔、武寧軍李愬、横海軍烏重胤。

送裴相公上太原〔一〕

還攜堂印向并州〔二〕，將相兼權是武侯〔三〕。時難獨當天下事，功成卻盡手中籌。

再三陳乞爐煙裏，前後封章玉案頭㊀。朱架早朝排立戟㊁〔四〕，緑槐殘雨看張油㊂〔五〕。遥知雁塞從今好㊃〔六〕，直得漁陽以北愁〔七〕。邊鋪驚巡旗盡換㊄，山城候館壁重修㊅。千群白刃兵迎節，十對紅粧妓打毬〔八〕。聖主分明教暫去㊆，不須高起見京樓〔九〕。

【校記】

㊀封，原作分，據明鈔本、毛本、胡本、席本、全詩改。百家一三亦作分，何焯校：「封字從本集，北人以音同而訛也。」

㊁架，全詩校一作桀。排立，全詩作立劍，胡本作排劍。

㊂殘雨，宋本校一作苑裏，全詩校一作花裏。

㊃雁塞，席本作塞雁。

㊄驚，毛本、席本、全詩作警。百家作恐。

㊅候館壁，宋本校一作欲過館，百家作欲過館。

㊆教，毛本、席本、全詩作交。

【箋注】

〔一〕裴相公爲裴度。舊唐書憲宗紀下：「（元和十四年四月）丙子，制金紫光禄大夫、門下侍郎、同中書門下平章事，兼弘文館大學士、上柱國、晉國公、食邑三千户裴度可檢校左僕射，兼門下侍郎、平章事、太原尹、北都留守，充河東節度觀察處置等使。」詩即作於此時。

〔二〕堂印：宰相居政事堂所用的官印。如韓愈次潼關上都統相公：「暫辭堂印執兵權，儘管諸軍破賊年。」并州：漢置并州，東漢時併入冀州，三國魏時復置，轄地約當今山西汾水中遊地區，唐開元十一年改爲太原府。

〔三〕武侯：三國時蜀諸葛亮以丞相封武鄉侯，兼領益州牧，死謚忠武侯，見三國志蜀書諸葛亮傳。

〔四〕立戟：宋史輿服志二：「門戟，木爲之而無刃，門設架而列之，謂之棨戟，天子宫殿門左右各十二，應天數也。宗廟門亦如之。……臣下則諸州公門設焉。私門則府第恩賜者許之。」

〔五〕緑槐：尉遲偓中朝故事卷上：「天街兩畔槐樹，俗號爲槐衙。曲江池畔多柳，亦號爲柳衙，意謂其行列如排衙也。」張油：張開青油幕。青油幕以青綢爲幕，供迎賓歇息之用。

〔六〕雁塞：指雁門關，在代州雁門山。嘉慶重修一統志卷一五一代州：「雁門山，在州西北三十五里。爾雅『北陵西隃雁門』是也，郭璞注即雁門山也。……漢書郡國志雁門郡陰館縣注引山海經曰：『雁門山者，雁飛出於其間。』州志：山一名雁門塞，雙闕陡絶，雁度其間，稍東有過雁峰，巍然特高，北與應州龍首山相望。」

〔七〕漁陽：郡名。新唐書地理志三：「薊州漁陽郡，下。開元十八年析幽州置。」

〔八〕打毬：打馬毬。人騎於馬上以杖擊毬，先擊過毬門者得頭籌。唐時宫廷以及節度使府頗盛行此戲。王讜唐語林卷五：「打毬，古之蹵鞠也……開元天寶中，上數御觀打毬爲事，能者左縈右拂，盤旋宛轉，殊有可觀。然馬或奔逸，時致傷斃。永泰中，蘇門山人劉鋼，於鄴下上書於刑部尚書薛公云……然打毬乃軍州常戲，雖不能廢，時復爲之耳。」

〔九〕見京樓：唐外鎮節度使有時於郡中起樓，名「見京」或「望京」，以表思念京城之意。如樂史太平寰宇記卷一東京浚儀縣：「望京樓，城西門樓，本無名，唐文宗大和二年，節度使令狐綯（按：綯爲楚之訛）重修，因登臨賦詩曰：『夷門一鎮五經秋，未得朝天未免愁。因上此樓望京國，便名樓作望京樓。』」

【輯評】

丘迥刊刻王荆公唐百家詩選何焯「功成卻進手中籌」句後批：送李愬云：「閑來不對人論戰，難處長先自請行。」亦名句也。

王建詩集卷第四

古風

聞故人自征戍迴〔一〕

昔聞著征戍，三年一還鄉。今來不換兵，須死在戰場。念子無氣力，徒學事戎行。少年得生還㊀，有同墮穹蒼。自去報爾家，再行上高堂。爾弟脩廢櫪㊁，爾母縫新裳。恍恍恐不真，猶未苦承望㊂。每日空出城，畏渴攜壺漿。安得縮地經〔二〕，忽使在我旁。亦知遠行勞，人悴馬玄黃〔三〕。慎莫多停留，苦我居者腸㊃。

【校記】

㊀ 還，毛本、席本作隨。

㊁ 弟，毛本作父。

㊂未苦，原作未若，明鈔本同。毛本、席本、全詩作未苦，據改。

㊃我，全詩校一作哉。

【箋注】

〔一〕此詩寫當作者聽到一個朋友將要從征戰之地回來時，非常高興，趕快去其家報喜，并表達了希望他能快些回來的心情。

〔二〕縮地經：指術士能縮短距離、化遠爲近的法術。葛洪神仙傳卷五壺公：「（費長）房有神術，能縮地脈，千里存在，目前宛然，放之復舒如舊也。」

〔三〕玄黄：疾病貌。詩經周南卷耳：「陟彼高岡，我馬玄黄。」爾雅釋詁下：「痡瘏、虺頽、玄黄……病也。」

【輯評】

趙與虤娱書堂詩話卷下：列仙傳：費長房遇壺翁，有神術，能縮地脈，千里聚在目前，放之如初。岑參詩云：「帝鄉北近日，瀘口南連蠻。何當遇長房，縮地到京關。」又云：「惟求縮脚地，鄉路莫教賒。」王建詩云：「安得縮地經，忽使在我旁」，蓋取諸此。

七泉寺上方〔一〕

長年好名山，本性今得從。迴看塵跡遥，稍見麋鹿蹤。老僧雲中居，石門青重重。陰泉養成龜，古壁飛却龍㊀。掃石禮新經，懸幡上高峰。日高猿鳥合㊁，覓食聽山鐘。將火尋遠泉，煮茶傍寒松。晚隨收藥人，便宿南澗中。晨起銜露行，濕花枝茸茸〔二〕。歸依向禪師㊂，願作香火翁〔三〕。

【校記】

㊀ 却，全詩校一作蚪。

㊁ 高，百家一二、毛本、胡本作夕。

㊂ 歸，席本作皈。

【箋注】

〔一〕七泉寺當在邢州或與邢州相鄰之州。王建有元太守同遊七泉寺詩，元太守爲邢州刺史元誼，故知。嘉慶重修一統志卷一九六彰德府一：「七泉，在林縣東南，七泉社地出泉，有七竅。」清彰德府唐時爲相州，相、邢鄰接，或即此。

〔二〕茸茸：叢生貌。

〔三〕香火翁：佛教以香煙燈火供佛，故以香火翁指佛教徒。

【輯評】

唐詩品彙卷二一「日高猿鳥合」句：劉（辰翁）云：好。「便宿南澗中」句：劉（辰翁）云：

自在。

從元太守夏讌西樓〔一〕

六月晨亦熱，卑居多煩昏。五馬遊西城〔二〕，几杖隨朱輪〔三〕。西樓臨方塘，嘉木當華軒。鳧鷖滿中流〔四〕，有酒復盈樽。山東地無山，平視大海垠㊀。高風涼氣來，灝景沉清源。青衿儼坐傍〔五〕，禮容益存存㊁〔六〕。願爲顏氏徒㊂〔七〕，歌詠夫子門。

【校記】

㊀ 大，原校一作天。

㊁ 存存，全詩作敦敦。

㊂ 願，宋本作顧，據明鈔本、全詩改。

【箋注】

〔一〕元太守爲元誼，詩作於邢州。詩云「山東地無山，平視天海垠」，邢州處華北平原中部，山則指太行山，與邢州的地理位置正相合。新唐書地理志三邢州平鄉縣注：「貞元中刺史元誼徙漳水，自州東二十里出，至鉅鹿北十里入故河。」可知元誼貞元中爲邢州刺史。

〔二〕五馬：漢代太守稱五馬，漢樂府陌上桑：「使君從南來，五馬立踟躕。」後遂以五馬爲地方長官的代稱。程大昌演繁露卷二：「太守五馬，莫知的據。古樂府『五馬立踟躕』，即其來已久……至唐白樂天和春深二十詩曰『五匹鳴珂馬，雙輪畫戟車』，至其自杭分司，有詩曰：『錢塘五馬留三匹，還擬騎來攬擾春』，老杜亦曰：『使君五馬一馬驄』，則是真有五馬矣。若其制之所始，則未有知者。」

〔三〕几杖：几案與手杖，古以賜几杖爲敬老之禮。禮記曲禮上：「大夫七十而致事，若不得謝，則必賜之几杖。」朱輪：古代高官所乘之車，以朱紅漆輪。漢書楊敞傳楊惲報孫會宗書：「惲家方隆盛時，乘朱輪者十人。」

〔四〕鳧鷖：皆水鳥名。鳧，野鴨。鷖，鷗鳥。詩經大雅鳧鷖毛傳：「鳧鷖，守成也。」舊唐書音樂志三：「草木仁化，鳧鷖頌聲。」

〔五〕青衿：詩經鄭風子衿：「青青子衿，悠悠我心」，毛傳：「青衿，青領也，學子之所服。」後遂以青衿指學子。

〔六〕存存：猶存在。周易繫辭上：「成性存存，道義之門。」爾雅釋訓：「存存、萌萌，在也。」

〔七〕顏氏：謂孔子弟子顏回，字子淵，好學，安貧樂道，在孔門中以德行稱。

酬柏侍御聞與韋處士同遊靈臺寺見寄〔一〕

西域傳中説，靈臺屬雍州〔二〕。有泉皆聖跡，有石皆佛頭。所出薝蔔香〔三〕，外國俗來求㊀。毒蛇護其下，樵者不可偷。古碑在雲巔，備載置寺由。魏家移下來〔四〕，後人始增修。近與韋處士，愛此山之幽。各自具所須，竹籠盛茶甌。牽馬過危棧，襞衣涉奔流。草開平路盡㊁，林下大石稠。迴廊轉經峰㊂，忽見東西樓。瀑布當寺門，迸落衣裳秋。石苔鋪紫花，溪葉裁碧油㊃。松根載殿高㊄，飄飄仙山浮。縣中賢大夫〔五〕，一月前此遊。賽神賀得雨〔六〕，豈暇多停留。二十韻新詩，遠寄尋山儔。清泠玉澗泣，冷切石磬愁。君名高難閑，余身愚終休。相將長無因，從今生離憂。

【校記】

㊀俗，毛本作欲。

㊁開，席本作間。

㊂迴廊，全詩作過郭，毛本作過廊。

㊃油，全詩校一作流。

㊄載，全詩校一作戴。

【箋注】

〔一〕柏侍御爲柏元封。靈臺寺在渭南縣。宋敏求長安志卷一七渭南縣：「靈臺山在縣東南三十五里。」嘉慶重修一統志卷二三〇西安府四：「靈臺寺，在渭南縣東南靈臺山，有七星塔。」錢起有夜宿靈臺寺寄郎士元。張禮遊城南記：「圓光寺，王建集爲靈應臺寺，陸長源辨疑志爲慧光寺，韓偓集爲神光寺，今謂之圓光寺。」則靈臺寺即圓光寺。詩云：「縣中賢大夫，一月前此遊。賽神賀得雨，豈暇多停留。」可知柏侍御時爲渭南縣令。周紹良等唐代墓誌彙編續集大和〇三八唐故衛尉卿贈左散騎常侍柏公（元封）墓誌銘并序：「袁公滋鎮白馬……辟書繼至。公以袁公德可依，諾其請，奏授左金吾衛兵曹參軍，充節度推官。尋以嘉畫轉支使，明年遷觀察判官。而薛太保代袁公鎮白馬，乞留公……遷大理評事，攝監察御史。明年，轉監察御史裏行，充節度判官。尋加殿中侍御史内供奉，仍賜緋魚袋。府罷，授京兆府渭南縣令。」薛太保爲薛平。舊唐書薛平傳：「元和七年，淮西用兵，自左龍武大將軍授兼御史大夫、滑州刺史、鄭滑節度觀察等使。……居鎮六年，入爲左金吾大將軍。」則薛平元和十三年罷滑州刺史、義成軍節度使。柏元封爲渭南縣令亦在此年。侍御爲柏元封舊官銜。詩題之韋處士即王建送韋處士老舅之老舅，亦居渭南。（柏侍御爲柏元封之考見陶敏全唐詩人名彙考）

〔二〕雍州：周禮夏官職方氏：「正西曰雍州。」杜佑通典卷一七三州郡三古雍州上：「今之雍州，周之舊都，平王東遷而屬，秦始皇以爲内史地。漢高祖初屬塞國，後更爲渭南郡……大唐初復爲雍州，開元三年改爲京兆府。」左傳僖公十五年「秦獲晉侯以歸……乃舍諸靈臺。」杜預注：「在京兆鄠縣，周之故臺。」三輔黄圖卷五：「周文王靈臺在長安西北四十里。」漢亦有靈臺，三輔黃圖卷五：「漢靈臺在長安西北八里，始曰清臺，本爲候者觀陰陽天文之變更，名曰靈臺。」

〔三〕薝蔔：花名，爲梵語名。舊以爲梔子，如段成式酉陽雜俎卷一八：「陶貞白言：梔子翦花六出，刻房七道，其花香甚。相傳即西域薝蔔花也。」周去非嶺外代答卷七：「蕃梔子出大食國，佛書所謂薝蔔花是也。海蕃乾之，如染家之紅花也。今廣州龍涎所以能香者，以用蕃梔故也。又深、廣有白花，全似梔子花而五出，人云亦自西竺來，亦名薝蔔花，此説恐非是。」方以智通雅卷四二：「按周吉甫金陵瑣事曰：人以梔子爲薝蔔，非也。鳳臺門外白蓮寺近牛首太監鄭强葬地傍有薝蔔一叢，乃三寶太監西洋取來者，花瓣似蓮而稍瘦，外紫内淡黃色，嗅之辛辣，觸鼻微有清香，正佛經所云也。此花今不聞，毋亦后土觀之瓊花絶種乎？佛書瞻博，一作贍蔔，黃色，香花，亦訛作薝蔔。」方以智所云即今名鬱金香者，王建詩之薝蔔當爲梔子花。

〔四〕魏家：此指北魏。移碑事未詳。

〔五〕賢大夫：指柏侍御。丘迴刊刻王荆公唐百家詩選何焯於此句後便批「柏侍御」。

〔六〕賽神：酬神，祈雨得雨後的酬神活動。

【輯評】

丘迴刊刻王荆公唐百家詩選何焯「遠寄尋山儔」句後批：「『儔』字帶出與韋。又『君名高難尋』

句後批：應「豈暇」句。又「余身愚終休」句後批：對「多停留」。

荊南贈别李肇著作轉韻詩〔一〕

輝天復耀地㊀，再爲歌詠始。素業傳學徒㊁〔二〕，清門有君子。文澗瀉潺潺，德峰來壘壘。兩京二十年㊂，投食公卿間㊃。封章既不下，故舊多慙顔。賣馬市耕牛，卻歸湘浦山。麥收蠶上簇㊄，衣食應豐足。碧澗伴僧禪，秋山對雨宿。且歡身體適㊅，幸免纓組束。上宰鎮荊州，敬重同歲遊〔三〕。歡逢通世友，簡授畫戎籌㊆。遲遲就公食，愴愴别野裘。主人開宴席，禮數無形迹。醉笑或顛吟，發談皆損益。臨甃理芳鮮，升堂引賓客。早歲慕嘉名，遠思今始平。孔門忝同轍〔四〕，潘室幸諸甥㊇〔五〕。自知再婚娶，豈望爲親情。欣欣還切切〔六〕，又二千里别。楚筆防寄書，蜀茶憂遠熱。關山足重疊㊈，會合何時節。莫歎各從軍㊉，且愁歧路分。美人停玉指，離瑟不中聞〔七〕。争向巴山夜〔八〕，猿聲滿碧雲。

【校記】

㊀ 耀，席本作輝。

〔二〕此句胡本、全詩作素傳學道徒。

〔三〕二十，全詩校一作十二。

〔四〕公卿，宋本校一作卿相。

〔五〕收，全詩校一作秋。

〔六〕適，全詩校一作遥。

〔七〕晝，全詩校一作盡。

〔八〕室，毛本、全詩作館。

〔九〕足，全詩校一作正。

〔一〇〕歎，全詩校一作勸。

【箋注】

〔一〕李肇，兩唐書無傳。新唐書藝文志二著録李肇國史補三卷下注曰：「翰林學士。坐薦柏耆，自中書舍人左遷將作少監。」丁居晦重修承旨學士壁記載李肇元和十三年七月自監察御史充翰林學士，長慶元年正月出守本官。又據舊唐書穆宗紀，長慶元年十二月李肇被貶爲澧州刺史。李肇早期的仕歷無考。此詩云：「兩京二十年，投食公卿間，封章既不下，故舊多慚顔。賣馬市耕牛，卻歸湘浦山。」這些皆爲李肇而發，説的是李肇的情况。又曰：「上宰鎮荆州，敬重同歲遊」，則顯然李肇正在荆南節度使的幕府中爲從事，帶著作郎銜。唐荆南節度使駐江陵。五言古詩一般不换韻，此詩换韻，故曰轉韻詩。

〔二〕素業：清素之業。顔之推顔氏家訓勉學：「有志尚者，遂能磨礪，以就素業。無履立者，自兹惰慢，便爲凡人。」

〔三〕同歲：即同年。漢代舉孝廉，同時被推舉的人稱同歲，如後漢書李固傳附李燮：「有同歲生得罪於(梁)冀」。唐代以稱同年及第者，劉禹錫送張盥赴舉詩引：「古人以偕受學爲同門友，今人以偕升名爲同年友。」此詩作於趙宗儒爲荆南節度使時，趙宗儒與李肇不可能是同年進士。考當時荆南幕府尚有杜元穎，貞元二十一年趙宗儒爲吏部侍郎考杜元穎宏詞登第，大概李肇也是同年宏詞登第的，故此處「同歲」疑指杜元穎與李肇，都是趙宗儒的門生。

〔四〕「孔門」句：孔門謂孔子的門下，謂皆習儒業。王充論衡問孔：「論者皆云孔門之徒，七十子之才勝今之儒，此言妄也。」

〔五〕潘室：文選潘岳悼亡詩三首其二：「皎皎窗中月，照我室南端。」後「潘室」用於喪妻。此詩後二句云：「自知再婚娶，豈望爲親情」，可知王建前妻已逝，故用「潘室」之典。幸諸甥：幸有諸甥相陪伴。由「自知再婚娶，豈望爲親情」之句觀之，王建再娶之妻可能姓李，與李肇爲同宗，或王建再娶之妻與李肇之妻有親戚關係。

〔六〕欣欣：歡悦貌。切切：悲愁貌。

〔七〕離瑟：應劭風俗通聲音：「黄帝書：泰帝使素女鼓瑟而悲，帝禁不止，故破其瑟爲二十五絃。」

〔八〕巴山：泛指蜀境之山，如杜甫傷春五首二：「巴山春色静，北望轉逶迤」；李商隱夜雨寄北：「君問歸期未有期，巴山夜雨漲秋池。」

早發金堤驛〔一〕

蟲聲四野合，月色滿城白。家家閉户眠，行人發孤驛。離家尚苦熱，衣服唯輕絺〔二〕。時節忽復遷，秋風徹經脈。人睡落塹轍，馬驚入蘆荻。慰遠時問程，驚昏忽摇策。從軍豈云樂〔三〕，憂思長縈積。唯願在貧家㊀，團圓過朝夕。

【校記】

㊀在貧家，全詩校一作住貧家，一作在家貧。

【箋注】

〔一〕金堤在今河南滑縣東。史記河渠書：「孝文時河決酸棗，東潰金隄。」張守節正義引括地志：「金隄一名千里隄，在白馬縣東五里。」漢書溝洫志：「（成帝）後三歲，河果決於館陶及東郡金隄，泛溢兗豫，入平原、千乘、濟南。」顧炎武天下郡國利病書北直隸中大名府：「金堤在（内黄）縣東，上接大名，下連滑濬，延袤數百里。漢書：金堤，古堰也。成帝時至王延世運土塞河決，因金堤而增築之。上有秦女樓、金堤驛，今廢。」

〔二〕綌：即「綌」，粗葛布。詩經周南葛覃：「爲絺爲綌，服之無斁。」毛傳：「精曰絺，麤曰綌。」

〔三〕「從軍」句：文選王粲從軍詩五首一：「從軍有苦樂，但問所從誰。」

和裴相公道中贈別張相公〔一〕

雲間雙鳳鳴〔二〕，一去一歸城。鞍馬朝天色㊀，封章戀闕情。日臨宮樹高，煙蓋沙草平。會當戎事息，聯影遶池行㊁〔三〕。

【校記】

㊀色，全詩校一作邑。

㊁池，全詩校一作江。

【箋注】

〔一〕裴相公爲裴度，張相公爲張弘靖。舊唐書憲宗紀下：「（元和十四年四月）丙子，制金紫光禄大夫、門下侍郎、同中書門下平章事兼弘文館大學士、上柱國、晉國公、食邑三千户裴度，可檢校左僕射兼門下侍郎、平章事、太原尹、北都留守，充河東節度觀察處置等使。」「（五月）丙戌，以河東節度使、檢校吏部尚書、同平章事張弘靖爲吏部尚書。」裴度爲接替張弘靖者。據王建詩意，裴度先有道中贈別張弘靖詩，爲送別張弘靖之作，然已不存。

〔二〕鳳鳴：詩經大雅卷阿：「鳳皇鳴矣，于彼高岡。梧桐生矣，于彼朝陽。」後以鳳鳴喻賢才遇時。

〔三〕池：鳳凰池，亦稱鳳池。魏晉南北朝設中書省於禁苑，故稱中書省爲鳳凰池。唐開元中，改宰相辦公之府署爲中書門下，因用鳳池代指相職。

和錢舍人水植詩〔一〕

盆裏盛野泉，晚鮮幽更好㊀。初活草根浮，重生荷葉小。多時水馬出㊁〔二〕，盡日蜻蜓遶。朝早獨來看，冷星沉碧曉。

【校記】

㊀更好，原闕，爲墨釘，據明鈔本、席本、全詩補。毛本作池好。

㊁馬，全詩校一作鳥。

【箋注】

〔一〕錢舍人爲錢徽。錢徽元和三年八月自祠部員外郎充翰林學士，六年四月加本司郎中，八年五月轉司封郎中知制誥，十年七月遷中書舍人，十一年正月出爲太子右庶子，見丁居晦重修承旨學士壁記。韓愈有奉和錢七兄曹長盆池所植，王元啓讀韓記疑曰：「按公時與錢同官，故稱爲曹長。此詩亦（元和）十一年降官以後作。」諸注家皆無異辭。錢徽原唱爲小庭水植率爾成章，見錢仲聯韓昌黎詩繫年集釋卷九附録。水植，盆栽荷花。

〔二〕水馬：水蟲名。王質林泉結契卷五水劃蟲：「身褐，腹白，四足，兩鬒浮水，啑草泥，輕趣極駛，人呼爲水馬兒。」李時珍本草綱目卷四二水黽：「水蟲甚多，此類亦有數種，今有一種水爬蟲，扁身大腹而背硬者，即此也。水爬，水馬之訛耳。」

題壽安南館〔一〕

明蒙竹間亭㊀，天暖幽桂碧。雲生四面山，水接當階石。濕樹浴鳥痕㊁，破苔卧鹿跡。不緣塵駕觸，堪作商皓宅㊂〔二〕。

【校記】

㊀蒙，全詩校一作發。

㊁樹，毛本、胡本作堤。

㊂堪，全詩校一作復。

【箋注】

〔一〕壽安，縣名。漢宜陽縣，隋仁壽四年改名壽安縣。新唐書地理志二河南府河南郡：「壽安，畿。初隸穀州，貞觀七年來屬。」

〔二〕商皓：商山四皓。漢初，東園公、綺里季、夏黃公、角里先生隱居商山，高祖召，不赴。四人鬚眉皆白，故稱四皓。見史記留侯世家、漢書張良傳。

送張籍歸江東〔一〕

清泉瀚塵緇〔二〕，靈藥釋昏狂。君詩發大雅〔三〕，正氣迴我腸。復令五彩姿〔四〕，潔白歸天常。昔歲同講道，青襟在師傍〔五〕，出處兩相因，如彼衣與裳。行成歸此去㊀，離我適咸陽。失意未還家，馬蹄盡四方。訪余詠新文，不倦道路長。僮僕懷昔念，亦如還故鄉。相親惜晝夜，寢息不異牀。猶將在遠道，忽忽起思量〔六〕。黃金未爲罍，無以挹酒漿〔七〕。所念俱貧賤，安得相發揚㊁？迴車遠歸省〔八〕，舊宅江南廂〔九〕。歸鄉非得意㊂，但貴情意彰。五月天氣熱，波濤毒於湯。慎勿多飲酒，藥膳願自强。

【校記】

㊀此句毛本作行行成歸此，胡本作行行成歸計，席本、全詩作行行成此歸。

㊁相發，席本作發中。

㊂此句原闕，爲墨釘，據毛本、胡本、全詩補。

【箋注】

〔一〕張籍與王建曾在邢州同學，此詩作於邢州送張籍赴江東時。由詩意觀之，張籍此前先曾回過一次咸陽，又返邢州。

〔二〕塵緇：染上灰塵的衣服。緇，黑衣。因染灰而變黑。陸機爲顧彦先贈婦：「京洛多風塵，素衣化爲緇。」謝朓酬王晉安：「誰能久京洛，緇塵染素衣。」

〔三〕大雅：詩經有大雅、小雅，爲周王畿内樂詩。大雅多周初作品。舊訓雅爲正，指與夷俗邪音不同的正聲，見荀子王制。後世常以描寫王政的詩歌作品爲大雅，如李白古風五十九首一：「大雅久不作，吾衰竟誰陳？」

〔四〕五彩：五色，青黄赤白黑。尚書益稷：「以五采彰施於五色，作服，汝明。」孔安國傳：「以五采明施於五色，作尊卑之服，汝明製之。」此以指各種服色。後句云「潔白歸天常」，則張籍猶服白衣，無官職也。

〔五〕青襟：即青衿。詩經鄭風子衿：「青青子衿，悠悠我心。」毛傳：「青衿，青領也，學子之所服。」

〔六〕忽忽：心不安貌。

〔七〕酒漿：詩經小雅大東：「維北有斗，不可以挹酒漿。」語出此。

〔八〕歸省：回家看望父母叫歸省。

〔九〕舊宅江南：張籍爲吴郡人，韓愈張中丞傳後序：「愈與吴郡張籍閲家中舊書」，然新唐書韓愈傳附張籍云其和州烏江人，大概和州與吴郡張籍皆曾生活過。張籍送陸暢：「共踏長安街裏塵，吴門獨作未歸身。昔年舊宅今誰在，君過西塘與問人。」可證吴郡確有張籍舊宅。

勵學〔一〕

買地不肥實，其繁繫耕鑿。良田少鋤理，蘭焦香亦薄〔二〕。勿以聽者迷，故使宮徵錯。誰言三歲童，還能分善惡。孜孜日求益，猶恐業未博。況我性頑蒙，復不勤修學。有如朝暮食，暫虧憂隕獲〔三〕。若使無六經〔四〕，賢愚何所托。

【箋注】

〔一〕此詩述學習，大概是作者寫來以激勵自己的。

〔二〕蘭焦：即「蘭蕉」。蘭草與芭蕉，皆爲香草。

〔三〕隕獲：猶言喪失志氣。禮記儒行：「儒有不隕獲於貧賤，不充詘於富貴，不慁君王，不累長上，不閔有司，故曰儒。」鄭玄注：「隕獲，困迫失志之貌也。」

〔四〕六經：詩、書、禮、樂、易、春秋，儒家的六部經典之書。莊子天運：「丘治詩、書、禮、樂、易、春秋六經，自以爲久矣。」

山中寄及第友人

長長南山松，短短北澗楊。俱承日月照，幸免斤斧傷。去年與子别，誠言暫還鄉。如何棄我去，天路忽騰驤。誰謂有雙目，識貌不識腸。豈知心内乖，著我薜蘿裳〔一〕。尋君向前事，不歎今異翔。往往空室中，寤語説珪璋㈠〔二〕。十年居此溪，松桂日蒼蒼。自從無佳人㈡，山中不輝光㈢。盡棄所留藥，亦焚舊草堂〔三〕。還君誓己書，歸我學仙方。既爲參與辰〔四〕，各願不相望㈣。始終名利途，慎勿罹咎殃。

【校記】

㈠語，胡本、全詩作寐。

㈡佳，原闕，爲墨釘，據胡本、全詩補。明鈔本、毛本、席本作故。

㈢不，原闕，據胡本、全詩補。明鈔本、席本作見，全詩校一作少。

㈣各願，席本作願各。

【箋注】

〔一〕薜蘿：薜荔和女蘿，皆植物名。屈原九歌山鬼：「若有人兮山之阿，被薜荔兮帶女蘿。」後以薜蘿指隱士的服裝。

〔二〕珪璋：珪與璋皆爲朝會所執的玉器，後以喻美德。文選曹丕與鍾大理書：「良玉比德君子，珪璋見美詩人。」

〔三〕草堂：南齊周顒隱居鍾山時，仿蜀草堂寺築室，名爲草堂，見文選孔稚珪北山移文。遂以草堂指隱士隱居之處。

〔四〕參與辰：二星名。辰星即商星。參辰二星各在東西，出没互不相見，以喻雙方隔絶。文選蘇武詩四首一：「昔爲鴛與鴦，今爲參與辰。」

求友〔一〕

鑒形須明鏡㈠，療疾須良醫。若無旁人見，形疾安自知。世路薄言行，學成棄其師。每懷一飯恩〔二〕，不重勸勉詞㈡。斆學既不誠〔三〕，朋友道日虧。遂作名利交，四海争奔馳。常慕正直人，生死不相離。苟能成我身，甘與僮僕隨㈢。我言彼當信，彼道我無疑。針藥及病源，以石投深池〔四〕。終朝舉善道，敬愛當行之。縱令誤所見，亦貴本相規。不求立名聲，所貴去瑕玼〔五〕。各願貽子孫，永爲後世資。

【校記】

〔一〕明，全詩校一作初。

〔二〕不，毛本、胡本作千。

〔三〕與，全詩校一作爲。

〔四〕投，全詩校一作探。

〔五〕玼，毛本校一作疵。

【箋注】

〔一〕此詩感慨世風澆薄，世人以名利相交，致使良友難覓。

〔二〕一飯恩：史記范睢列傳：「一飯之德必償，睚眥之怨必報。」晉書苻堅載記：「（王猛）微時一餐之惠，睚眥之忿，靡不報焉，時論頗以此少之。」

〔三〕斆學：教學。尚書說命下：「惟斆學半」，孔安國傳：「斆，教也，教然後知所困，是學之半。」

〔四〕「以石」句：文選李康運命論：「張良受黃石之符，誦三略之説，以遊於群雄，其言也，如以水投石，莫之受也。及其遭漢祖，其言也，如以石投水，莫之逆也。」後遂以以石投水（或池）喻互相投合。

〔五〕瑕玭：瑕與玭皆是玉的缺點，故瑕玭指缺點和毛病。

寄李益少監兼送張實遊幽州〔一〕

大雅廢已久，人倫失其長。天若不生君，誰復爲文綱。迷者得道路，溺者遇舟航。國風人已變，山澤增輝光。星辰有其位，豈合離帝旁〔二〕。賢人既遐征，鳳鳥安來翔㈠〔三〕。少小慕高名，所念隔山岡。集卷新紙封，每讀常焚香。古來難自達㈡，取鑒在賢良㈢。未爲知音故，徒恨名不彰。諒無金石堅，性命豈能長。常恐一世中，不上君子堂。偉哉清河子㈣〔四〕，少年志堅强。篋中有素文，千里求發揚。自顧音韻乖，無因合宫商。幸君達精誠，爲我求回章。

【校記】

㈠鳥，全詩校一作皇。

㈡難，胡本作誰。

㈢在，全詩校一作有。

㊃偉，全詩校一作倞。

【箋注】

〔一〕李益，兩唐書有傳。舊唐書李益傳云「憲宗雅聞其名，自河北召還，用爲祕書少監」，難以定其年月。新唐書宰相世系表二上姑臧大房載李虯子：「益，祕書少監。」岑仲勉認爲「按益官終禮部尚書，則少監應是元和七年時見官。」見唐史餘瀋卷三「韓愈送幽州李端公序」條。新表據林寶元和姓纂，而姓纂成書於元和七年，岑説有理，故可據以論定。然由王建詩看，李益在幽州幕已帶少監銜。據新唐書百官志四下：「都督掌督諸州兵馬、甲械、城隍、鎮戍、糧廩，總判府事。武德初，邊要之地置總管以統軍，加號使持節……自左右丞以下，諸司郎中略如京省。又有食貨監一人，丞二人……有農圃監一人，丞四人……有武器監一人，丞二人……有百工監一人，丞四人……監皆正八品下，丞正九品下。」看來邊塞之都督府也設監與丞，丞可稱少監。但實與京城諸監、少監不同。張實則是欲遊幽州，王建作詩送之。關於張實，舊唐書王遂傳載王遂爲沂州刺史、沂兗海等州觀察使，訾罵將卒，牙將王弁乘人心怨怒，「(元和)十四年七月，遂方宴集，弁噪集其徒，害遂於席，判官張實、李甫等同遇害」。或即此張實。資治通鑑卷二四一唐憲宗元和十四年亦載此事，云與王遂同遇害者爲副使張敦實。疑張實字敦實。權德輿權載之文集卷二五唐故監察御史清河張府君（衆甫）墓誌銘并序：「以建中三年三月日至家而終……其孤曰實，曰宇，年並孩齓，未勝縗絰。」張衆甫之子張實年代稍晚，恐非是。

〔二〕帝旁：帝座爲星名，在天市垣内。此處「帝」雙關星座與朝廷。

〔三〕鳳鳥：論語微子：「楚狂接輿歌而過孔子曰：『鳳兮鳳兮，何德之衰？』」何晏集解：「孔（安國）曰：比孔子於鳳鳥，鳳鳥待聖君乃見，非孔子周行求合。」

〔四〕清河子：指張實。清河爲張姓郡望。

寄崔列中丞〔一〕

火山無冷地㈠，濁流無清源。人生在艱世，何處避讒言？諸侯鎮九州〔二〕，天子開四門〔三〕。尚有忠義士，不得申其冤。嘉木移遠植，爲我當行軒。君子居要途，易失主人恩。我愛古人道㈡，師君直且温。貪泉誓不飲〔四〕，邪路誓不奔〔五〕。如何非罔坂，故使車輪飜？妓妾隨他人，家事幸獲存㈢。當時門前客，默默空冤煩。從今遇明代，善惡亦須論。莫以曾見疑，直道遂不敦。

【校記】

㈠ 地，全詩校一作氣。

㈡愛，胡本作受。

㈢獲，全詩校一作護。

【箋注】

〔一〕崔列未詳。

〔二〕九州：禹分天下爲九州，後以九州比中國之地。尚書禹貢：「禹别九州，隨山濬川，任土作貢。」

〔三〕四門：四方之門。尚書舜典：「賓於四門，四門穆穆。」

〔四〕貪泉：晉書良吏傳吴隱之載隱之爲廣州刺史，未至州二十里，地名石門，有水曰貪泉，飲者懷無厭之欲。隱之既至，酌而飲之，賦詩曰：「古人云此水，一歃懷千金。試使夷齊飲，終當不易心。」及在州，清操逾厲。

〔五〕邪路：漢書五行志中之上載成帝時歌謡：「邪徑敗良田，讒口害善人，桂樹華不實，黄雀巢其顛。」葛洪神仙傳卷六焦先：「然其行不踐邪逕，必循阡陌。」

喻時〔一〕

去者如弊帷，來者如新衣〔二〕。鮮華非久長，色落還棄遺。詎知行者夭，豈悟壯者衰。區區未死間㊀〔三〕，迴面相是非㊁。好聞苦不樂，好視忽生疵。乃明萬物情，皆逐人心移。古今盡如此，達士將何爲？

【校記】

㊀間，毛本作聞。

㊁是，席本作視。

【箋注】

〔一〕此詩感慨世情翻覆，忠言逆耳。

〔二〕新衣：太平御覽卷九〇七引古豔歌：「煢煢白兔，東走西顧。衣不如新，人不如故。」

〔三〕區區：微不足道，不值一提之意。

贈王侍御〔一〕

愚者昧邪正，貴將平道行。君子抱仁義，不懼天地傾㊀。三受主人辟，方出咸陽城。遲疑非自崇，將顯求賢名。自來掌軍書，無不盡臣誠。何必操白刃，始致海内平。恭事四海人㊁，甚於敬公卿。有惡如己辱，聞善如己榮。或人居飢寒，進退陳中情。徹晏聽苦辛㊂，坐卧身不寧。以心應所求，盡家猶爲輕。衣食有親疏，但恐踰禮經。我今願求益，詎敢爲友生〔二〕。幸君揚素風〔三〕，永作來者程。

【校記】

㊀ 懼，全詩校一作罹。

㊁ 恭，全詩校一作忝。

㊂ 晏，席本作宴。

【箋注】

〔一〕此王侍御爲王起。舊唐書王起傳：「起字舉之，貞元十四年擢進士第，釋褐集賢校理。登制策直言極諫科，授藍田尉。宰相李吉甫鎮淮南，以監察充掌書記。入朝爲殿中。遷起居郎。」詩云「三受主人辟，方出咸陽城……自來掌軍書，無不盡臣誠」，正合王起之經歷，故以爲是王起。李吉甫爲淮南節度使在元和三年九月至五年十二月，此詩當作於王起隨李吉甫入朝爲殿中侍御史時。

〔二〕友生：朋友。詩經小雅常棣：「雖有兄弟，不如友生。」

〔三〕素風：淳樸廉潔的風尚。文選傅亮爲宋公修楚元王墓教：「素風道業，作範後昆。」

宋氏五女〔一〕

貝州宋處士廷芬五女：若華、若昭、若倫、若憲、若荀㈠。

五女誓終養，貞孝內自持。兔絲自縈紆〔二〕，不上青松枝。晨昏在親傍〔三〕，閑則讀書詩。自得聖人心，不因儒者知㈡。少年絶音華，貴絶父母詞〔四〕。素釵垂兩髦〔五〕，短窄古時衣㈢。行成聞四方，徵詔環珮隨〔六〕。同時入皇宫，聯影步玉墀〔七〕。鄉中尚其風，重爲修茅茨〔八〕。聖朝有良史，將此爲女師。

【校記】

㈠ 廷，原作若，全詩校一作廷，據改。舊唐書卷五二女學士尚宫宋氏云父名庭芬，新唐書卷七七尚宫宋若昭云父名廷芬，未知「廷」與「庭」孰是。若華，兩唐書后妃傳皆云長曰若莘。然亦有作若華者，如舊唐書穆宗紀：「元和十五年十二月戊寅，召故女學士宋若華妹若昭掌文奏」，元稹元氏長慶集卷五〇追封宋若華制皆作若華。則未知「華」「莘」孰爲正也。若荀，原作若茵，據胡本改。舊唐書卷五二、新唐書卷七七亦皆作若荀。

㈡ 知，全詩校一作資。

㈢ 窄，全詩校一作穿。衣，胡本作儀。

【箋注】

〔一〕舊唐書后妃傳下女學士尚宫宋氏：「女學士尚宫宋氏者，名若昭，貝州清陽人。父庭芬，世爲儒學，至庭芬有詞藻。生五女，皆聰惠。庭芬始教以經藝，既而課爲詩賦，年未及笄，皆能屬文。長曰若莘，次曰若昭、若倫、若憲、若荀。若莘、若昭文尤淡麗，性復貞素閒雅，不尚紛華之飾。嘗白父母，誓不從人，願以藝學揚名顯親。若莘教誨四妹，有如嚴師。著女論語十篇……貞元四年，昭義節度使李抱真表薦以聞，德宗俱召入宫，試以詩賦，兼問經史中大義，深加賞歎。德宗能詩，與侍臣唱和相屬，亦令若莘姊妹應制。每進御，無不稱善，嘉其節概不群，不以宫妾遇之，呼爲學士先生。庭芬起家受饒州司馬，習藝館内，敕賜第一區，給俸料。」新唐書地理志三河北道貝州清河郡屬縣有清陽。

〔二〕兔絲：一種攀援植物。淮南子説山：「千年之松，下有茯苓，上有兔絲。」文選無名氏古詩十九首八：「與君爲新婚，兔絲附女蘿。」此以兔絲不上松枝喻不嫁。

〔三〕晨昏：禮記曲禮上：「冬温而夏清，昏定而晨省。」遂以晨昏指對父母的侍奉。

〔四〕父母詞：當是指宋氏姐妹所作的讚頌父母的詩文。

〔五〕兩髦：髦爲古時幼兒下垂至眉的短頭髮。詩經鄘風柏舟：「髧彼兩髦，實維我儀。」毛傳：「髧，兩髦之貌。髦者，髮至眉，子事父母之飾。」

〔六〕環珮：珮玉。禮記經解：「行步則有環珮之聲，升車則有鸞和之音。」

〔七〕玉墀：此指宮中玉石鋪砌的臺階。

〔八〕茅茨：茅屋。茨爲屋頂。

送于丹移家洛州〔一〕

憶昔門館前，君當童子年。今來見成長，俱過遠所傳㊀。詩禮不外學，兄弟相攻研。如彼販海翁，豈種溪中田。四方尚爾文，獨我敬爾賢。但愛金玉聲，不貴金玉堅㊁。孤遺一室中，寢食不相捐。飽如腸胃同，疾若膚體連。耕者求沃土㊂，漚者求深源。彼邦君子居㊃，一日可徂還㊄。念此居處近，各爲衣食牽。從今不見面，猶勝異山川。既乖歡會期，鬱鬱兩難宣。素琴若無徽㊅〔二〕，安得宮商全。他皆緩別日，我願促行軒。送人莫長歌，長歌離恨延。羸馬不知去，過門常盤旋。會當爲爾鄰，有地容一泉。

【校記】

㊀遠，毛本作述。

㊁玉，全詩校一作石。

〔三〕耕，宋本校一作居。
〔四〕居，宋本校一作意。
〔五〕徂，全詩校一作得。
〔六〕若，全詩作苦。

【箋注】

〔一〕于丹未詳。方干有送于丹、東溪言事寄于丹，皆見全唐詩卷六四九，恐非一人。洺州，新唐書地理志三河北道：「洺州廣平郡，望。本武安郡，天寶元年更名。」

〔二〕素琴：不加裝飾的琴。晉書隱逸傳陶潛：「性不解音，而畜素琴一張。」徽：琴上繫絃之繩。

留别舍弟

孤賤相長育〔一〕，未曾爲遠遊。誰不重歡愛，晨昏闕珍羞〔二〕。出門念衣單，草木當窮秋。非疾有憂歎，實爲人子尤。世情本難合，對面隔山丘。況復干戈地，懦夫何所投。與爾俱長成，尚爲溝壑憂〔三〕。豈非輕歲月，少小不勤修。從今解思量，勉力謀善猷。但得成爾身〔二〕，衣食寧我求。固合受此訓，惰慢爲身羞〔三〕。歲暮當歸來，慎莫懷遠愁〔四〕。

【校記】

㊀相長，全詩校一作長相。

㊁但，全詩校一作伊。

㊂惰，全詩作墮。羞，原校一作饈。

㊃愁，全詩作遊。

【箋注】

〔一〕珍羞：美味。羞通饈。

〔二〕溝壑：溪谷。孟子梁惠王下：「凶年饑歲，君之民老弱轉乎溝壑，壯者散而之四方者，幾千人矣。」

【輯評】

唐詩歸卷二七鍾惺評：至真至閑，元氣到底。又評「草木」句：只説草木，人意難堪，不必言矣。又評「況復」二句：語悲厚，似老杜。譚元春評「豈非」二句：自此以下，原所以出門離別之故，卻似責備、追咎，語別情更深。

壞屋〔一〕

官家有壞屋，居者願離得。苟或幸其遷㊀，因循任傾側㊁。若當君子住，一日還修飾。必使換榱楹㊂〔二〕，先須木端直。永令雀與鼠，無處求栖息。堅固傳後人，從今勉勞力。以茲喻臣下，亦可成邦國。雖曰愚者詞，將來幸無惑。

【校記】

㊀ 遷，全詩校一作還。

㊁ 因，宋本、毛本、全詩作回，據胡本改。

㊂ 榱，全詩校一作椽。

【箋注】

〔一〕此詩以修屋喻治國，表現了作者任人唯賢的政治思想。

〔二〕榱楹：榱即椽子，楹爲廳堂的前柱。

送薛蔓應舉〔一〕

四海重貢獻，珠賫稱至珍㊀〔二〕。聖朝開禮闈〔三〕，所貴集嘉賓。若生在世間，此路出常倫。一士登甲科〔四〕，九族光彩新。憧憧車馬徒〔五〕，争踏長安塵㊁。萬目視高天㊂，昇者寧苦辛㊃。況子當少年，丈人在咸秦㊄〔六〕。出門見宮闕，獻賦侍朱輪㊅〔七〕。

有賢大國豐，無子一家貧。男兒富邦家，豈爲榮其身。煌煌文明代，俱幸生此辰。自顧非國風，難以合聖人。子去東堂上〔八〕，我歸南澗濱。願君勤作書，與我山中鄰。

【校記】

㈠ 賚，全詩校一作貝。
㈡ 踏，全詩作路。
㈢ 高天，全詩校一作天高。
㈣ 寧，胡本、全詩作得。
㈤ 丈，全詩校一作文。
㈥ 侍，全詩校一作待。

【箋注】

〔一〕薛蔓未詳。
〔二〕珠賚：珠寶等財禮。貢奉的財禮稱賚。
〔三〕禮闈：禮部考試。唐科考歸禮部，科舉考試的會場稱闈，故進士科亦稱闈，如春闈、秋闈。
〔四〕甲科：唐宋進士分甲乙科，甲科即指進士甲科。
〔五〕憧憧：往來不絕貌。周易咸：「憧憧往來，朋從爾思。」

〔六〕咸秦：指咸陽。秦都咸陽，故稱咸陽爲咸秦。

〔七〕獻賦：作賦進獻。舊題葛洪西京雜記卷三：「（司馬）相如將獻賦，未知所爲。」

〔八〕東堂：晉書郤詵傳：「累遷雍州刺史。武帝於東堂會送，問詵曰：『卿自以爲何如？』詵對曰：『臣舉賢良對策，爲天下第一，猶桂林之一枝，崑山之片玉。』」後因稱試院爲東堂。程大昌演繁露卷三：「晉郤詵試東堂得第，自言猶桂林一枝。東堂者，晉宮之正殿也。」

將歸故山留別杜侍御㊀〔一〕

有川不得涉，有路不得行。沉沉百憂中，一日如一生。錯來干諸侯〔二〕，石田廢春耕〔三〕。虎戟衛重門〔四〕，何因達中誠。日月俱照耀㊁，山川異陰晴。如何百里間，開目不見明。我今歸故山，誓與草木并。願君去丘坂，長使道路平。

【校記】

㊀御，原校一作郎。作郎是。

㊁耀，全詩作輝。

【箋注】

〔一〕「侍御」當是「侍郎」之訛。詩曰「錯來干諸侯」，又曰「虎戟衛重門」，若作「侍御」，唐侍御史僅從六品下，不得言諸侯，且門衛也無此氣派也。唐尚書省各部侍郎皆爲正四品下，官階較侍御史高出許多，可知作「侍郎」是。此杜侍郎當爲杜黄裳。舊唐書杜黄裳傳：「後入爲臺省官，爲裴延齡所惡，十年不遷。貞元末，爲太常卿。」不言其爲侍郎事。然杜黄裳貞元七年曾爲禮部侍郎知貢舉，樂史廣卓異記卷七「禮部同年三人同在相位」條：「右按唐書：貞元七年，禮部侍郎杜黄裳下三十人及第」，即令狐楚、蕭俛、皇甫鎛之座主。細味王建此詩之意，王建於貞元七年亦來京城應進士試，可是未及第。此詩即留别本年知貢舉杜黄裳之作。

〔二〕諸侯：周漢時中央朝廷所封各國君主統言諸侯，後來獨當地方上一方重任或獨領某一部門者亦可稱諸侯。

〔三〕石田：多石不可耕種之田，指貧瘠的田地。

〔四〕虎戟：文選張衡東京賦：「郎將司階，虎戟交鎩。」薛綜注：「言虎賁中郎將主夾階而立，虎賁或執戟、或持鎩而相對也。交鎩謂交加而設兵器也。」宋史輿服志二：「門戟，木爲之而無刃，門設架而列之，謂之棨戟。天子宫殿門左右各十二，應天數也，宗廟門亦如之……臣下則諸州公門設焉，私門則府第恩賜者許之。」隋書柳彧傳：「時制三品已上，門皆列戟。」唐制因之。王建詩此處藉以稱顯貴之家門衛之嚴。

【輯評】

謝榛四溟詩話卷二：王建留别杜侍御曰：「有川不得涉，有路不得行，沈沈百憂中，一日如一生」，此語無異孟郊。末曰：「願君去隴阪，長使道路平」，此結頗類子美。高棅唐詩品彙卷二二「一日如一生」句：劉（須溪）云：人之有此，苦不能道。末句：劉（須溪）云：古意。

邢昉唐風定卷六：極憤懣，而不寒酸。

送韋處士老舅〔一〕

憶昨癡小年，不知有經籍。常隨童子遊，多向外家劇㊀。偷花入鄰里，弄筆書牆壁。照水學梳頭，應門未穿幘。人前賞文性，梨果蒙不惜。賦字詠新泉〔二〕，探題得幽石〔三〕。自從出關輔，三十年作客。風雨一飄飄，親情多阻隔。如何二千里，塵土驅蹇瘠〔四〕。良久陳苦辛，從頭歎衰白。既來今又去，暫笑還成慼。落日動征車，春風卷離席。雲臺觀西路〔五〕，華嶽祠前柏㊁〔六〕。會得過帝鄉，重尋舊行跡。

【校記】

㊀ 家，全詩校一作人。

㊁ 祠，全詩校一作峰。

【箋注】

〔一〕此韋處士老舅未詳其名。

〔二〕賦字：命題作詩。

〔三〕探題：摸取詩題。以數個詩題寫於籤子或紙條上，令作者隨機抽取其一，叫探題。

〔四〕蹇瘠：此指瘦弱而行動遲緩的馬。

〔五〕雲臺觀：樂史太平寰宇記卷二九華州：「雲臺觀，在（華陰）縣南山下六里。圖經云爲險峻難登。先置下方於山下，天寶元年敕，於熊牢嶺置中方，號曰太清宫。」

〔六〕華嶽祠：初學記卷五：「郭緣生述征記及華山記云：山下自華岳廟列柏，南行十一里，又東迴三里至中祠。又西南出五里至南祠。南入谷口七里又至一祠。」樂史太平寰宇記卷二九華州云華山有南北二廟，「南廟是華北君祠，今有北君、靈臺、上仙、下仙四神童院。其廟外柏樹二十餘株，即後周文帝所植。」

送同學故人

各爲四方人，此地同事師。業成有先後，不得長相隨。出林多道路，緣岡復遶陂。念君辛苦行，令我形體疲。黄葉墮車前，四散當此時。亭上夜蕭索，山風水離離〔一〕。

【箋注】

〔一〕離離：此狀流水聲。

【輯評】

唐詩歸卷二七：鍾（惺）云：一段交情，覺「同學少年多不賤」語欠厚。

幽州送申稷評事歸平盧〔一〕

行子繞天北，山高塞復深㊀。升堂展客禮，臨水濯塵襟㊁。驅馳戎地馬，聚散林間禽。一杯瀉東流〔二〕，各願無異心。薊亭雖苦寒〔三〕，春夕勿重衾。從軍任白頭，莫賣故山岑㊂〔四〕。

【校記】

㊀塞，全詩校一作寒。

㊁塵，胡本、全詩作纓。

㊂岑，毛本作芩。

【箋注】

〔一〕申稷：林寶元和姓纂卷三丹陽申氏：「禺八代孫堂構，唐虞部員外郎，生稷。」此詩云「升堂展客禮，臨水濯塵襟」，譚優學王建行年考考定申稷爲平盧幕僚，帶大理評事銜，因公事來幽州，幕主劉濟命王建接待。當其歸平盧時，作此詩送行。此説有理。唐平盧軍節度使駐營州，與幽州爲毗鄰。

〔二〕瀉東流：鮑照擬行路難十八首四：「瀉水置平地，各自東南西北流。」語出此。

〔三〕薊亭：薊州之亭館。薊爲戰國燕地，秦置漁陽郡，兩漢因之。唐開元十八年分幽州之漁陽、三河、玉田三縣置薊州，取名於古薊門關，仍屬幽州節度使管領。

〔四〕賣山岑：岑爲小而高的山。世説新語排調載支遁就深公買印山，深公答曰：「未聞巢由買山而隱。」後以買山指歸隱。此賣山相對買山而言，意即不回故山隱居，作者勸對方不要這樣做。

温門山〔一〕

早入温門山，群峰亂如戟。崩崖欲相觸，呀豁斷行迹㊀〔二〕。脱屐尋淺流，定足畏欹石。路盡十里溪，地多千歲柏。洞門晝陰黑，深處惟石壁。似見丹砂光，亦聞鍾乳滴。靈池出山底，沸水衝地脈〔三〕。暖氣成濕煙，濛濛窗中白。隨僧入古寺，便是雲外客。月出天氣涼，夜鐘山寂寂。

【校記】

㈠呀，全詩校一作谺。

【箋注】

〔一〕釋道元景德傳燈録卷二二有韶州温門山滿禪師，可知温門山在韶州。此詩所寫温門山有洞穴，中有石鍾乳，正是南方之山石灰巖地貌的特徵。

〔二〕呀豁：空曠的樣子。

〔三〕沸水：此指温泉。

【輯評】

陸時雍唐詩鏡卷四一：平平實寫。

丘迴刊刻王荆公唐百家詩選何焯「暖氣成濕煙」句後批：温。又「月出天氣涼」句後批：反收「温」字。

田　家

啾啾雀滿樹，靄靄東坡雨〔一〕。田家夜無食，水中摘禾黍。

【箋注】

〔一〕靄靄：雲氣籠罩貌。陶淵明停雲：「靄靄停雲，濛濛時雨。」

代故人新姬侍疾

雙轂不回轍，子疾已在旁。侍坐長摇扇，迎醫漸下牀㊀。新施窗中幔，未洗來時粧。奉君纏綿意，幸願莫相忘。

【校記】

㊀漸，毛本、胡本作慚，席本作暫。此句全詩校一作近醫慚下牀。

採　桑〔一〕

鳥鳴桑葉間㊀，葉緑條復柔㊁。攀看去手近㊂，散下長長鈎㊃。黄花蓋野田，白馬少年遊。所念豈迴顧㊄，良人在高樓〔二〕。

【校記】

㊀鳴，全詩校一作啼。

㊁此句全詩作緑條復柔柔。

㊂攀，席本作扳。

㊃散，全詩作放。

㊄顧，全詩校一作志。

【箋注】

〔一〕舊唐書音樂志二：「三洲，商人歌也。商人數行巴陵三江之間，因作此歌。採桑，因三洲曲而生此聲也。」郭茂倩樂府詩集卷八〇近代曲辭二：「樂苑曰：『採桑，羽調曲。又有楊下採桑。』按採桑本清商西曲也。」

〔二〕良人：丈夫。

曉思〔一〕

曉氣生緑水，春條露靡靡㊀。林間栖鳥散，遠念征人起。幽花宿含彩，早蝶寒弄翅。君行非晨風，詎能從門至。

【校記】

㊀靡靡，毛本、胡本作霏霏。上二句毛本、胡本二句乙轉。全詩校：首聯一作春條露霏霏，曉氣生緑水。按：「靡」亦入上聲紙韻。靡靡，零落貌。

【箋注】

〔一〕此詩屬思婦的題材，寫一婦女因思念丈夫而早早起床。

早起〔一〕

迴燈正衣裳㊀，出户星未稀。堂前候姑起㊁，環珮生晨輝。暗池光冪壓〔二〕，密樹花葳蕤〔三〕。九城鐘漏絶〔四〕，遥聽直郎歸。

【校記】

㊀裳，全詩校一作冠。

㊁姑，全詩校一作始。

【箋注】

〔一〕此詩亦寫思婦早起時的情景，但與上一首詩不同，上一首詩中的婦女爲農婦，此一首詩中的婦女則居都城，其丈夫在朝廷當直。

〔二〕羃䍥：覆蓋分佈。

〔三〕葳蕤：紛披貌。

〔四〕九城：指京城各處的城樓，猶京城的道路稱之九衢。

酬張十八病中寄詩〔一〕

本性慵遠行，綿綿病自生。見君綢繆思，慰我寂寞情。風幌夜不掩，秋燈照雨明。彼愁此又憶，一夕兩盈盈〔二〕。

【箋注】

〔一〕張十八爲張籍。

〔二〕盈盈：流淚貌。

秋　夜

夜久葉露滴，秋蟲入户飛。卧多骨髓冷，起覆舊綿衣。

水　精〔一〕

映水色不別㈠，向月光還度㈡。傾在荷葉中，有人看是露。

【校記】

㈠水色，萬曆本絶句七作色水。

㈡月光，絶句作光月。

【箋注】

〔一〕水精即水晶，一種礦物。

香印〔一〕

閑坐燒印香㊀，滿户松柏氣㊁。火盡轉分明，青苔碑上字〔二〕。

【校記】

㊀印香，萬曆本絶句七作香印。

㊁户，絶句作房。

【箋注】

〔一〕古人製香時將香炷未乾時用金屬印格壓成文字，待香燒盡後，灰燼上文字猶存。此種香稱香印，亦稱印香。類説卷五六劉攽劉貢父詩話：「太祖登極，市人以香印字逼近上名，不敢斥言，擊鐵盤默喻，因傳不改。」白居易酬夢得以予五月長齋延僧徒絶賓友見戲十韻：「香印朝煙細，紗燈夕焰明。」香炷一般是用松柏木末加香料製成，故詩又云「滿户松柏氣」。

〔二〕「青苔」句：此句以喻灰燼上的文字。

秋燈

向壁暖悠悠㊀，羅幃寒寂寂㊁。斜照碧山圖㊂，松間一片石。

【校記】

㊀暖悠悠，全詩校一作對孤燈。

㊁羅，萬曆本絶句七作對，全詩校一作秋。

㊂圖，絶句作圓。

落　葉

陳緑尚參差㊀，初紅已重疊。中庭初掃地㊁，繞樹三兩葉㊂。

【校記】

㊀尚，萬曆本絶句七、全詩作向。

㊁初，全詩校一作新。

㊂樹，絶句作池。

園　果

雨中梨果病，每樹無數箇。小兒出入看㊀，一半鳥啄破。

【校記】

㈠入，全詩作户，當是。

野菊

晚豔出荒籬，冷香著秋水。憶向山中見㈠，伴蛩石壁裏㈡。

【校記】

㈠見，全詩校一作尋。

㈡蛩，全詩校一作蟲。

荒園

朝日荒園霜，牛衝籬落壞。掃掠黄葉中，時時一窠薤〔一〕。

【箋注】

〔一〕薤：草本植物，鱗莖爲薤白，可食，亦入藥。

南澗

野桂香滿溪，石莎寒覆水㊀。愛此南澗頭，終日潺湲裏㊁。

【校記】

㊀莎，萬曆本絶句七作沙。

㊁終，宋本缺，據毛本、胡本、席本、全詩補。絶句作一。湲，絶句作潺。

晚蝶

粉翅嫩如水，繞砌乍依風。日高霜露解㊀，飛入菊花中㊁。

【校記】

㊀霜，宋本、毛本、胡本、席本、全詩作山，據萬曆本絶句七改。此詩非寫山中之蝶，作「霜」是。

㊁菊，全詩校一作棗。

古行宫㈠

寥落古行宫，宫花寂寞紅。白頭宫女在，閑坐説玄宗。

【校記】

㈠古，胡本作故。按：此詩與以下二首原編在第九卷，今據各本移此。題下原注：「一作元稹詩。」文苑英華卷三一一題作古行宫，校云「集作故」，收王建温泉宫詩後，題下無作者姓名。洪邁萬首唐人絶句卷六以此詩爲元稹詩，容齋隨筆卷二「古行宫詩」條亦稱「微之有行宫一絶句」，即謂此。元氏長慶集卷一五亦有此詩，題作行宫。全唐詩卷四一〇元稹名下亦收之，題下注曰：「一作王建詩。」由上可見此詩是王建作還是元稹作，殊難斷定。元氏長慶集原一百卷，早已散佚不全，今所傳六十卷最早爲宋宣和間建安劉麟所刻，南宋乾道四年洪适又據劉本覆刻，已非原貌。其間雜有他人作品，當在情理之中。文苑英華收此詩，但作者名佚去。王建集中題正作古行宫，與文苑英華題目相同，似乎所據之書正爲王建集。文苑英華注「集作故」似亦謂王建集也。故此詩斷爲王建作。

【輯評】

洪邁容齋隨筆卷二：白樂天長恨歌、上陽人歌，元微之連昌宫詞，道開元間宫禁事，最爲深切矣。然微之有行宫一絶句云：「寥落古行宫，宫花寂寞紅。白頭宫女在，閑坐説玄宗。」語少意足，有無窮之味。

葉氏愛日齋叢鈔卷三：元稹過華清宫詩曰：「白頭宫女在，閑坐説玄宗。」退之過連昌宫詩：「宫前遺老來相問，今是開元幾葉孫。」各有意味。劍南詩中亦云：「舍北老人同甲子，相逢揮淚説高皇。」

瞿佑歸田詩話卷上：樂天長恨歌凡一百二十句，讀者不厭其長；元微之行宫詩纔四句，讀者不覺其短，文章之妙也。

胡應麟詩藪内編卷六：王建：「寥落古行宫，宫花寂寞紅。白頭宫女在，閑坐説玄宗。」語意妙絶，合建七言宫詞百首，不易此二十字也。

周珽删補唐詩選脈箋釋會通評林卷四九：魏慶之曰：語少意足，有無窮之妙。吴山民曰：冷語令人有惕然深省處。胡應麟曰：語意妙絶，合建七言宫詞百首，不易此二十字也。顧璘曰：「説」字含蓄，更易一字不得。唐汝詢曰：老宫人常態，入詩絶佳。又曰：若説他人，便没興。

黄周星唐詩快卷一四：此宫女得與外人閑説舊事，勝於上陽白髮人多矣。

沈德潛重訂唐詩别裁集卷一九：「説玄宗」，不説玄宗長短，佳絶。只四語，已抵一篇長恨歌矣。

潘德輿養一齋詩話卷三：「寥落古行宫」二十字，足賅連昌宫詞六百餘字。

徐增而庵説唐詩卷九：玄宗舊事出於白髮宮人之口，白髮宮人又坐宮花亂紅之中，行宮真不堪回首矣。

王堯衢唐詩合解箋注卷四評「寥落」句：故行宮加「寥落」二字，分外淒涼。又評「宮花」句：宮無人焉則花光寂寞，空自落殘紅矣。又評「白頭」句：此行宮中誰人對此宮花乎？只有白頭宮女在耳。連用三「宮」字，悽然欲絶。又評「閑坐」句：玄宗舊事，真不堪説，白髮宮人，可憐一世，眼見心痛，不覺於對花閑坐時説之，解此寥寂，而故宮中不堪回首矣。

俞陛雲詩境淺説續編評白居易宮詞：此詩獨直書其事，四句皆傾懷而訴，而無窮幽怨，皆在「坐到明」三字之中。猶元微之「寥落古行宮」詩亦直書其事，而前朝衰盛，皆在「説玄宗」三字之中。元白本一代齊名，詩格與詩心亦相似也。

酬從姪再詩本㈠

眼暗没功夫㈡，慵來翦刻磨㈢。自看花樣古，稱得少年無？

【校記】

㈠ 嘉靖本絶句九題作酬從姪借詩本，毛本、胡本、全詩作酬從姪再看詩本。再詩，再呈之詩。

㈡ 眼，全詩校一作看。

㊂ 磨，席本作圖，全詩作𪍑。刻磨，絶句作客鬢。

別自栽小樹

去年今日栽，臨去見花開。好住守空院，夜間人不來。

早發渭南㊀

橋上車馬發，橋南煙樹開。青山斜不斷，迢遞故鄉來。

【校記】

㊀ 此詩宋本無，據王建詩集四繆荃孫補遺、萬曆本絶句七、明鈔本、毛本、席本、胡本、全詩三〇一補。渭，繆補、絶句、毛本、席本、胡本、全詩作汾，據明鈔本改。王建有家在渭南，姚合有送王建祕書往渭南莊詩。

酬盧祕書㊀〔一〕

芸香閣裏人〔二〕，採摘御園春㊁。取此和仙藥，猶治老病身。

【校記】

㈠ 此詩宋本無，據王建詩集四繆荃孫補遺、萬曆本絶句七、明鈔本、席本、胡本、全詩三〇一補。酬，絶句、全詩作戲酬。

㈡ 採，絶句作手。

【箋注】

〔一〕盧祕書爲盧拱。元稹元氏長慶集卷一二酬盧祕書詩序：「予自唐歸京之歲，祕書郎盧拱作喜遇白贊善詩二十韻，兼以見貽。白時酬和先出，予草蹙未暇，皇（白之訛）頻有致師之挑。」白居易酬盧祕書二十韻即同時之作。白又有題盧祕書夏日新栽竹二十韻、戲題盧祕書新移薔薇，皆酬盧拱之作。元稹元和十年正月自唐州召還，月底抵長安，可證其時盧拱正爲祕書郎。白居易與元九書：「如張十八古樂府、李二十新歌行、盧、楊二祕書律詩、竇七、元八絶句……」盧即謂盧拱。是書作於元和十年冬，可知至年底盧拱仍爲祕書郎。

〔二〕芸香閣：古代藏書之所，後指祕書省。如劉知幾史通忤時：「蓬山之下，良直差肩；芸閣之中，英奇接武。」

題柏巖禪師影堂㈠〔一〕

山中磚塔閉〔二〕，松下影堂新。恨不生前識，今朝禮畫身。

【校記】

㊀ 此詩宋本無，據王建詩集四繆荃孫補遺、萬曆本絶句七、明鈔本、席本、胡本、全詩三〇一補。

【箋注】

〔一〕權德輿權載之文集卷二八唐故章敬寺百巖大師碑銘并序：「師諱懷暉，姓謝氏，東晉流寓，今爲泉州人……於是抵清涼，下幽都，登徂徠，入太行。所至之邦，被蒙發昧。止於太行百巖寺，門人因以百巖號焉。元和三年，有詔徵至京師，宴坐於章敬寺。每歲召麟德殿講論，後以病固辭。十年十二月二十一日恬然示滅，其年六十，其夏三十五。弟子智朗、智操等，以明年正月，起塔於灞陵原。」柏巖即百巖。李益有哭柏巖禪師，賈島有哭柏巖和尚。柏巖禪師曾遊幽州，李益曾居幽州劉濟幕，賈島爲幽州人，李、賈與柏巖顯然是在幽州相識的。王建此詩云：「恨不生前識，今朝禮畫身」，看來王建至幽州時柏巖已離去。影堂，僧寺中安放佛祖的影像之處。此柏巖禪師影堂當在京師章敬寺。

〔二〕磚塔：塔爲佛寺建築，爲保存佛骨、佛經，或去世的僧人骨灰之處。

送人㊀

河亭收酒器，語盡各西東。回首不相見，行車秋雨中。

【校記】

㈠ 此詩宋本無，據王建詩集四繆荃孫補遺、萬曆本絶句七、明鈔本、席本、胡本、全詩三〇一補。

春意二首㈠

去日丁寧別，憶知寒食歸㈡。緣逢好天氣，教熨看花衣㈢。

【校記】

㈠ 此二詩宋本無，據王建詩集四繆荃孫補遺、萬曆本絶句七、明鈔本、席本、胡本、全詩三〇一補。

㈡ 憶，絶句、全詩作情。

㈢ 衣，明鈔本作稀。

誰是杏園主〔一〕，一株臨古岐㈠。從傷春意早㈡，乞取欲開枝㈢。

【校記】

㈠ 株，全詩作枝。

㈡ 春意早，絶句、全詩作早春意。

㊂ 欲，繆補作舊，據絶句、明鈔本、席本、全詩改。

【箋注】

〔一〕杏園：張禮遊城南記：「杏園與慈恩寺南北相值，唐新進士多遊宴於此。芙蓉園在曲江之西南，隋離宮也，與杏園皆秦宜春下苑之地。」

夜聞子規㊀〔一〕

子規啼不歇，到曉口應穿。況是不眠夜，聲聲在耳邊。

【校記】

㊀ 此詩宋本無，據王建詩集四繆荃孫補遺、萬曆本絶句七、明鈔本、席本、胡本、全詩三〇一補。

【箋注】

〔一〕子規即杜鵑鳥，又名催歸，云其叫聲如曰不如歸去。韓愈贈同遊：「唤起窗全曙，催歸日未西」，苕溪漁隱叢話前集卷一七引惠洪冷齋夜話記黄庭堅語：「唤起、催歸二鳥名，若虚設，故人不覺耳……催歸，子規鳥也。」梅堯臣杜鵑詩：「不如歸去語，亦自古來傳。」

江　館㊀

水面細風生，菱歌慢慢聲。客亭臨小市，燈火夜粧明。

【校記】

㊀此詩宋本無，據王建詩集四、繆荃孫補遺、萬曆本絶句七、明鈔本、席本、胡本、全詩三〇一補。

四望驛松㊀〔一〕

當初北澗別㊁，直至此庭中。何意聞韝耳㊂〔二〕，聽他枝上風㊃。

【校記】

㊀此詩宋本無，據王建詩集四、繆荃孫補遺、萬曆本絶句七、明鈔本、席本、胡本、全詩三〇一補。

㊁北澗，繆補、席本作此間，據絶句、胡本、全詩改。

㊂韝，繆補作聲，據上述諸本改。

㊃他，絶句、全詩作君。

【箋注】

〔一〕四望驛，資治通鑑卷二二七唐德宗建中二年八月：「梁崇義發兵攻江陵，至四望，大敗而歸，乃收兵襄鄧。」胡三省注：「今隨州隨縣之東有四望山，其山最高，四望皆可見。」王象之輿地紀勝卷八三隨州：「四望山在隨縣東，山最高，四望皆見。」顧炎武天下郡國利病書湖廣下：「南漳之四望山，南八十里曰仙人山，入荆門界。又東六十里曰屏風山，絶頂平衍，中有兩泉。」

〔二〕鞞：指鼙鼓，軍中所用。

江臺驛有題㊀〔一〕

水北金臺路〔二〕，年年行客稀。近聞天子使，多取雁門歸〔三〕。

【校記】

㊀此詩宋本無，據王建詩集四繆荃孫補遺、萬曆本絶句七、明鈔本、席本、胡本、全詩三〇一補。絶句、全詩題作題江臺驛。

【箋注】

〔一〕江臺驛未詳。詩云「水北金臺路」，詩題之「江」當爲「金」之訛。楊巨源有題范陽金臺驛詩。宋史崔翰传：「至金臺驛，大軍南向而潰，上令翰率衛兵千餘止之。」樂史太平寰宇記卷六七易州：「金臺在（易）縣東南三十里，燕昭王所造，置金於上以招賢士。又有西金臺，俗呼此爲東金臺。」嘉慶重修一統志卷一五保定府三：「金臺驛，在清苑縣東一里許，宋金臺頓也，明置驛於此。」

〔二〕金臺：黄金臺。酈道元水經注卷一一易水：「濡水……其一水東出注金臺陂，陂東西六七里，南北五里。側陂西北有釣臺，高丈餘，方可四十步。陂北十餘步有金臺，臺上東西八十許步，南北如減。」文選鮑照放歌行：「豈伊白璧賜，將起黄金臺」，李善注引上谷郡圖經：「黄金臺，易水東南十八里。燕昭王置千金於臺上，以延天下之士。」

〔三〕雁門：山名。水經注卷一三漯水：「(延鄉水)右注雁門水。山海經曰：『雁門之水，出於雁門之山，雁出其門，在高柳北。』高柳在代中，其山重巒疊巘，霞舉雲高，連山隱隱，東出遼塞。」

贈謫者㊀

何罪過長沙〔一〕，年年北望家。重封嶺頭信，一樹海邊花。

【校記】

㊀此詩宋本無，據王建詩集四繆荃孫補遺、萬曆本絶句七、明鈔本、席本、胡本、全詩三〇一補。此詩似爲五言律詩的前半首，疑不全。

【箋注】

〔一〕長沙：史記賈生列傳：「乃以賈生爲長沙王太傅。賈生既辭往行，聞長沙卑濕，自以壽不得長，又以適（謫）去，意不自得。及渡湘水，爲賦以弔屈原。」此以喻謫者。

小　松㊀

小松初數尺，未有直生枝。閑即旁邊立，看多長卻遲。

【校記】

㊀此詩宋本無，據王建詩集四繆荃孫補遺、萬曆本絶句七、明鈔本、席本、胡本、全詩三〇一補。

王建詩集卷第五

律詩

杜中丞書院新移小竹〔一〕

此地本無竹，遠從山寺移。經年求養法，隔日記澆時。嫩緑卷新葉，殘黃收故枝。色經寒不動，聲與靜相宜。愛護出常數，稀稠看自知。貧家緣未有㊀，客散獨行遲。

【校記】

㊀ 家，全詩作來。緣，全詩校一作原。

【箋注】

〔一〕杜中丞未詳。

【輯評】

瀛奎律髓卷二七方回批：所點兩聯甚佳。紀昀批：所點皆是小樣範，「色經」句尤拙，不但不佳也。又評：卑弱之甚。八句佳。九、十兩句俚。馮舒評：全篇好。

唐詩歸卷二七：鍾（惺）云：從一段辛勤，寫出幽性。

丘迥刊刻王荆公唐百家詩選何焯末句後批：此句反照到中丞。

同于汝錫賞白牡丹〔一〕

曉日花初吐，春寒白未凝。月光裁不得㈠，蘇合點難勝〔二〕。柔膩於雲葉㈡，新鮮掩鶴膺。統心黄倒暈，側面紫重稜㈢。乍斂看如睡，初開問欲曆。並香幽蕙死，比豔美人憎。價數千金貴，形相兩眼疼。自知顔色好，愁被彩光凌。

【校記】

㈠ 裁，全詩作栽。

㈡ 於，全詩校一作霑。

㈢ 面，胡本、全詩作莖。

【箋注】

〔一〕于汝錫爲于邵子、于允躬之兄。新唐書宰相世系表二下于氏：「汝錫字元福。」其父于邵兩唐書有傳。

〔二〕蘇合：植物名。自樹中取樹膠，可製成香料。梁書中天竺國傳：「蘇合是合諸香汁煎之，非自然一物也。又云大秦人採蘇合，先笮其汁以爲香膏，乃賣其滓與諸國賈人，是以展轉來達中國，不大香也。」

【輯評】

宋長白柳亭詩話卷一八：王建同于汝錫賞白牡丹詩：「價數千金貴，形相兩眼疼。」「疼」字創見，十蒸部不收。湯臨川有「惜花疼殺小金鈴」句。

送人遊塞

初晴天墮絲〔一〕，晚色上春枝。城下路分處，邊頭人去時。停車數行日，勸酒問回期。亦是茫茫客，還從此別離。

【箋注】

〔一〕絲：指遊絲，天空中飄蕩的蜘蛛絲。

【輯評】

邢昉唐風定卷一五：與文昌如出一手。

丘迴刊刻王荆公唐百家詩選何焯首句後批：起三四。又第二句後批：起五六。又第三句後批：「路分」二字中已暗藏落句。

唐音卷四張震輯注：眼前語，話得好。

李懷民重訂中晚唐詩主客圖説卷上：格法乃與司業毫髮不異。又評「初晴天墮絲」：興象化工。

塞上逢故人㊀

百戰一身在，相逢白髮生。何時得鄉信，每日算歸程。走馬登寒壠，驅羊入廢城。羌笳三兩曲〔一〕，人醉海西營〔二〕。

【校記】

㊀塞，百家一三作邊。

【箋注】

〔一〕羌笳：樂器名。初卷蘆葉吹之，後以竹爲管，以蘆爲首。起源於西域少數民族間，故又稱胡笳。

〔二〕海西：新唐書西域傳下：「拂菻，古大秦也，居西海上，一曰海西國。」

【輯評】

瀛奎律髓卷三〇方回批：第五句最好，非邊上則此句未爲奇也。紀昀評：亦常語，何以云奇？又批：結得悠然不盡。

李懷民重訂中晚唐詩主客圖說卷上「何時」聯下：對法全是司業。

南中

天南多鳥聲，州縣半無城。野市依蠻姓，山村逐水名㊀。瘴煙沙上起〔一〕，陰火雨中生〔二〕。獨有求珠客，年年入海行。

【校記】

㊀名，原作鳴，據百家一三、毛本、席本、胡本、全詩改。

【箋注】

〔一〕瘴煙：范成大桂海虞衡志雜誌：「瘴，二廣唯桂林無之，自是而南，皆瘴鄉矣。瘴者，山嵐水毒與草莽沴氣鬱勃蒸熏之所爲也，其中人如瘧狀，治法雖多，常以附子爲急。」

〔二〕陰火：文選木華海賦：「陽冰不冶，陰火潛然。」指某些海洋生物所發之光。此詩之陰火當是澤藪中所冒出的沼氣自燃之火。楊慎丹鉛總録卷二「陰火」條：「易『澤中有火』。素問云『澤中有陽焰如火，煙騰騰而起於水面者』是也。蓋澤有陽焰，乃山氣通澤，山有陰靄，乃澤氣通山。……東坡遊金山寺詩云『……江心似有炬火明，飛焰照山栖鳥驚。悵然歸卧心莫識，非鬼非仙竟何物』，注引物類相感志：『山林藪澤，晦明之夜，則野火生焉，散布如人秉燭，其色青，異乎人火。』」然楊慎以爲即海賦之陰火，則誤。

【輯評】

瀛奎律髓卷四方回批：與張籍相上下，中四句佳，好。馮班評：張清而遠，王濃而近，王自不如張。陸貽典評：落句好。紀昀評：起句突兀無緒，三四樸而確。

陸時雍唐詩鏡卷四一評首句：景稱。

謝榛四溟詩話卷三：木玄虚海賦「陰火潛然」，顧況送從兄使新羅詩「陰火暝潛燒」，張祜送徐彦夫南遷詩「陰火夜長然」，王(仲)初南中詩「陰火雨中生」。凡作詩不惟專尚新奇，雖雷同必求獨勝，王能煉句，晚唐亦知此邪？

李懷民重訂中晚唐詩主客圖説卷上評尾聯：結法亦是司業。

汴路水驛〔一〕

晚泊水邊驛，柳塘初起風。蛙鳴蒲葉下，魚入稻花中。去舍已云遠，問程猶向東。近來多怨別，不與少年同。

【箋注】

〔一〕汴路指汴河水路。唐時汴河由開封入宋州，東南流經宿州、泗州入淮河，爲由中原往東南一帶的必經之路。

【輯評】

邢昉唐風定卷一五：妙境動人思，得此真足一生。

淮南使迴留別竇侍御〔一〕

戀戀春恨結，綿綿淮草深。病身愁至夜，遠道畏逢陰。忽逐酒杯會，暫同風景心。從今一分散，還是繞枝禽㊀〔二〕。

【校記】

㊀繞，原作曉，據胡本改。

【箋注】

〔一〕竇侍御爲竇常。全唐文卷七六一褚藏言竇常傳：「府君大曆十四年舉進士……繇擢第至釋褐，凡二十年。洎貞元十四年秋，成德軍節度使太尉王公命從事御史盧泚貺五百金，辟爲書記，不就。其年，淮南節度、左僕射杜公奏爲參謀，授祕書省校書郎。厥後歷泉府從事，繇協律郎遷監察御史裏行。居無何，湘東倅戎，轉殿中侍御史，賜緋魚袋。」可知竇常貞元十四年爲淮南節度使杜佑從事，貞元十九年三月杜佑入朝，竇常遷湖南觀察副使。此詩蓋是王建奉幽州節度使劉濟之命出使淮南時所作，於淮南與竇常相識，返幽州時作詩與竇常留别。

〔二〕繞枝：曹操短歌行：「月明星稀，烏鵲南飛，繞樹三匝，何枝可依？」故以繞枝喻漂泊無依。

【輯評】

李懷民重訂中晚唐詩主客圖説卷上評首四句：情近而確，故成不刊。

汴路即事

千里河煙直㊀，青槐夾岸長。天涯同此路，人語各殊方。草市迎江貨，津橋税海商。迴看故宮柳〔二〕，憔悴不成行。

【校記】

㈠河，全詩校一作何。

【箋注】

〔二〕故宮：指隋朝故宮。資治通鑑卷一八〇隋煬帝大業元年：「又發淮南民十餘萬開邗溝，自山陽至揚子入江。渠廣四十步，渠旁借築御道，樹以柳。自長安至江都，置離宮四十餘所。」劉禹錫楊柳枝詞九首六：「煬帝行宮汴水濱，數枝楊柳不勝春。」樂史太平寰宇記卷一開封府：「逍遥宫在（陳留）縣南六里餘，隋大業六年置，今廢。」

【輯評】

丘迴刊刻王荆公唐百家詩選何焯眉批：句句是路。

李懷民重訂中晚唐詩主客圖説卷上評中二聯：匠出繁盛。唐人匠物，無處不到，不必宜於冷僻而不宜於喧熱也。

山居〔一〕

屋在瀑泉西，茅房下有溪㈠。閉門留野鹿，分食養山雞㈡。桂熟長收子，蘭生不作畦。初開洞中路，深處轉松梯。

【校記】

㈠房，胡本、全詩作簷，全詩校一作房，一作屋。

㈡養，百家一三作與。

【箋注】

〔一〕詩中所描寫的景物有桂有蘭，據此來看，此山居之地當在南方。

【輯評】

胡仔苕溪漁隱叢話後集卷一四：王建云：「閉門留野鹿，分食與山雞」；魏野云：「洗硯魚吞墨，烹茶鶴避煙」，二人之詩，巧欲摹寫山居意趣，第理有當否？如建所言二物，何馴狎如許，理必無之。如野所言，雖未必皆然，理或有之。至若少陵云：「得食階除鳥雀馴」；東坡云：「爲鼠長留飯，憐蛾不點燈」，皆當於理，人無得而議之矣。

瀛奎律髓卷二三紀昀批：亦庸俗。

李懷民重訂中晚唐詩主客圖説卷上評「閉門」聯：「留」字不奇，「閉門」字妙。「養」字不奇，「分食」字妙。

醉後憶山中故人〔一〕

花開草復秋，雲水自悠悠。因醉暫無事，在生難免愁〔二〕。遇晴須看月，聞健且登樓〔三〕。暗想山中伴，如今盡白頭。

【校記】

〔一〕山中故人，全詩校一作故人山中。

〔二〕生，全詩作山。

〔三〕聞，全詩作鬬。

【輯評】

李懷民重訂中晚唐詩主客圖説卷上評「因醉」聯：此等卻高，難到。又評「鬬健」句：「鬬」字妙。

送流人

見説長沙去〔一〕，無親亦共愁。陰雲鬼門夜〔二〕，寒雨瘴江秋〔三〕。水國山魈引〔三〕，蠻鄉洞主留〔四〕。漸看歸處遠㊁，垂白住炎洲〔五〕。

【校記】

㊀ 見，百家一三作且。去，全詩校一作路。

㊁ 遠，毛本、胡本校一作阻。

【箋注】

〔一〕鬼門：關名。舊唐書地理志四嶺南道容州：「漢合浦縣地，隋置北流縣。縣南三十里有兩石相對，其間闊三十步，俗號鬼門關。漢伏波將軍馬援討林邑蠻，路由於此，立碑，石龜尚在。昔時趨交趾，皆由此關。其南尤多瘴癘，諺曰：『鬼門關，十人九不還。』」

〔二〕瘴江：指嶺南充滿瘴氣的江河，如韓愈左遷至藍關示侄孫湘：「知汝遠來應有意，好收吾骨瘴江邊。」元稹送人之嶺南：「瘴江乘早度，毒草莫親芟。」

〔三〕山魈：傳說中的山林怪獸。廣韻四宵「魈」字：「山魈出汀州，獨足鬼。」葛洪抱朴子登涉：「山中山精之形，如小兒而獨足，走向後，喜來犯人。」

〔四〕洞主：洞通峒，古代南方少數民族的名稱，如苗峒、僮峒、黄峒等。柳宗元有柳州峒氓詩。其部落首領稱峒主。

〔五〕炎洲：傳說南海中的洲名。舊題東方朔海内十洲記：「炎洲在南海中，地方二千里，去北岸九萬里。上有風生獸……又有火林山，山中有火光獸。」

【輯評】

瀛奎律髓卷四三紀昀批：中四句太冗砌，七句太拙笨。

李懷民重訂中晚唐詩主客圖説卷上：氣體乃爾，沈雄。又評「陰雲」聯：此等與水部並無差別。評「漸看」聯：聲情純是。

貧居

眼底貧家計，多時總莫嫌。蠹生騰藥篋㈠，字暗換書籤㈡。避濕堆黄葉㈢，遮風下黑簾。近來身不健，時就六壬占〔一〕。

【校記】

㈠騰藥篋，胡本作賸藥紙。篋，全詩作紙。

㈡暗，全詩作脱，毛本、胡本校一作脱。

㈢濕堆，毛本、胡本作雨濕，全詩作雨拾。

【箋注】

〔一〕六壬：古代以陰陽五行占卜吉凶的方法之一。六十甲子中的壬申、壬午、壬辰、壬寅、壬子、壬戌合稱六壬。其占法分六十四課，用刻有干支的天盤、地盤相疊，轉動天盤後得出所值的干支以及時辰的部位，以此判别吉凶。隋書經籍志三有六壬式經雜占九卷、六壬釋兆六卷，皆無名氏著。

【輯評】

李懷民重訂中晚唐詩主客圖説卷上：如此家計，亦復清絶。又評「眼底」聯：必有此見解。評「蠹生」聯：看他説貧處止如此。

過趙居士擬置草堂處所〔一〕

休師竹林北〔二〕，空可兩三間。雖愛獨居好，終來相伴閑。猶嫌近前樹，爲礙看南山㊀。的有深耕處，春初須早還。

【校記】

㊀礙，英華三一四作好，全詩校一作愛。

【箋注】

〔一〕居士指在家奉佛的人。慧遠維摩義記：「居士有二：一，廣積資産，居財之士，名爲居士；

二，在家修道，居家道士，名爲居士。」此謂後一種人。草堂，文選孔稚珪北山移文：「鍾山之英，草堂之靈」，李善注引蕭綱草堂傳：「汝南周顒，昔經在蜀，以蜀草堂寺林壑可懷，乃於鍾嶺雷次宗學館立寺，因名草堂，亦號山茨。」後隱居之士多名其居處曰草堂。此詩云「爲礙看南山」，南山謂終南山，故此草堂處所當在長安南郊。

〔二〕休師：宋書徐湛之傳：「時有沙門釋惠休，善屬文，辭采綺豔，湛之與之甚厚。世祖命使還俗。本姓湯，位至揚州從事史。」江淹有雜體詩三十首休上人怨別。後世稱僧侶爲休師或休公。

【輯評】

李懷民重訂中晚唐詩主客圖説卷上評「猶嫌」句：偏説嫌。評「爲礙」句：偏説礙。雖愛、終來、猶嫌、爲礙，後人必以爲平頭矣，烏知其妙。

新開望山處

新開望山處，今朝減病眠。應移千里道，猶自數峰偏〔一〕。故欲遮春巷，還來遶暮天。老夫行步弱，免到寺門前。

【校記】

㈠猶，全詩校一作獨。

題東華觀〔一〕

路盡煙光外㈠，院門題上清〔二〕。鶴雛虛解語㈡，瓊葉軟無聲〔三〕。白髮道心熟，黄衣仙骨輕。寂寥虛境裏㈢，何處覓長生？

【校記】

㈠光，全詩作水。

㈡虛，英華二二六、全詩作靈。

㈢此句宋本缺，據毛本、胡本、全詩補。英華作還歸對憂樂。

【箋注】

〔一〕東華觀在邵州。詩話總龜前集卷二一引零陵總記：「東華觀在邵州城下江岸，俗謂之水北觀。有松偃亞數枝，凡八面，上有一枝中折，搭在半樹間，復生，垂下掃壇。遊人以手扳而撼之，則千萬枝皆動。霸國時，天策府學士徐東野（仲雅）坐事謫居於郡，見其魁異，賞玩無已。因爲詩，有序，序略云：『摇一枝則萬枝動，看一面則八面同，白犬出其根，青羊入其腹。漢高祖琥珀枕，虛真君茯苓人，疑其孕也。』」

〔二〕上清：道家認爲人、天兩界之外，別有三清。靈寳太乙經：「四人天外曰三清境：玉清、太清、上清，亦名三天。」因稱道教宮觀爲三清。

〔三〕瓊葉：瓊樹葉。瓊樹爲傳説中的樹名。漢書司馬相如傳司馬相如大人賦「咀噍瓊英兮嘰瓊華」，顔師古注引張揖：「瓊樹生崑崙西流沙濱，大三百圍，高萬仞。」此以指一種稀奇珍貴之樹，未知其名，姑曰瓊樹。

飯　僧

別屋炊香飯，薰辛不入家。濾泉調葛麪㊀〔一〕，淨手摘藤花。蒲鮓除青葉〔二〕，芹虀帶紫芽〔三〕。願師長伴食，消氣有薑茶〔四〕。

【校記】

㊀濾，全詩作温。麪，全詩校一作粉。

【箋注】

〔一〕葛麪：葛爲多年生蔓草植物，塊根可入藥，亦可製成葛粉供食用。

〔二〕蒲鮓：蒲爲香蒲，水生植物名，根莖可食。鮓本指經過加工製作的魚類食品。釋名釋飲食：「鮓，葅也，以鹽米釀魚以爲葅，熟而食之也。」此以指醃制的香蒲，酸菜之類。

〔三〕芹虀：芹爲芹菜，虀爲調味。釋名釋飲食：「虀，濟也，與諸味相濟成也。」此以指醃制的鹹芹菜。

〔四〕薑茶：唐人煮茶或用薑。陸羽茶經卷下：「或用葱、薑、棗、橘皮、茱萸、薄荷之等，煮之百沸，或揚令滑，或煮去沫，斯溝渠間棄水耳，而習俗不已。」薛能蜀州鄭使君寄烏觜茶因以贈答八韻：「鹽損添常誡，薑宜著更誇。」

【輯評】

李懷民重訂中晚唐詩主客圖説卷上評首句：「別屋」二字先妙。又評「淨手」句：極其珍貴。

照鏡

忽自見憔悴，壯年人亦疑。髮緣多病落，力爲不行衰。暖手揉雙目，看圖引四肢。老來真愛道，所恨覓還遲㈠。

【校記】

㈠覓，全詩作覺。

歸昭應留别城中〔一〕

喜得近京城，官卑意亦榮。並牀歡未定，離室思還生。計拙偷閑住，經過買日行。知無自來分㊀，一驛是遥程。

【校記】

㊀知，毛本、全詩作如。

【箋注】

〔一〕新唐書地理志一京兆府：「昭應，次赤。本新豐，垂拱二年曰慶山，神龍元年復故名。有宫在驪山下，貞觀十八年置，咸亨二年始名温泉宫。天寶元年更驪山曰會昌山，三載，以縣去宫遠，析新豐、萬年置會昌縣。六載，更温泉曰華清宫，宫治湯井爲池，環山列宫室，又築羅城，置百司及十宅。七載省新豐，更會昌縣及山曰昭應。」

答寄芙蓉冠子〔一〕

一學芙蓉葉，初開映水幽。雖經巧兒手㊀，不稱老夫頭。枕上眠常戴㊁，風前醉恐柔。明年有閨閣，此様必難求。

【校記】

㊀巧，胡本、全詩作小。

㊁常，全詩作初。

【箋注】

〔一〕芙蓉冠子，馬縞中華古今注卷中：「冠子者，秦始皇之制也。令三妃九嬪當暑戴芙蓉冠子，以碧羅爲之，插五色通草蘇朶子，披淺黄藂羅衫，把雲母小扇子，靸蹲鳳頭履，以侍從。」唐時男子亦可戴。

【輯評】

李懷民重訂中晚唐詩主客圖説卷上：此等與司業詩參看。又評尾聯：妙寫俗情。

長安春遊

騎馬傍閑坊，新衣著雨香㊀。桃花紅粉醉，柳絮白雲狂㊁。不覺愁春去，何曾得日長。牡丹相次發，城裏又須忙。

【校記】

㊀新，全詩校一作春。

㊁絮，全詩作樹。

冬夜感懷

晚年恩愛少，耳目靜於僧。竟夜不聞語㊀，空房惟有燈。氣噓寒被濕，霜入破窗凝㊁。斷得人間事，長如此亦能。

【校記】

㊀竟，全詩校一作一。

㊁此句原校一作月照冷堦凝，全詩校一作冷堦月照凝。

【輯評】

李懷民重訂中晚唐詩主客圖説卷上：沈著不讓少陵。又評首句：仲初七言有云「再經婚娶尚單身」，想晚年遂鰥居也。

初到昭應呈同僚

白髮初爲吏，有慚年少郎。自知身上拙，不稱世間忙〔一〕。秋雨縣墻緑，暮山宫樹黄〔二〕。同官若容許，長借老僧房〔三〕。

【校記】

〔一〕忙，英華二五四作强。

〔二〕宫，全詩校一作官。

〔三〕借，毛本作惜。

【輯評】

李懷民重訂中晚唐詩主客圖説卷上評「自知」聯：言外自見偃蹇。

縣丞廳即事

宫殿半山上，人家高下居。古廳眠愛魘〔一〕，老吏語多虚。雨水洗荒竹，溪沙填廢渠。聖朝收外府，皆自九天除〔二〕。

【校記】

〔一〕愛，明鈔本、全詩作受。按：此詩全唐詩卷五〇〇姚合卷亦收之，題作書縣丞舊廳。檢古今合璧事類備要後集卷八〇、新編古今事文類聚外卷一五均收此詩尾聯，作姚詩。此詩首句「宫殿半山上」，則縣無疑爲昭應，宫即華清宫，建於驪山上，故云。王建曾爲昭應縣丞，正與此合。姚合曾爲武功主簿、萬年縣尉，未嘗爲縣丞，武功、萬年亦無宫殿在半山之上，故可判定此詩爲王建作。

【箋注】

〔一〕九天：喻朝廷。王建是由魏博節度府從事除爲昭應縣丞的，故曰「聖朝收外府」。

【輯評】

瀛奎律髓卷六方回批：建爲昭應丞，故有丞廳即事之作。姚合集有是詩，題曰書縣丞舊廳，非也。合爲武功簿，而題趙縣丞舊居，於義不通。又第二句作「人家高下居」，亦非是。今定爲王建詩。三四新。查慎行評：三四警聯。警聯不在多，可壓武功三十首。紀昀評：三四境真語鄙，五六亦太質。末句慨丞雖卑秩，亦朝廷除授之命官，不應居此荒涼也。無名氏（甲）評：次聯名句。

閑居即事

老病貪光景，尋常不下簾。妻愁耽酒僻〔一〕，人怪考詩嚴〔二〕。小婢偷紅紙，嬌兒弄白髯。有時看舊卷，未免意中嫌。

【箋注】

〔一〕耽酒：沉溺於酒。僻：偏好。

〔二〕考詩：推敲詩中的文字。

【輯評】

瀛奎律髓卷二三方回批：「小婢」二句新，下一句「嬌兒弄白髯」壓倒上句。馮班評：未見壓倒。五六絶好，結句惡爛。紀昀評：若以此種爲新，便入魔趣。五六纖瑣而俚鄙。

李懷民重訂中晚唐詩主客圖説卷上：嘗見米元章一帖横跋云：「此詩凡三四寫，只有一兩字好。書亦難事，須知其難，乃有入處。看此結句，蓋可證矣。」又評「妻愁」聯：此句著眼，當知此尋常淡語，都經嚴考來。又評「小婢」聯：此等自不同樂天。

送李郎中赴忠州㈠〔一〕

西臺復南省〔二〕，清白上天知。家每因窮散㈡，官多爲直移。摇鞭過驛近㈢，買藥出城遲。朝野憑人别㈣，親情伴酒悲。故園愁去後，白髮想迴時。何處忠州界，山頭卓望旗㈤。

【校記】

㈠李，宋本等作吴，據英華二一七五改。

㈡窮，英華作貧。

㈢摇鞭，原作遥邊，全詩同。毛本、胡本作巡邊，英華、席本作遥裝，英華校集作摇鞭。作「摇鞭」是，故據改。

㈣朝野憑人，英華作朝達留詩。

㈤卓，英華作立，全詩校一作丘。

【箋注】

〔一〕李郎中爲李宣。舊唐書憲宗紀下：「(元和十一年九月)辛未，貶……屯田郎中李宣爲忠州刺史。」元稹有憑李忠州寄書樂天，白居易有謝李六郎中寄新蜀茶，岑仲勉唐人行第録以爲並指李宣。忠州南賓郡，唐屬山南東道，見新唐書地理志四。

〔二〕西臺：指御史臺。趙璘因話録卷五：「御史臺有左右肅政之號，當時亦謂之左臺右臺，則憲府未曾有東西臺之稱，惟俗間呼在京爲西臺，東都爲東臺。」李宣曾爲監察御史，見趙鉞勞格唐御史臺精舍題名考卷三。南省：指尚書省。唐尚書省在大明宮南，因稱南省。李宣此次之貶，爲補闕張宿所奏，言與韋貫之朋黨，同時遭貶者尚有韋顗、李正辭、薛公幹、韋處厚、崔韶。

照鏡

終日自纏繞〔一〕，此身無適緣。萬愁生旅夜，百病湊衰年。少睡憎明屋，慵行待暖天㊀〔二〕。癢頭梳有虱，風耳灸聞蟬〔三〕。换白方多錯㊁〔四〕，迴金法不全。家悲何所戀㊂，時在老僧邊。

【校記】

㊀暖，全詩校一作晚。

㊁换，全詩作摇。

㊂悲，原校一作貧，全詩作貧。

【箋注】

〔一〕纏繞：指梳理頭髮。古時男子將頭髮纏繞起來於頭頂挽成一髻，用簪子別住。

〔二〕以上四句爲姚合詩，詳見辨證。

〔三〕聞蟬：此言耳鳴，好像聽見蟬叫。

〔四〕換白：道家所言煉丹術，能以尋常之物化爲金銀，金，黄色；銀，白色，故亦稱煉丹術爲黄白術。葛洪抱朴子黄白：「神仙經黄白之方二十五卷，千有餘首。黄者金也，白者銀也。」又云：以鐵器銷鉛，以散藥投中，即成銀。又銷此銀，以他藥投之，乃作黄金。又引銅柱經曰：「丹沙可爲金，河車可作銀，立則可成，成則爲真，子得其道，可以仙身。」此詩之換白、迴金即謂道家的煉丹術。

【辨證】

此詩又作姚合詩，見姚少監詩集卷八、全唐詩卷四九七，題作病中書事寄友人。王楙野客叢書卷二八「唐人一詩見兩處」條：「唐人一詩見兩處刊者甚多，如『萬愁生旅夜，百病湊衰年』，『時過無心求富貴，身閑不夢見公卿』，此二詩既見姚合集，又見王建集。『賃宅得花饒，初開恐是妖』，此一詩既見楊巨源集，又見王建集。『有月皆同賞，無秋不共悲』，此詩在盧綸集則曰憶司空文明，在司空文明集則曰憶盧綸，不知果誰是也。」可見此一詩在宋時已收入王建、姚合二人詩集。吴企明唐音質疑録讀詩偶識之二「姚合詩誤入王建集」條認爲此詩是姚合作，理由是：王建集中另有照鏡，而此詩所寫内容卻非照鏡；姚合多病，有姚合詩可證；姚合喜寫「書事」詩，亦有姚合詩爲證。按：姚合卻從無求訪仙道之事，與此詩所寫「换白方多錯，迴金法不全」不符，王建卻多有，如山中寄及第故人「還君誓己書，歸我學仙方」。此詩前後詩意也不搭連，如「萬愁生旅夜，百病湊衰年。少睡憎明屋，慵行待暖天」（作姚合詩者「旅」字作「雨」，「少」字作「多」），明是客舍中景象；而「换白方多錯，迴金法不全。家貧何所戀，時在老僧邊」（作姚合詩者「時」字作「將」），則又顯非客舍中所爲。作姚合詩者第七、八句爲「瘡頭梳有虱，風耳亂無蟬」，前已既曰「待暖」，則天氣較冷，節令當爲深秋或初冬，何來蟬聲可聞？竄亂訛誤之迹甚明。故以爲此詩是混合王建、姚合二人之詩而成，「萬愁生雨夜，百病湊衰年。多睡憎明屋，慵行待暖天」爲姚合詩，題爲病中書事寄友人，但可能前後有缺失。其餘則爲王建詩，即全詩應爲：「終日自纏繞，此身無適緣。癢頭梳有虱，風耳炙聞蟬。换白方多錯，迴金法不全。家貧何所戀，時在老僧邊。」首句「纏繞」指梳理頭髮，故詩題不誤，題目仍當是照鏡。五言律詩通常亦只八句，此亦合五律之慣例。

林居

荒林四面通，門在野田中。頑僕長如客㈠，貧居未勝蓬。舊綿衣不暖，新草屋多風。唯去山南近，閑親販藥翁。

【校記】

㊀客，全詩校一作友。

【輯評】

李懷民重訂中晚唐詩主客圖説卷上評「舊綿」聯：匠物其理亦盡。

原上新居十三首〔一〕

新占原頭地，本無山可歸。荒藤生葉晚，老杏著花稀。廚舍近泥竈㊀，家人初飽薇〔二〕。弟兄今四散，何日更相依？

【校記】

㊀近，全詩校一作新。

【箋注】

〔一〕「原」謂咸陽原。唐才子傳卷四云王建「數年後歸，卜居咸陽原上」。馬戴有經咸陽北原。張讀宣室志卷八：「開元二十三年秋，玄宗皇帝狩於近郊，駕至咸陽原。」資治通鑑卷二二四唐代宗大曆三年：「追謚（李）倓曰承天皇帝，庚申，葬順陵。」胡三省注：「順陵，在咸陽縣咸陽原。」咸陽原即畢原，李吉甫元和郡縣圖志卷一京兆府咸陽縣：「畢原即縣所理也。左傳曰：『畢原豐郇，文之昭也。』即謂此地。原南北數十里，東西二三百里，無山川陂湖，井深五十丈，亦謂之畢陌，漢氏諸陵並在其上。」乾隆陝西通志卷九山川二咸陽縣：「畢原，即畢郇，一名畢陌，一名池陽原，一名長平阪，一名石安原，一名咸陽原，一名咸陽北阪，一名洪瀆原。在縣北。」

〔二〕薇：即巢菜，又名野豌豆。詩經召南草蟲：「陟彼南山，言采其薇。」史記伯夷列傳載伯夷叔齊於武王滅商之後，義不食周粟，隱於首陽山，采薇而食，遂餓死於此山。

【輯評】

李懷民重訂中晚唐詩主客圖説卷上評「荒藤」聯：稍有此意，不可執泥。

一家榆柳新，四面遠無鄰。人少愁聞病，莊孤幸得貧㊀。耕牛長願飽，樵僕每憐勤。終日憂衣食，何由脱此身？

【校記】

㊀貧：全詩校一作鄰。

【輯評】

李懷民重訂中晚唐詩主客圖説卷上評首句：「一家」妙在二字。又評「人少」聯：入情語，理亦確至。又評後四句：莫教此等哄了。陶公云：「人生歸有道，衣食固其端。」但自是寓而不留。學人胸中，斷著不得此等事。

長安無舊識，百里是生涯㈠。寂寞思逢客㈡，荒涼喜見花。訪僧求賤藥，將馬中豪家㈢。乍得新蔬菜㈣，朝盤忽覺奢。

【校記】

㈠ 生，原校一作天，全詩作天。

㈡ 客，全詩校一作友。

㈢ 將，全詩校一作捋。中，全詩校一作市，疑是。

㈣ 乍，毛本校一作作，全詩校一作昨。

【輯評】

瀛奎律髓卷二三紀昀批：詩情全是武功一派，語多粗野，不叶雅音。

雞鳴村舍遥，花發亦蕭條。野竹初生筍，溪田未得苗。家貧僮僕瘦，春冷菜蔬焦。甘分長如此，無名在聖朝。

【輯評】

李懷民重訂中晚唐詩主客圖説卷上：陶體。又評首聯：此等自具元化，最不易及。

春來梨棗盡，啼哭小兒飢。鄰富雞長去，莊貧客漸稀。借牛耕地晚，賣樹納錢遲㊀。墻下當官路，依山補竹籬。

【校記】

㊀樹，全詩校一作穀。按：此詩又作姚合詩，見全唐詩卷四九八姚合卷，題作原上新居，首聯作「秋來梨果熟，行哭小兒飢」。南宋潘自牧編記纂淵海卷一三九録其頷聯，即作姚詩。然此書幾經後人補合，早非其真，即使記纂淵海真録作姚合詩，亦不足徵信，類書誤者甚多。此爲王建所作的一組詩，節令爲春日，由其一「荒藤生葉晚，老杏著花稀」、其四「野竹初生筍，溪田未得苗」等可知。此詩所寫亦爲春日之事，與組詩一致，正是王建作。而姚合此詩顯經改竄而來，詩意扞格，非姚作。

【輯評】

瀛奎律髓卷二三方回批：此詩姚合集亦有之，然建詩十三首中第五首格律一同，當是建詩。又「春來梨棗盡」，則「啼哭小兒飢」，合集乃云「秋來梨棗熟」，益知其非。馮舒評：小兒覓梨棗，覓而不得，則熟不妨哭。況說得不清楚，有礙下文。

李懷民重訂中晚唐詩主客圖說卷上評「鄰富」聯：入情語，理亦確至。或曰莊貧何以有富鄰？此高叟之見也。

自掃一閑房㊀，唯鋪獨卧牀。野羹溪菜滑，山紙水苔香。陳藥初和白㊁，新經未入黃。近來心力少，休讀養生方〔一〕。

【校記】

㊀閑，全詩作間。

㊁白，原校一作蜜，百家一三作蜜。

【箋注】

〔一〕養生方：指講如何保養身體，以期延年益壽之類的書籍。莊子有養生主。

【輯評】

瀛奎律髓卷一〇紀昀批：二詩又見二十三閑適類，評語不同。又評：亦自武功分派，而俗又甚焉。無名氏（甲）評：水苔可作紙，黄即松芸之類，能辟蠹。今「經新」，故「未入」也。

又卷二三查慎行評：此詩已見前，重出。紀昀批：重出。

擬作讀經人，空房置淨巾〔一〕。鎖茶藤篋密，曝藥竹牀新。老病應隨業〔二〕，因緣不離身〔三〕。焚香向居士〔四〕，無計出諸塵〔五〕。

【箋注】

〔一〕淨巾：佛教認爲塵世有五濁（劫濁、見濁、煩惱濁、衆生濁、命濁），西方有極樂淨土，故佛教有淨戒，佛徒所用之物亦多名淨。

〔二〕業：即梵語羯磨。佛教謂在六道中生死輪回，是由業決定的。業包括行動、語言、思想意識三個方面，分别稱爲身業、口業、意業。業有善有惡，一般偏指惡業，可引申爲罪孽。南史梁武帝紀太清元年：「幸同泰寺，設無遮大會。上釋御服，服法衣，行清淨大捨，名曰羯磨。」

〔三〕因緣：即梵語尼陀那。翻譯名義集卷四釋十二支：「尼陀那，此云因緣。（鳩摩羅）什曰：『力强爲因，力弱爲緣。』（僧）肇曰：『前緣相生，因也；現相助成，緣也。』」

〔四〕居士：梵語迦羅越的音譯。維摩詰説經卷上方便品：「若在居士，居士中尊，斷其貪著。」東晉僧肇注：「（鳩摩羅）什曰：外國白衣多財富樂者，名爲居士。」此指奉佛之人。

〔五〕諸塵：佛教以色、聲、香、味、觸、法爲六塵，六塵所構成的現實世界爲塵世。「出諸塵」意謂脱離現實，亦即脱離苦海。

移家近住村，貧苦自安存。細問梨菓植，遠求花藥根。倩人開廢井，趁犢入新園。長愛當山立，黄昏不閉門。

和暖遶林行，新貧足喜聲。掃渠憂竹旱，澆地引蘭生㊀。山客憑栽樹㊁，家僮使入城。門前粉壁上，書著縣官名〔一〕。

【校記】

㊀ 澆，全詩校一作洗。

㊁ 栽，全詩校一作移。

【箋注】

〔一〕「書著」句：寫着來訪的縣官的姓名。唐人出遊有題名的習俗，如王定保唐摭言卷三：「李湯題名於昭應縣樓，韋蟾睹之，走筆留謔曰：『渭水秦川拂眼明，希仁何事寡詩情？只應學得虞姬婿，書字纔能記姓名。』」

【輯評】

李懷民重訂中晚唐詩主客圖説卷上評「新貧」句：五字絶入情，絶高。又評「家僮」句：祇眼前語。又評尾聯：傲岸。

住處鐘鼓外，免争當路橋。身閑時却困，兒病可來嬌㈠。雞睡日陽暖，蜂狂花豔燒㈡。長安足門户，疊疊看登朝〔一〕。

【校記】

㈠可，全詩校一作向。

㈡蜂，原校一作蝶。狂，全詩校一作忙。

【箋注】

〔一〕疊疊：相繼不斷。

【輯評】

李懷民重訂中晚唐詩主客圖説卷上評「身閑」聯：入情語，理亦確至。又評「雞睡」聯：筆有造化。「豔燒」二字，如何聯？如何押？然必如此，乃能匠出花、匠出蜂之狂來。若俗手必曰「豔開」、曰「亂燒」矣。

近來年紀到，世事總無心。古鶴憑人搨㊀，閑詩任客吟。送經還野院㊁，移石入幽林。谷口春風惡〔一〕，梨花蓋地深。

【校記】

㊀ 鶴，席本、全詩作碣。古鶴指畫，鶴字不誤。

㊁ 院，全詩作苑。

【箋注】

〔一〕谷口：此泛指山谷之口。又暗用谷口鄭子真事。漢書卷七二王貢兩龔傳序：「其後谷口有鄭子真，蜀有嚴君平，皆修身自保，非其服弗服，非其食弗食。成帝時，元舅大將軍王鳳以禮聘子真，子真遂不詘而終。」

悮虛㊀〔二〕。嬾更學諸餘〔一〕，林中掃地居。膩衣穿不洗，白髮短慵梳。苦相常多淚，勞生自閑行人事絕，親故亦無書。

【校記】

㊀生，全詩校一作心。悞虛，全詩校一作少娛。

【箋注】

〔一〕諸餘：其他。

〔二〕悞：疑惑。

住處去山近，傍園麋鹿行。野桑穿井長，荒竹過墻生。新識鄰里面，未諳村社情。名田無力及㊀〔一〕，賤賃與人耕。

【校記】

㊀名，明鈔本、席本、全詩作石。

【箋注】

〔一〕名田：以私人名義佔有的土地稱名田。史記平準書：「賈人有市籍者，及其家屬，皆無得籍名田，以便農。敢犯令，没入田僮。」司馬貞索隱：「謂賈人市籍，不許以名占田地。」丘迴刊刻王荆公唐百家詩選何焯校：「石田，集作名田爲是。董仲舒請限名田，以贍不足，注：名田，占田也。方與『無力及』三字相關。若作石田，亦不得云賤賃也。」

【輯評】

瀛奎律髓卷一〇方回批：老杜謂清新，此等語亦清新者也，但前首（按：指「自掃一間房」一首）起句十字差俗。紀昀批：是纖瑣，非清新。馮舒批：只説字面。馮班批：俗字不妨，俗意乃不可耳。馮舒評：本集題作原上新居，詩亦不專作春語。此二首重出。馮班評：通篇詠新居，非新春也。查慎行評：寧取平易，勿取艱澀生新。

又卷二三方回批：荆公唐選取此詩之二首，誤曰原上新春，予亦選入春類矣。今觀其集，乃是原上新居。十三首併選五首，不妨重也。紀昀評：明知其重出，而曰不妨，著書無如此體裁。查慎行評：重見。

李懷民重訂中晚唐詩主客圖説卷上評中二聯：天然情事，自妙。

送李評事使蜀〔一〕

勸酒不依巡，明朝萬里人。轉江雲棧細，近驛板橋新㊀。石冷啼猿影㊁，松昏戲鹿塵㊂。少年爲客好，況是益州春〔二〕。

【校記】

㊀ 板橋，全詩校一作柳條。

㊁ 啼猿，英華二七五校一作猿啼。

㊂ 戲鹿，英華校一作鹿戲。

【箋注】

〔一〕李評事未詳。評事，官名，唐屬大理寺，掌平決刑獄。新唐書百官志三大理寺：「司直六人，從六品上。評事八人，從八品下。掌出使推按。」

〔二〕益州：州名，漢武帝時置。晉至南齊曾分置益州爲梁、益二州，隋廢。唐爲劍南道蜀郡，府治成都。

新修道居

世間無所入，學道處新成。兩面有山色，六時聞磬聲〔一〕。閑加經遍數，老愛字分明。若得離煩惱，焚香過一生。

【箋注】

〔一〕六時：佛教分一晝夜爲六時，即晨朝、日中、日没、初夜、中夜、後夜。阿彌陀經：「晝夜六時，天雨曼陀羅華。」

贈洪哲師㊀

老僧真古畫，閑座語中聽。識病方書聖〔二〕，諳山草木靈。人來多施藥㊁，願滿不持經。相伴尋溪竹，秋苔襪履青。

【校記】

㊀ 哲，全詩作晢。

㊁ 多，原校一作還。

【箋注】

〔一〕方書：指治病的藥方之書。

【輯評】

李懷民重訂中晚唐詩主客圖説卷上：「老僧真古畫」，先匠一句。「願滿不持經」，偏説不持經，妙。

題法雲禪師院

不剃頭多日，禪來白髮長。合村迎住寺，同學乞修房。覺少持經力，憂無養病粮。上山猶得在，自解衲衣裳〔一〕。

【箋注】

〔一〕衲衣：即百衲衣，僧侣之服。

贈溪翁

溪田借四鄰，不省解憂身。看日和仙藥，書符救病人。伴僧齋過夏，中酒卧經旬。應得丹砂力㊀〔一〕，春來黑髮新。

【校記】

㊀砂，原校一作霜。

【箋注】

〔一〕丹砂：即硃砂，道士煉丹所用。葛洪抱朴子金丹：「凡草木燒之即燼，而丹砂燒之成水銀，積變又還成丹砂，其去凡草木亦遠矣，故能令人長生。」

【輯評】

瀛奎律髓卷二三馮班評：第三好，第四較卑。紀昀評：更淺鄙。

謝李績主簿㊀〔一〕

館舍幸相近，因風及病身。一官雖隔水，四韻是同人㊁〔二〕。衰卧朦朧曉，貧居冷落春。少年無不好，莫恨滿頭塵。

【校記】

㈠ 續，全詩校一作績。

㈡ 四韻，原校一作五字。

【箋注】

〔一〕唐尚書省郎官石柱題名吏部員外郎、度支員外郎、金部郎中皆有李續。計有功唐詩紀事卷五三有李續和于中丞（興宗）見寄詩，并云：「續，時爲同州刺史。」舊唐書柳公綽傳：「凡六開府幕，得人尤盛……盧簡辭、崔璵、夏侯孜、韋長、李續、李拭，皆至公卿。」又，李逢吉黨有「八關十六子」之號，張又新、李續皆在其中，見舊唐書文宗紀上大和元年四月貶山南東道節度副使李續爲涪州刺史、新唐書李逢吉傳、張又新傳。「八關十六子」之李續或作李績之，見舊唐書張又新傳、李逢吉傳、李宗閔傳、楊嗣復傳等。李續、李績之無疑爲一人，疑續之爲字。太平廣記卷二七九引酉陽雜俎：「中書舍人崔暇弟嘏，娶李續女。」（今本酉陽雜俎續集卷三僅云「娶李氏」）當亦「八關十六子」之李續。王建此詩之李續亦即此人。主簿，官名。唐縣長官爲令，丞爲之貳，其下有主簿、録事、尉等官員，見新唐書百官志四下。

〔二〕四韻：律詩押四韻（首句韻脚可不押，故不計），故以四韻指作詩。

寒食㊀〔一〕

田舍清明日，家家出火遲。白衫眠古巷，紅索搭高枝〔二〕。紗帶生難結，銅釵重欲垂。斬新衣踏盡㊁，還似去年時。

【校記】

㊀歲詠一二題作寒食後。

㊁踏，歲詠作著。全詩於題下注曰：「一作張籍詩。」按：此詩又見全唐詩卷三八四張籍卷，明嘉靖、萬曆間刻張司業詩集中無此詩，蒲積中古今歲時雜詠卷一二無作者姓名。張司業詩集既無此詩，則當爲王建作。

【箋注】

〔一〕寒食：古代節氣，冬至後的第一百零五天爲寒食（一説第一百零六天），此日禁火冷食，因稱寒食。寒食與清明相接，後一天（一説後兩天）爲清明。唐玄宗李隆基初入秦川路逢寒食：「可憐寒食與清明，光輝并在長安道。」張説奉和聖製寒食作應制：「從來禁火日，會接清明朝。」此詩首聯云「田舍清明日，家家出火遲」，已是清明節的景象了。清明有郊外踏青之俗，亦即此詩「斬新衣踏盡」所寫。

〔二〕紅索：指鞦韆索。寒食日打鞦韆爲唐代習俗，王維寒食城東即事「鞦韆競出垂楊裏」，杜甫清明二首二「萬里鞦韆習俗同」，韋莊長安清明「緑楊高映畫鞦韆」，皆可證。

【輯評】

李懷民重訂中晚唐詩主客圖説卷上評「白衫」聯：田家寒食如畫。又評尾聯：宛然入情。

貽小尼師〔一〕

新剃青頭髮，生來未掃眉㊀〔二〕。身輕禮拜穩，心慢記經遲。喚起猶侵曉，催齋已過時。春晴堦下立，私地弄花枝。

【校記】

㊀掃，全詩校一作畫。

【箋注】

〔一〕尼師，梵語比丘尼，即女僧，俗稱尼姑。

〔二〕掃眉：即畫眉。

【輯評】
瀛奎律髓卷四七方回批：褻侮已甚。人家好兒女，何爲落於尼寺？馮舒批：愚評。馮班評：不及白公落句矣，解否？
李懷民重訂中晚唐詩主客圖説卷上評「身輕」聯：匠小意妙。又評「唤起」聯：二句總是小意。

惜懽

當懽須且懽，過後買應難。歲去停燈守〔一〕，花開把火看㊀。狂來欺酒淺，愁盡覺天寬。次第頭皆白，齊年幾箇殘㊁。

【校記】
㊀火，全詩校一作燭。
㊁幾箇，胡本、全詩作人已。

【箋注】
〔一〕停燈：即停留着燈，點着燈。朱慶餘近試上張水部「洞房昨夜停紅燭」，「停」亦「保持着」之義。

【輯評】

李懷民重訂中晚唐詩主客圖説卷上評首聯：慨然起興。

山中惜花

忽看花漸稀㊀，罪過酒醒遲㊁。尋覓風來處，驚張夜落時。遊絲纏故蕊㊂，宿葉守空枝㊃。開取當軒地㊄，年年樹底期。

【校記】

㊀ 忽，全詩校一作愁。
㊁ 遲，全詩作時。
㊂ 纏，原校一作縈。
㊃ 葉，全詩作夜。
㊄ 軒，原校一作溪。

【輯評】

李懷民重訂中晚唐詩主客圖説卷上評「尋覓」聯：靜緣。

和武門下傷韋令孔雀〔一〕

孤號秋閣陰，韋令在時禽。覓伴海山黑，思鄉橘柚深。舉頭聞舊曲，顧尾惜殘金。顦顇不飛去，重君池上心。

【箋注】

〔一〕武門下爲武元衡，元和二年爲門下侍郎、同平章事，出爲成都尹、劍南西川節度使。八年回朝仍爲門下侍郎、同平章事。淮蔡用兵，憲宗委以機務，爲王承宗等所砦。元和十年六月三日將赴朝，爲盗殺於靖安里宅第東北。見兩唐書武元衡傳。韋令爲韋臯，貞元元年檢校户部尚書兼成都尹、御史大夫、劍南西川節度觀察使，貞元末以擒論莽熱功檢校司徒兼中書令，封南康郡王。卒於永貞元年，見兩唐書韋臯傳。武元衡原作爲西川使宅有韋令公時孔雀存焉暇日與諸公同玩座中兼故府賓妓興嗟久之有賦此詩用廣其意，見全唐詩卷三一六，爲武元衡在成都時作。王建此詩當作於元和八年，時武元衡已回朝。

題所賃宅牡丹花〔一〕

賃宅得花饒，初開恐是妖。粉光深紫膩〔二〕，肉色退紅嬌〔三〕。且願風留著，惟愁日炙燋㊃。可憐零落蕊，收取作香燒。

【校記】

㊀花，英華三二一題無花字。

㊁粉，英華作霞。

㊂退，英華作遠。

㊃燋，英華校詠作銷。

【輯評】

陸游老學庵筆記卷一〇：唐王建牡丹詩云：「可憐零落蕊，收取作香燒」，雖工而格卑。東坡用其意云「未忍污泥沙，牛酥煎落蕊」，超然不同矣。

說郛弓四一陸游老學庵續筆記：唐有一種色，謂之退紅。王建牡丹詩云：「粉光深紫膩，肉色退紅嬌」；王貞白倡樓行云：「龍腦香調水，教人染退紅」；花間集樂府：「牀上小熏籠，昭州新退紅」。蓋退紅若今之粉紅，髹器亦有作此色者，今無之矣。紹興末，縑帛有一等似皂而淡者，謂之不肯紅，亦退紅之類也。

范晞文對牀夜語卷三：韓偓落花詩「總得苔遮猶慰意，便教泥汙更傷心」，弱甚。老杜有「縱教醉裏風吹盡，可待醒時雨打稀」，去偓輩遠矣。王建亦有「且願風留著，唯愁日炙銷」，正堪與偓詩上下。

隱者居

山人住處高，看日上蟠桃〔一〕。雪縷青山脈，雲生白鶴毛。朱書護身呪〔二〕，水噀斷邪刀〔三〕。何物中長食㊀？胡麻慢火燒〔四〕。

【校記】

㊀中，原校一作堪。

【箋注】

〔一〕蟠桃：傳説中的仙桃。太平御覽卷九六七引漢舊儀：「山海經稱東海之中度朔山，山上有大桃，屈蟠三千里，東北間有百鬼所出入也。上有二神人，一曰神荼，一曰鬱壘，主領萬鬼。」

〔二〕護身呪：用以護身的咒語。

〔三〕噀：噴。

〔四〕胡麻：植物名。葛洪神仙傳卷一〇：「魯女生者，長樂人也，服胡麻餌术，絶穀八十餘年，甚少壯。」

【輯評】

李懷民重訂中晚唐詩主客圖説卷上：此與水部隱者、辟穀者皆一例。

昭應官舍

繞廳春草合，知道縣家閑。行見雨遮院，卧看人上山。避風新浴後，請假未醒間。朝客輕卑吏，從他不往還。

【輯評】

陸時雍唐詩鏡卷四一：三四趣。

李懷民重訂中晚唐詩主客圖説卷上：「知道縣家閑」，妙。又評尾聯：自見高致。

秋日送杜虔州〔一〕

憶得宿新宅㊀，别來餘蕙香。初聞守遠郡㊁，一日卧空床。野驛烟火濕㊂，路人消息狂。山樓添鼓角，村柵立旗槍。晚渚露荷敗㊃，早衙風桂涼。謝家章句出〔二〕，江月少輝光。

【校記】

㈠ 憶，全詩校一作記。

㈡ 遠郡，全詩作郡遠。

㈢ 野，全詩校一作井。

㈣ 晚，毛本校一作夕。

【箋注】

〔一〕 此詩爲送一杜姓者赴任虔州刺史，其人未詳。楊巨源送杜郎中使君赴虔州，亦此人。虔州南康郡，唐屬江南西道。

〔二〕 謝家：謝莊月賦：「美人邁兮音塵闕，隔千里兮共明月。」暗用此賦句之意。

望行人㈠

自從江樹秋，日日望江樓㈡。夢見離珠浦〔一〕，書來在桂州〔二〕。不同魚比目㈢〔三〕，終恨水分流。久不開明鏡，多應是白頭。

【校記】

㈠ 此詩宋本無，據王建詩集五、繆荃孫補遺、樂府一二三、升庵詩話八、明鈔本、席本、全詩二九九補。

㊁日日，繆補作月月，據樂府、升庵詩話、席本、全詩改。
㊂不，繆補、全詩校一作願。魚比目，全詩校一作比目魚。

【箋注】

〔一〕珠浦：即合浦，唐爲廉州合浦郡。漢合浦郡不產穀實，而海出珍珠，先時郡守極力搜刮，致使珠移他處。孟嘗爲合浦太守，廉潔奉公，珍珠復還。見後漢書循吏傳孟嘗。
〔二〕桂州：唐桂州始安郡，中都督府，屬嶺南道。見新唐書地理志七上。
〔三〕比目：爾雅釋地：「東方有比目魚焉，不比不行，其名謂之鰈。」

【輯評】

楊慎升庵詩話卷八：王建詩多俗，此詩卻有初唐之風，當表出之。

王夫之唐詩評選卷三：擺落中自有局法。

李懷民重訂中晚唐詩主客圖説卷上：與司業思遠人詩同工異曲，惜後四句稍平。又評前四句：恍惚迷離，寫出凝望深情。而珠浦、桂州，敷色琢對，雅煉工妙，所以爲唐人之詩。又評「魚比目」句：此句不佳。

塞 上㊀〔一〕

漫漫復淒淒，黃沙暮漸迷。人當故鄉立，馬過舊營嘶。斷雁逢冰磧，回軍占雪溪。夜來山下哭，應是送降奚〔二〕。

【校記】

㊀此詩宋本無，據王建詩集五繆荃孫補遺、樂府九二、明鈔本、席本、全詩二九九補。繆補、席本題作塞上二首，其一爲馬戴詩，故據樂府、全詩改。

【箋注】

〔一〕樂府詩集卷二一横吹曲辭一：「晉書樂志曰：『出塞、入塞曲，李延年造。』曹嘉之晉書曰：『劉疇嘗避亂塢壁，賈胡百數欲害之，疇無懼色，援笳而吹之，爲出塞、入塞之聲，以動其遊客之思，於是群胡皆垂泣而去。』按西京雜記曰：『戚夫人善歌出塞、入塞、望歸之曲。』則高帝時已有之，疑不起於延年也。唐又有塞上、塞下曲，蓋出於此。」

〔二〕奚：古代少數民族名，東胡族。原居遼水上遊，漢時爲匈奴所破，保烏桓山，因名烏桓。隋唐時稱奚。見新唐書北狄傳。

【輯評】

李懷民重訂中晚唐詩主客圖説卷上：「馬過舊營嘶」，慘。又評尾聯：寫邊事如見。

送嚴大夫赴桂州㊀〔一〕

嶺頭分界堠㊁，一半屬湘潭〔二〕。水驛門旗出，山蠻洞主參。辟邪犀角重〔三〕，解酒荔枝甘〔四〕。莫歎京華遠，安南更在南㊂〔五〕。

【校記】

㊀此詩宋本無，據王建詩集五繆荃孫補遺、英華二七五、明鈔本、席本、全詩二九九補。

㊁堠，全詩作候。

㊂在，英華、全詩作有。

【箋注】

〔一〕嚴大夫爲嚴謩。舊唐書穆宗紀：「（長慶二年四月）丁亥，以祕書監嚴譽爲桂管觀察使。」「譽」爲「謩」之誤。白居易白氏長慶集卷五一嚴謨可桂管觀察使制，稱「朝議大夫、前守祕書監、驍騎尉、賜紫金魚袋嚴謨」，可證。謨同謩。大唐傳載：「李相國程執政時，嚴謩、嚴休復皆在南省，有萬年令闕，人多屬之，李公云：『二嚴不如謩。』」岑仲勉唐史餘瀋卷三謂李程爲相在長慶四年至寶曆二年，當時嚴謩已出爲桂管觀察使，約四年底卒於桂管任上，唐尚書省郎官石柱題名户部員外郎有嚴謇，推其年代，正在長慶間，故大唐傳載之嚴謩爲嚴謇之訛，甚是。韓愈、白居易、張籍皆有送嚴大夫赴桂州詩。

〔二〕湘潭：縣名，唐屬潭州長沙郡，與桂州毗鄰。

〔三〕犀角：犀牛角，入藥。太平御覽卷八九〇引南州異物志：「犀有特神者，角有光耀，白日視之如角，夜暗之中，理皆淬然，光由中出，望如火炬。欲以知此角神異，置之草野，飛鳥走獸過皆驚。」

〔四〕荔枝：段公路北户録卷三：「南方果之美者有荔枝，梧州火山者夏初先熟，而味小劣。其高潘州者最佳，五六月方熟，有無核、類雞卵大者，其肪瑩白，不減水精。性熱液甘，乃奇實也。」

〔五〕安南：唐安南都護府，本交趾郡，武德中曰交州，治交趾，調露元年改曰安南都護府。見新唐書地理志七上。

【輯評】

李懷民重訂中晚唐詩主客圖説卷上評「水驛」聯：出、參二字，宛如親歷。

送鄭權尚書赴南海㈠〔一〕

七郡雙旌貴〔二〕，人皆不憶迴。戍頭龍腦鋪〔三〕，關口象牙堆〔四〕。敕設熏爐出㊁〔五〕，蠻辭咒節開㊂〔六〕。市喧山賊破，金賤海船來。白氎家家織〔七〕，紅蕉處處栽〔八〕。已將身報國，莫起望鄉臺。

【校記】

㊀此詩宋本無，據王建詩集五繆荃孫補遺、英華二七五、明鈔本、席本、全詩二九九補。赴，英華、全詩無赴字。

㊁敕，繆補、席本作物，據英華、明鈔本、全詩改。

㊂辭，繆補作詞，據諸本改。咒，明鈔本作晚。

【箋注】

〔一〕資治通鑑卷二四三唐穆宗長慶三年四月：「己酉，以（鄭）權爲嶺南節度使。」韓愈韓昌黎文集卷二一送鄭尚書序：「長慶三年四月，工部尚書鄭公爲刑部尚書、兼御史大夫，往踐其任……及是命，朝廷莫不悦。將行，公卿大夫苟能詩者，咸相率爲詩，以美朝政，以慰公南行之思。韻必以來字者，所以祝公成政而來歸疾也。」又有詩送鄭尚書赴南海。張籍亦有送鄭尚書出鎮南海，題下注：「各用來字。」又有送鄭尚書赴廣州，與王建詩皆作於一時。

〔二〕七郡：漢於嶺南置七郡，即南海、鬱林、蒼梧、交趾、合浦、九真、日南，見漢書地理志八下。唐嶺南節度使實領二十二州。雙旌：新唐書百官志下：「節度使掌總軍旅，顓誅殺。初授，具帑抹兵仗詣兵部辭見，觀察使亦如之。辭日，賜雙旌雙節。行則建節，樹六纛，中官祖送，次一驛輒上聞。」

〔三〕龍腦鋪：顧炎武天下郡國利病書廣東下備録：「灣村界猺山三十有三：大合山、百片山、陳化山、天平山、龍腦山。」

〔四〕象牙堆：顧炎武天下郡國利病書廣東中韶州府：「隘三十一：樂昌之隘曰黄土嶺，曰龍山口，曰銅鑼坪，曰象牙山，曰塘口，曰九牛嶺。」

〔五〕熏爐：香爐。此寫出發時的儀式。

〔六〕呪節：詛咒之語。

〔七〕白氎：布名。史記貨殖列傳「榻布皮革千石」，裴駰集解引漢書音義：「榻布，白疊也。」司馬貞索隱引吴録：「有九真郡布，名曰白疊。」又引廣志：「疊，毛織也。」張守節正義：「白疊，木棉所織，非中國所有也。」

〔八〕紅蕉：即美人蕉。范成大桂海虞衡志志花：「紅蕉花葉瘦，類蘆箬，心中抽條，條端發花，葉數層，日坼一兩葉，色正紅，如榴花、荔子。其端各有一點鮮緑，尤可愛。春夏開，至歲寒猶芳。」廣群芳譜卷八九芭蕉：「美人蕉，自東粤來者，其花開若蓮而色紅若丹。産福建福州府者，其花四時皆開，深紅照眼，經月不謝。」

賞牡丹〔一〕

此花名價別，開豔益皇都。香遍苓菱死〔二〕〔一〕，紅燒躑躅枯〔二〕。軟光籠細脈，妖色暖鮮膚。滿蕊攢金粉〔三〕，含稜縷絳蘇。好和熏御服，堪畫入宮圖。晚態愁新婦，殘粧望病夫。教人知個數，留客賞斯須〔四〕。一夜輕風起，千金買亦無。

【校記】

〔一〕此詩宋本無，據王建詩集五繆荃孫補遺、英華三二一、明鈔本、席本、全詩二九九補。

〔二〕菱，英華、全詩作菱。

〔三〕蕊，繆補、席本作葉，據英華、明鈔本、全詩改。

〔四〕賞，席本作貴。

【箋注】

〔一〕苓菱：即菱。菱，通菱。李時珍本草綱目卷三三芰實：「菱，處處有之，葉浮水上，花黄白色，花落而實生，漸向水中，乃熟。」

〔二〕躑躅：即杜鵑花。鄒一桂小山畫譜：「杜鵑，古名紅躑躅，本係蜀花，今各處皆有。高五尺，低者一二尺，春盡方開花，色殊紅，六出重合，花蒂託管蒂，甚微細，一枝數萼。」

誤收之作

塞上

旌旗倒北風，霜雪逐南鴻。夜救龍城急，朝焚虎帳空。骨銷金鏃在，髮改玉關中。尚想羲軒代，無人尚戰功。

【辨證】

此詩載席本，然樂府詩集卷九二作馬戴詩，爲塞下曲二首其一，全唐詩卷五五五馬戴卷亦收之，詩題同樂府詩集。故此詩爲馬戴詩。明馮舒抄本王建詩集卷五補遺亦有此詩，後有馮舒批注：「馬戴詩，舊本無，柳誤添。」看來始作俑者爲柳大中。

題別遺愛草堂兼呈李十使君　李十亦嘗隱廬山白鹿洞

曾住爐峰下，書房對藥臺。斬新蘿徑合，依舊竹窗開。砌水親看決，池荷手自栽。五年方暫至，一宿又須回。縱未長歸得，猶勝不到來。君家白鹿洞，聞道亦生苔。

【辨證】

此詩見全唐詩卷二九九王建卷，吴慈培手抄本王建詩集卷五收有此詩，云是據錢謙益所藏本補入，他本無。此詩又見全唐詩卷四四三白居易卷、白氏長慶集卷二〇。李十爲李渤，新唐書李渤傳云其「與仲兄涉偕隱廬山」，又曾爲江州刺史。樂史太平寰宇記卷一一一江州：「白鹿洞在廬山東南，本李渤書堂，今爲官學。」祝穆方輿勝覽卷一七南康軍：「白鹿書堂，唐李渤與兄涉俱隱於此山，嘗養一白鹿，因名之。」皆與史合。白居易尚有贈江州李十使君員外十二韻。岑仲勉唐人行第録云：「居易以長慶二年七月十四日除杭州，其過江州時，亦可與渤任相及……疑王建名下者誤收。」朱金城白居易集箋校亦云：「此詩全唐詩既收卷四六二白居易下，又收卷二九九王建下，詩題稱題别遺愛草堂，詩又云『砌水親開決，池荷手自栽，五年方暫至，一宿又須回』，考居易元和十三年十二月二十日代李景儉爲忠州刺史，至長慶二年適爲第五年，故此詩可斷爲居易所作無疑，全詩王建名下誤收。」全唐詩何以收在王建名下？文苑英華卷三一四收有此詩，署前人，排在錢侍郎使君以題廬山草堂詩見示因以戲之詩後，與卷二五八白居易此詩重出，因而未寫作者姓名，而再前一首，即爲王建過趙居士擬置草堂處所詩，遂有人誤以爲前人即謂王建，當是此誤之由來。

王建詩集卷第六

律　詩

寄杜侍御〔一〕

何須服藥覓昇天，粉閣爲郎即是仙〔二〕。買宅但幽從索價，栽松取活不争錢。退朝寺裏尋荒塔，經宿城南看野泉。道氣清凝分曉爽㊀，詩情冷瘦滴秋鮮㊁。學通儒釋三千卷㊂，身擁旌旗二十年。春巷偶過同户飲，暖窗時語對牀眠㊃。破除心力緣書癖，傷瘦花枝爲酒顛㊄。今日總來歸聖代㊅〔三〕，丈人先達幸相憐〔四〕。

【校記】

㊀凝，宋本校一作寧。

㊁瘦，宋本校一作秀。

㈢儒，宋本校一作傳。

㈣語，全詩作與，校一作語。

㈤瘦，宋本校一作損，明鈔本、毛本、席本作損。

㈥此句原校一作今日總離車馬地。

【箋注】

〔一〕杜侍御未詳。疑「御」爲「郎」之訛，與將歸故山留別杜侍郎之杜侍郎爲同一人（原本亦訛「郎」爲「御」）。此詩云「粉閣爲郎即是仙」，粉閣謂尚書省，若作「侍御」，不論其爲侍御史還是御史中丞，皆屬御史臺，不當稱「粉閣」。可知詩題當作「侍郎」，「粉閣爲郎」句已言之矣。杜侍郎疑謂杜黄裳。舊唐書杜黄裳傳云：「後入爲臺省官，爲裴延齡所惡，十年不遷。貞元末，爲太常卿。」不言其爲侍郎事。然杜黄裳貞元七年曾權知禮部貢舉，樂史廣卓異記卷七「禮部同年三人同在相位」條：「右按唐書：貞元七年，禮部侍郎杜黄裳下三十人及第」。歐陽詹唐天文述：「皇唐百七十有一載，皇帝之御宇之十四祀也（按四當作三），歲在辛未，實貞元七年。是歲也……范陽張公濛爲春官之三年……京兆杜公黄裳爲秋官之二年」，據此，杜黄裳貞元七年以刑部侍郎權知禮部貢舉。總之，貞元七年杜黄裳正爲侍郎，王建此詩即寫寄杜黄裳的。詩又云「身擁旌旗二十年」，據舊唐書杜黄裳傳：「爲郭子儀朔方從事。子儀入朝，命黄裳主留務於朔方」，即謂此經歷。

〔二〕粉闈：即粉署，尚書省之别稱。漢代尚書省皆用胡粉塗壁，畫古賢人列女圖畫，後世因稱尚書省爲粉署。如高適真定即事奉贈韋使君二十八韻：「擢才登粉署，飛步躡雲衢。」杜甫秋日夔府詠懷奉寄鄭監李賓客一百韻：「霧雨雲章溼，馨香粉署妍。」

〔三〕此句説的是自己。

〔四〕丈人：對長者的尊稱。

【輯評】

楊慎升庵詩話卷一二：七言排律，唐人亦不多見，初唐有此首（指蔡孚打毬篇）及謝偃新曲、崔融從軍行，可謂絶唱。其後則杜工部清明二首，此外何其寥寥乎！楊伯謙選唐音及取王建二首，醜惡之甚，觀者自能識之。中唐則僧清江一首、温庭筠一首，皆雋永可頌。伯謙縱不能取初唐三首，獨不可取清江、庭筠之二首乎？何所見之不同也。

寄上韓愈侍郎〔一〕

重登太學領儒流㊀〔二〕，學浪詞鋒壓九州。不以雄名疎野賤㊁，唯將直氣折王侯。詠傷松桂青山瘦㊂，取盡珠璣碧海愁。叙述異篇經總别㊃〔三〕，鞭驅險句最先投㊄。碑文合遺貞魂謝㊅，史筆應令諂骨羞〔四〕。清俸探將還酒債，黄金旋得起書樓。參來擬設官人禮㈦，朝退多逢月閣遊㈧〔五〕。見向雲泉求住處㈨，若無知薦一生休。

【校記】

㈠登，全詩校一作於。
㈡疎，英華作殊。
㈢桂，原校一作柏。
㈣叙，英華作序。經，宋本校一作詩。别，英華作核。
㈤最，宋本校一作物，英華作物。
㈥貞，毛本作真。
㈦參，宋本校一作客，英華作客。
㈧閣，英華作下。
㈨向，全詩作説。

【箋注】

〔一〕詩云「重登太學領儒流」，舊唐書韓愈傳：「（元和）十五年，徵爲國子祭酒，轉兵部侍郎。」舊唐書穆宗紀：「（長慶元年七月庚申）以國子祭酒韓愈爲兵部侍郎。」可知此詩作於長慶元年韓愈初爲兵部侍郎時。

〔二〕太學：相傳虞設庠，夏設序，殷設瞽宗，周設辟雍，即古太學，爲古代最高學府。漢武帝元朔五年始置太學，立五經博士。隋爲國子監。唐設國子、太學、廣文、四門、律、書、算七學，屬國子監。

〔三〕異篇：舊唐書韓愈傳云其「然時有恃才肆意，亦有盭孔、孟之旨」。

〔四〕史筆：韓愈曾爲史館修撰。舊唐書韓愈傳：「時謂愈有史筆，及撰順宗實録，繁簡不當，叙事拙於取捨。」

〔五〕月閣：月燈閣，在長安。元稹酬翰林白學士代書一百韻「僧餐月燈閣，醵宴劫灰池」，自注：「予與樂天、杓直、拒非輩，多於月燈閣閑遊，又嘗與祕書省同官醵宴昆明池。」錢易南部新書乙：「每歲寒食……新進士則月燈閣置打毬之宴。」

【輯評】

潘德輿養一齋詩話卷九：王建上昌黎詩云：「重登太學領儒流，學浪詞鋒壓九州。不以雄名疏野賤，惟將直氣折王侯。」頗能得昌黎一生佳處。

贈華州鄭大夫〔一〕

此官出入鳳池頭〔二〕，通化門前第一州〔三〕。少華山雲當驛起〔四〕，小敷溪水入城流〔五〕。空閑地内人初滿，詞訟牌前草漸稠。報狀拆開知足雨，赦書宣過喜無囚。自來不説雙旌貴，恐替長教百姓愁。公退晚涼無一事㈠，步行攜客上南樓〔六〕。

【校記】

㈠ 此句原校一作吏散月高衙府静。月，毛本校一作日。

【箋注】

〔一〕華州鄭大夫爲鄭權。舊唐書鄭權傳：「（元和）十一年代李遜爲襄州刺史、山南東道節度使，十二年，轉華州刺史、潼關防禦、鎮國軍使，十三年遷德州刺史、德棣滄景節度使。」又憲宗紀下：「（元和十三年二月庚辰）以華州刺史鄭權爲德州刺史、横海軍節度、德棣滄景觀察使。」

〔二〕鳳池：鳳凰池，禁苑中池沼，魏晉南北朝設中書省於禁苑，掌管機要，後因稱中書省爲鳳凰池。晉荀勗由中書監守尚書令，人有賀之者，勗曰：「奪我鳳凰池，諸君賀我耶？」見晉書荀勗傳。

〔三〕通化門：宋敏求長安志卷七：「外郭城……東面三門：北曰通化門，中曰春明門，南曰延興門。」

〔四〕少華山：在陝西華縣東南，與太華山勢相連而稍低，故名少華。山海經西山經：「（太華山）又西八十里曰小華之山」，郭璞注：「即少華山。」樂史太平寰宇記卷二九華州：「少華山在

（鄭）縣東南十里。」

〔五〕小敷溪：酈道元水經注卷一九渭水：「渭水又東，敷水注之。水南出石山之敷谷，北逕告平城東。」資治通鑑卷二三八唐憲宗元和五年：「召（元稹）還西京，至敷水驛」，胡三省注：「華州華陰縣西二十四里有敷水渠，九域志：華陰縣有敷水鎮。」

〔六〕南樓：世説新語容止：「庾太尉（亮）在武昌，秋夜氣佳景清，使吏殷浩、王胡之之徒登南樓理詠，音調始遒，聞函道中有屐聲甚厲，定是庾公。俄而率左右十許人步來，諸賢欲起避之，公徐曰：『諸君少住，老子於此興復不淺。』因便據胡牀，與諸公詠謔。」

贈王樞密㈠〔一〕

三朝行坐鎮相隨㈡〔二〕，今上春宮見小時㈢〔三〕。脱下御衣先賜著㈣，進來龍馬每教騎㈤。長承密旨歸家少㈥，獨奏邊機出殿遲㈦。自是姓同親向説㈧，九重争得外人知㈨〔四〕。

【校記】

㈠英華二五四題作贈王内侍樞密，才調集作贈樞密。宋本、明鈔本、毛本、席本注：「一作中貴。王樞密，守澄。宗姓也。」全詩題下注：「建初爲渭南尉，值内官王守澄盡宗人之分，因過飲，語及漢桓靈信任中官，起黨錮興廢之事。守澄深憾，曰：『吾弟所作宮詞，天下皆誦於口，禁掖深邃，何以知之？』建不能對，爲詩以贈。其事遂寢。」上述之注實出雲溪友議卷下「瑯琊忤」條，皆非作者自注，爲編者所加。

㊁三，友議作先。

㊂小，友議作長。

㊃先賜，友議作偏得。

㊄每，才調集作便。

㊅歸，紀事四四作還。

㊆奏，紀事作對。機，英華、紀事作情，才調集作庭。

㊇此句友議、紀事作不是當家頻向説，英華作不爲姓同偏向説。頻，才調集作偏。

㊈得，友議、紀事作遺。

【箋注】

〔一〕雲溪友議卷下「瑯琊忤」條：「王建校書爲渭南尉，作宮詞，元丞相亦有此舉，河南、渭南合成二首矣。時謂長孫翺、朱慶餘各有一篇，苟爲當矣……渭南先祖内官王樞密盡宗人之分，然彼我不均，後懷輕謗之色。忽因過飲，語及桓、靈信任中官，多遭黨錮之罪，而起興廢之事。樞密深憾其譏，詰曰：『吾弟所有宮詞，天下皆誦於口，禁掖深邃，何以知之？』建不能對。

元公親承聖旨，令隱其文。朝廷以爲孔光不言温樹，何其慎靜乎！二君將遭奏劾，爲詩以讓之，乃脱其禍也。」此等小説家言，本不必認真對待。如王建未曾爲校書郎，也未曾爲渭南尉，此云「王建校書爲渭南尉」，便已與事實不符。然云與王守澄的一段經歷，則可能是有的。内官王樞密即王守澄，舊唐書宦官傳王守澄：「王守澄，元和末宦官。憲宗疾大漸，内官陳弘慶等弑逆……時守澄與中尉馬進潭、梁守謙、劉承偕、韋元素等定册立穆宗皇帝。長慶中，守澄知樞密事。」則王建與王守澄的這一段經歷當發生在長慶年間，時王守澄爲樞密使。其中所提到的「元公親承聖旨」之元公爲元稹，長慶元年爲翰林學士、知制誥，二年二月拜平章事，六月出爲同州刺史。所述大體也符合當時的情況。

〔二〕三朝：天子處理政務叫三朝。周禮秋官朝士：「朝士掌建邦外朝之法。」鄭玄注：「周天子、諸侯皆有三朝：外朝一、内朝二。内朝之在路門内者，或謂之燕朝。」尚書召誥「越五日甲寅位成」孔穎達疏引鄭玄説：外朝，是詢衆庶之朝。内朝有二：一名治朝，處理政事；一名燕朝，是休息的地方。

〔三〕今上：指穆宗皇帝李恒。春宫：即東宫，太子所居。

〔四〕九重：指宫禁。楚辭宋玉九辯：「豈不鬱陶而思君兮，君之門以九重。」王逸注：「君門深邃，不可至也。」

【輯評】

瀛奎律髓卷四六馮舒評：此作何關「俠少」？此詩有爲而作，人所共知，列之「俠少」，真全不讀書者。馮班評：此是內官，非俠少也。原刻一字不通，不知虛谷何來此惡本？同姓，謂之當家人，宋人不知此語，往往妄改。虛谷不學，遇唐人古語不解，往往改卻，可笑。紀昀評：此乃王建忤王守澄，守澄以所作宮詞挾持之，建作此以自解。入「俠少類」，誤甚。

吴喬圍爐詩話卷二：少陵七律，有一氣直下，如「劍外忽傳收薊北」者。又有前六句皆是興，末二句方是賦，如吹笛詩，通篇正意只在「故園愁」三字耳。說者謂首句「風月」二字立眼目，次聯應之，名爲二字格，盲矣。「風月」是笛上之賓，於懷鄉主意隔兩層也。「蓬萊宮闕」篇全篇是賦，前六句追叙昔日之繁華，末二句悲歎今日之寥落。王建「先朝行坐」篇，與此二首同格。

金聖歎貫華堂選批唐才子詩卷四下：（前解）一，寫真是親臣；二，寫早又二朝老臣；三、四，著御衣，騎龍馬，言非直近幸而已，朝廷方且與之無嫌無疑，併心同體也。句中特下賜字、教字，見非狎恩弄寵矯駕軍車之比也。此解寫王樞密蒙被天眷，無人不知事。（後解）此又寫人所未知事也。承密旨，是內之信之，更無第二人；奏邊機，是己之自信，亦更無第二人。外人不知，非不知其密旨邊機，直不知其長承獨奏也。

錢曾讀書敏求記卷四：建與樞密王守澄有宗人之分，偶因過飲相譏，守澄憾，欲借宮詞奏劾之，建作詩以解。結句云「不是當家親向說，九重争遣外人知」，事遂寢。當家，猶今人言一家也。

此集作「姓同」，其爲後人改竄無疑。

沈德潛重訂唐詩別裁集卷一五：建與宦官王守澄善，酒中語及漢桓、靈任中官之禍，守澄憾之，欲以建所作宮詞百首上聞，曰：「禁掖事，汝何敢言？」建賦此詩以贈，乃脱其禍。

早秋過龍武李將軍書齋㈠〔一〕

高樹蟬聲秋巷裏㈡，朱門冷靜似閑居。重裝墨畫數莖竹㈢，長著香薰一架書。語笑侍兒知禮數，吟哦野客任狂疎。就中愛讀英雄傳，欲立功勳恐不如。

【校記】

㈠早，英華三一七無此字。

㈡樹，宋本校一作寺。

㈢裝，宋本校一作修。墨畫，毛本作畫墨。

【箋注】

〔一〕龍武軍，唐禁軍的稱號。新唐書百官志四上：「左右龍武軍，大將軍各一人，正二品。統軍各一人，正三品。」又云：「景雲元年置龍武將軍，興元元年，六軍各置統軍。貞元三年，龍武軍增將軍一員。」此李將軍未詳。

【輯評】

金聖歎貫華堂選批唐才子詩卷四下：（前解）寫山僧必寫其置酒，寫美人必寫其學道，寫秀才必寫其從獵，寫武臣必寫其讀書，謂之翻盡本色，别出妙理也。一、二不寫書齋，且先寫其門，且又先寫其亨，妙在欲寫冷静，偏寫蟬聲，此皆是其作宫詞之三昧，他人乃未易曉也。三、四不寫將軍，卻只寫其畫與其書，「重裝」，妙！「香熏」，妙！此非寫其畫與其書，便是將軍之天性人欲都寫出來。當時若寫看畫讀書，政復有分限耳。分明便是宫詞一首，因思天生作宫詞人，雖欲不作宫詞，不可得也。（後解）五，「禮數」字並非將軍本色，乃今不惟將軍有，雖侍兒能有。六，「狂疏」字極是將軍本色，乃今野老不任將軍，將軍反任野老，真是全然不似將軍也。七、八，因言除非以英雄人讀英雄書，此時傖父或露故態，而其恂恂粥粥轉更儒者如此。嗚呼！吾真不能復相之也。

江陵即事〔一〕

瘴雲梅雨不成泥〔二〕，十里津樓壓大堤㊀。蜀女下沙迎水客，巴童傍驛賣山雞。寺多紅藥燒人眼，地足青苔染馬蹄。夜半獨眠愁在遠，北看歸路隔蠻溪〔三〕。

【校記】

㊀ 樓，宋本校一作頭，明鈔本、毛本作頭，胡本校一作楂。

【箋注】

〔一〕江陵，春秋時楚郢都，漢爲南郡治所，唐置江陵府江陵郡，屬山南道。見新唐書地理志四。

〔二〕瘴雲：帶有瘴氣的雲霧。梅雨：江南地區梅子黄熟季節常陰雨綿綿，稱梅雨。初學記卷二引梁元帝蕭繹纂要「梅熟而雨曰梅雨」，注：「江東呼爲黄梅雨。」

〔三〕蠻溪：王象之輿地紀勝卷七八荆門軍：「蠻水，即夷水也，桓温父名彝，改曰蠻水。王建荆門行云『唤取官船渡蠻水』，在雞鳴澗之北。」

【輯評】

王夫之唐詩評選卷四：韻。

題花子贈渭州陳判官(一)〔一〕

膩如雲母輕如粉〔二〕，豔勝香黄薄勝蟬〔三〕。點緑斜蒿新葉嫩〔四〕，添紅石竹晚花鮮〔五〕。鴛鴦比翼人初帖，蛺蝶重飛樣未傳。況復蕭郎有情思〔六〕，可憐春日鏡臺前。

【校記】

(一) 州：席本作川。

【箋注】

〔一〕花子，婦女面飾。段成式酉陽雜俎卷八：「今婦人面飾用花子，起自昭容上官氏所製，以掩點迹。大曆以前，士大夫妻多妒悍者，婢妾小不如意，輒印面，故有月點、錢點。」馬縞中華古今注卷中：「秦始皇好神仙，常令宫人梳仙髻，帖五色花子，畫爲雲鳳虎飛昇。至東晉有童謡云：『織女死，時人帖草油花子，爲織女作孝。』至後周，又詔宫人帖五色雲母花子，作碎粧以侍宴。如供奉者，帖勝花子，作桃花粧，插通草朶子，著短袖衫子。」

〔二〕雲母：一種礦物，可析爲片，薄者透光，可爲鏡屏。

〔三〕香黄：指麝香，一種香料。麝香色黄。

〔四〕斜蒿：蒿草之一種。史記老子列傳：「不得其時則蓬累而行。」張守節正義：「蓬，其狀若皤蒿……皤蒿，江東呼爲斜蒿云。」

〔五〕石竹：植物名，亦名石竹子，花紅、白色。杜甫山寺：「麝香眠石竹，鸚鵡啄金桃。」

〔六〕蕭郎：梁書武帝紀上：「（王）儉一見深相器異，謂廬江何憲曰：『此蕭郎三十内當作侍中，出此則貴不可言。』」後因指風流倜儻爲女子所喜愛的男人。

送從姪擬赴江陵少尹〔一〕

荆州少尹好閑官〔二〕，親故皆來勸自寬。無事日長貧不易，有才年少屈終難。沙頭欲買紅螺盞㊀〔三〕，渡口多呈白角盤〔四〕。應向章華臺下醉〔五〕，莫衝雲雨夜深寒〔六〕。

【校記】

㊀欲，宋本校一作且。

【箋注】

〔一〕少尹，新唐書百官志四下：「西都、東都、北都、鳳翔、成都、河中、江陵、興元、興德府尹各一人，從三品。……少尹二人，從四品下。掌貳府州之事，歲終則更次入計。」

〔二〕荆州：古九州之一。爾雅釋地：「漢南曰荆州。」東漢劉表爲荆州牧，治所在襄陽。關羽督荆州，治所在江陵。唐肅宗上元元年於江陵置荆南節度。

〔三〕紅螺盞：用紅螺殼制的酒器。劉恂嶺表録異卷下：「紅螺，大小亦類鸚鵡螺，殼薄而紅，亦堪爲酒器。刳小螺爲足，綴以膠漆，尤可佳尚。」

〔四〕白角盤：六角或八角的銀盤，白色。

〔五〕章華臺：左傳昭公七年：「楚子成章華之臺，願以諸侯落之。」杜預注：「宫室始成祭之爲落。臺今在華容城内。」樂史太平寰宇記卷一四六荆州：「章華臺在（監利）縣郭内。」祝穆方輿勝覽卷二七江陵府：「章華臺，晉杜預注云：『在今南郡華容城中。』華容即今監利。」

〔六〕雲雨：文選宋玉高唐賦記楚襄王與宋玉遊雲夢之臺，望高唐之觀，上有雲氣，宋玉因云先王曾遊高唐，怠而晝寢，夢一婦人願薦枕席，王因幸之，去而辭曰：「妾在巫山之陽，高丘之阻，旦爲朝雲，暮爲行雨，朝朝暮暮，陽臺之下。」後人以雲雨喻男女之事。此處雙關。

【輯評】

金聖歎貫華堂選批唐才子詩卷四下：（前解）好閑官，是一時親故異口同聲相與失歎之辭。三四承寫，言閑官則貧，貧既實難，閑官則屈，屈又實難。看他寫貧之難，難於無事，難於無事而又日長，妙，妙！屈之難，難於有才，難於有才而又年少，妙，妙！（後解）沙頭買盞，渡口買盤，言一路惟有多治炊具，醉爲主策也。五、六、七，寫得怨之甚，八寫得惜之甚。

華清感舊㊀〔一〕

塵到朝元邊使急㊁〔二〕，千官夜發六龍迴㊂〔三〕。輦前月照羅衫淚㊃，馬上風吹蠟燭灰㊄。公主粧樓金鎖澀，貴妃湯殿玉蓮開㊅〔四〕。有時雲外聞天樂，知是先皇沐浴來㊆。

【校記】

㊀才調集一、英華三一一、毛本、全詩題作華清宮感舊。

㈡ 塵到朝元，英華校一作火照中原。邊，才調集、英華作天。

㈢ 六，才調集作大。

㈣ 衫，才調集、英華作衣。

㈤ 馬上，宋本校一作宮裏，才調集、英華作宮裏。

㈥ 蓮，胡本作池。

㈦ 知，才調集、英華作即，英華校集作知，又作應。

【箋注】

〔一〕華清：王溥唐會要卷三〇：「開元十一年十月五日，置温泉宮於驪山，至天寶六載十月三日，改温泉宮爲華清宮。至天寶九載九月幸温泉宮，改驪山爲會昌山。至十載，又改爲昭應山。」宋敏求長安志卷一五臨潼縣：「貞觀十八年詔左屯衛大將軍姜行本、將作少監閻立德營建宮殿，御賜名温泉宮，太宗因幸製碑。咸亨二年名温泉宮，天寶六載改爲華清宮。驪山上益治湯井爲池臺，殿環列山谷，明皇歲幸焉。」

〔二〕朝元：閣名。錢易南部新書己：「驪山華清宮毀廢已久……朝元閣在山嶺之上，基最爲嶄絶，柱礎尚有存者。山腹即長生殿，殿東西磐石道自山麓而上，道側有飲酒亭子、明皇吹笛樓、宮人走馬樓，故基猶存。」

〔三〕六龍：傳説日神之車，駕以六龍。皇帝車駕用六匹馬，馬八尺稱龍，故皇帝的車駕亦稱六龍。李白上皇西巡南京歌十首四：「誰道君王行路難，六龍西幸萬人歡。」

〔四〕玉蓮：錢易南部新書己：「（華清宮）繚垣之内，湯泉凡八九所。有御湯，周環數丈，悉砌以白石，瑩徹如玉。石面皆隱起魚龍花鳥之狀，千名萬品，不可殫記。四面石座，皆級而上，中有雙白石甕，腹異口，甕中湧出，濆注白蓮之上。御湯西北角則妃子湯，面稍狹，湯側紅白石盆四，所刻作菡萏之狀，陷於白石面。餘湯邐迤相屬而下，鑿石作暗渠走水。西北數十步，復立一石表，水自石表湧出，灌注一石盆中。此亦後置也。」

【輯評】

元好問編郝天挺注唐詩鼓吹卷八廖文炳解：首言明皇幸華清宮，聞禄山之亂，急遣諸臣討賊，時則六龍返駕，千官亦夜發而隨之矣。是時也，輦前明月照見羅衣之舊，馬上嚴風吹殘蠟炬之灰，此豈非荒淫佚樂有以致之乎！自此至今不復遊幸，所以公主之粧樓金鎖已澀，貴妃之湯殿玉蓮虚開也。乃當時翠輦所過，仙音繚繞，今者聞天樂於雲外，猶疑是先皇沐浴而來耳，然則當年遊觀無節之象，不於此所想見哉！

金聖歎貫華堂選批唐才子詩卷四下：（前解）一解寫舊。起句只是「邊使急」之三字，二、三、四三句只是「千軍夜發六龍回」之七字耳。必又故加「塵到朝元」，寫邊使之急至於如此。必又故加「月照衮衣」、「風吹蠟燭」，寫夜發之窘至於如此者，此非閑筆閑描，正復備列其狀，以爲後世炯鑒也。（後解）一解寫感。觸目荒涼，何事不痛，而必獨寫公主、貴妃者，在當時亦止側目公主、貴妃，則今日亦止心悼於公主、貴妃也。末又故寫天樂來，疑是沐浴來，以歸重先皇，言事之至此，雖曰公主、貴妃之故，而豈公主、貴妃之故哉！

九仙公主舊莊〔一〕

仙居五里外門西，石路親迴御馬蹄。天使來栽宮裏樹，羅衣自買院前溪。野牛行傍澆花井，本主分將灌藥畦〔二〕。樓上鳳凰飛去後〔三〕，白雲紅葉屬山雞。

【箋注】

〔一〕劉禹錫有經東都安國觀九仙公主舊院作，則九仙公主舊院在洛陽安國觀。王讜唐語林卷下：「（東都）政平坊安國觀，明皇朝玉真公主所建。門樓高九十尺，而柱端無斜。殿南有精思院，琢玉爲天尊、老君之像，葉法善、羅公遠、張果先生並圖形於壁。院南池引御渠水注之，壘石像蓬萊、方丈、瀛洲三山。女冠多上陽宫人。其東與國學相接。」九仙公主即玉真公主。韋述兩京新記卷三：「睿宗第八女西城公主，及第九女昌宗公主並出家，爲立二觀，改西城爲金仙，昌宗爲玉真。」則玉真公主即睿宗第九女，岑仲勉唐史餘瀋卷二「鄎國公主初降薛儆」條亦主此説。玉真公主爲唐玄宗同母妹，奉信道教。

〔二〕本主：原主。隋書李士謙傳：「有牛犯其田者，士謙牽置涼處飼之，過於本主。」

〔三〕鳳凰：此以喻九仙公主。

郭家溪亭〔一〕

高亭望見長安樹，春草崗西舊路斜㊀。光動緑煙遮岸竹，粉開紅豔塞溪花。野泉聞洗親王馬，古柳曾停貴主車。粧閣書樓傾側盡，雲山新賣與官家。

【校記】

㊀路，全詩作院。

【箋注】

〔一〕此郭家爲郭子儀之後。子儀子郭曖尚代宗女昇平公主，郭曖子郭鏦又尚順宗女德陽郡主。舊唐書郭子儀傳附郭鏦：「城南有汾陽王别墅，林泉之致，莫之與比。穆宗常遊幸之，置酒極歡而罷，賜鏦甚厚。」當即此處。

題金家竹溪㊀

少年因病離天仗，乞得歸家自養身。買斷竹溪無別主，散分泉水與新鄰。山頭鹿下長驚犬，池面魚行不怕人。鄉使到來長款語㊁，還聞世上有功臣。

【校記】

㊀金，百家一三作周。

㊁來，原校一作門，百家作門。

【輯評】

元好問編郝天挺注唐詩鼓吹卷八廖文炳解：首指周（金）而言，謂其少年仕宦，因病歸家，所以買得竹溪而無別主，散分泉水以與新鄰也。若夫虎下山而驚犬，魚遊水而狎人，皆溪亭之事。君乃隱於鄉地，偶逢鄉使到門款語，仕宦之輩還聞有佐治之功，可以容我老於山林矣，其樂为何如哉？末句或形容其欣慕功名之意，蓋見少年病隱，未嘗忘世，此尤與首聯相合。

金聖歎貫華堂選批唐才子詩卷四下：（前解）此非寫病，乃是因病得歸，因歸得脱，於是極寫快活，以反形天仗。買斷無別主，妙。天仗下張王李趙，弓刀劍戟，彼争我奪，朝得暮失，無此自在安穩也。散分與西鄰，妙。天仗下一顧不輕，片言莫借，日視枯魚，曾不沽酒，無此通融無礙也。言向使不因病告，即不得歸家。不得歸家，即不離天仗，況在少年血氣方剛，安知今日不成禍事，蓋深感一病之相救也。（後解）此又寫歸家既久，機事盡忘，鹿下魚行，了無驚怖。聞彼世上功臣，朝受王命，夕發內熱，幸而有成，萬一餘喪者，真有如春風之過聾耳也。

唐七律選卷三毛奇齡評：「魚行」句原襲玄宗詩「魚没多由怯岸人」句而反之，其雅俗固已大别，然「畏」與「怯」猶不遠。俗改作「怕」，則倍貧相矣。詩有一字而貴賤迥别者，善詩者知之。「水面魚行不畏人」，「畏」勿作「怕」。

題應聖觀〔一〕觀即李林甫舊宅㊀

精思堂上畫三身，迴作仙官度美人㊁。賜額御書金字貴㊂，行香天樂羽衣新〔二〕。空廊鳥啄花甎縫㊃，小殿蟲緣玉像塵。頭白女冠猶説得㊄，薔薇不似已前春㊅。

【校記】

㊀英華二二二六無題注。

㊁官，全詩作宫。

㊂額，英華作藥。

㊃鳥啄，原校一作雨滴，英華作雨滴。

㊄冠，全詩校一作官。

㊅薔薇，原校一作枯株，英華作枯株。

【箋注】

〔一〕儲光羲有題應聖觀，云：「皎皎河漢女，在兹養真骨。」可知其爲女道士觀。資治通鑑卷二一六唐玄宗天寶九載：「李林甫等皆請捨宅爲觀，以祝聖壽，上悦。」未言觀名。鄭綮開天傳信記：「平康坊南街廢鑾院，即李林甫舊宅也。林甫於正堂後别創一堂，制度彎曲，有卻月之形，名曰偃月堂，土木秀麗精巧，當時莫儔也。林甫每欲破滅人家，即入此堂精思極慮，喜悦而出，其家必不存焉。」鄭處誨明皇雜録：「李林甫宅亦屢有妖怪，其南北隅溝中，有火光大起，或有小兒持火出入，林甫惡之，奏於其地立嘉猷觀。」宋敏求長安志卷八平康坊：「嘉猷觀，明皇御書金字額以賜之，林甫奏女爲觀主。觀中有精思院，王維、鄭虔、吴道子皆有畫壁。林甫死後改爲道士觀，擇道術者居之。」可知李林甫所捨宅爲嘉猷觀。疑應聖觀即東都安國觀。唐語林卷七：「政平坊安國觀，明皇時玉真公主所建。門樓高九十尺，而柱端無斜。殿南有精思院，琢玉爲天尊、老君之像，葉法善、羅公遠、張果先生並圖之於壁。院南池沼引御渠水注之，壘石像蓬萊、方丈、瀛洲三山。女冠多上陽宫人。其東與國學相接。」此詩云「精思堂上畫三身」，精思堂即精思院。三身，當即安國觀牆壁上所畫葉法善、羅公遠、張果之像。又云「迴作仙宫度美人」，安國觀即女道士觀，即所云「女冠多上陽宫人」，皆與安國觀情況相合。只是未有言安國觀又名應聖觀者，且亦非李林甫舊宅，俟再考。

〔二〕羽衣：指霓裳羽衣曲，本傳自西域，名婆羅門，開元中河西節度使楊敬述獻，經玄宗潤色，天寶十三載改名霓裳羽衣曲。參王溥唐會要卷三三、王灼碧雞漫志卷三。

【輯評】

王夫之唐詩評選卷四：小豔絶群，句帶諷刺，俱令人以意得之，可云誹而不傷。

唐七律選卷三第三聯毛奇齡評：寫荒涼景在目。

同于汝錫遊降聖觀㊀〔一〕

秦時桃樹滿山坡，騎鹿先生降大羅〔二〕。路盡溪頭逢地少，門連内裏見天多。荒泉壞簡朱砂暗，古塔殘經篆字訛。聞説開元齋醮日，曉移行漏帝親過。

【校記】

㊀ 同于汝錫，宋本無，據明鈔本、毛本、席本、全詩補。

【箋注】

〔一〕于汝錫爲于邵子，字元福，見新唐書宰相世系表二下。降聖觀，在驪山華清宮中。王溥唐會要卷三〇：「（天寶）七載十二月二日，玄元皇帝降於朝元閣，改爲降聖閣。八載四月，新作觀風樓。」鄭嵎津陽門詩：「朝元閣成老君見，會昌縣以新豐移」，自注：「時有詔改新豐爲會昌縣，移自陰黿（盤）故城，置於山下。至明年十月，老君見於朝元閣南，而於其處置降聖觀，復改新豐爲昭應縣。廨宇始成，令大將軍高力士率禁樂以落之。」

〔二〕騎鹿：傳説仙人多騎白鹿。鄭嵎津陽門詩「長生鹿瘦銅牌垂」自注：「上常於芙蓉園中獲白鹿，惟山人王旻識之，曰：『此漢時鹿也。』上異之，令左右周視之，乃於角際雪毛中得銅牌子，刻之曰『宜春苑中白鹿』。上由是愈愛之，移於北山，目之曰仙客。」大羅：大羅天，道家諸天之名。舊題葛洪枕中書引真記：「玄都玉京七寶山，周迴九萬里，在大羅之上。」段成式酉陽雜俎卷二玉格：「道列三界諸天數與釋氏同，但名別耳。三界外曰四人境，謂常融、玉隆、梵度、覆奕四天也。四人天外曰三清、大赤、禹餘、清微也。三清上曰大羅，又有九天、波利等九名。」

【輯評】

金聖歎貫華堂選批唐才子詩卷四下：（前解）降聖觀爲老子現神而建。夫老子出關西去，既已不知所終，然則今日必謂其坐大羅天上，已自出言不雅，況又謂其從大羅天下，此豈薦神所宜道哉！首句先襯秦時桃樹，妙，妙！桃稱短命之花，壽乃不及諸樹，今云秦時所種，即無辨其謬者。然則鹿又可騎，老子又騎鹿，天上不惟有老子，兼又有鹿，一時喧喧，一傳十，十傳百，百傳千萬，遂至上聞，遂至立廟，固其所也。三、四，「地少」、「天多」，又妙。雖寫此觀勝境，然而滿坡既皆秦樹，樹裏又逢上真，則雖謂此觀此坡非復地上，真是天上，亦無不可，蓋甚之也。（後解）後言然而自開元至今日，曾幾何時，而泉則已荒，簡則已壞，砂則已暗，塔則已古，經則已殘，字則已訛，竟如斯矣。此亦非必自開元直至今日，而後荒者始荒，乃至訛者始訛是也。正就開元方當齋醮之日，而荒者暗已自荒，乃至訛者暗已自訛。何者？萬物無常，刻刻改換，我身不覺，彼自久然。不信，則試思皇帝初臨，行漏唱曉，皇帝還蹕，行漏仍唱曉，固必無之事也。然則必謂山坡騎鹿，真是昔人，豈不過歟，豈不過歟！

逍遥翁溪亭㈠〔一〕

逍遥翁在此徘徊㈡，帝改溪名起石臺。車馬到春常借問㈢，子孫因選暫還來。稀疎野竹人移折，零落蕉花雨打開。無主青山何所直，賣供官稅不如灰。

【校記】

㈠ 翁，英華三一六無。

㈡ 翁，宋本校一作公。

㈢ 問，英華作看。

【箋注】

〔一〕逍遥翁謂韋嗣立。劉餗隋唐嘉話卷下：「兵部尚書韋嗣立，景龍中中宗與韋后幸其莊，封嗣立爲逍遥公，又改其居鳳凰原爲清虚原，鸚鵡谷爲幽栖谷。吏部南院舊無選人坐，韋嗣立尚書之爲吏部，始奏請有司供牀褥，自後因爲故事。」舊唐書韋嗣立傳：「嘗於驪山構營别業，中宗親往幸焉，自製詩序，令從官賦詩，賜絹二千匹。因封嗣立爲逍遥公，名其所居爲清虚原幽栖谷。」張禮遊城南記：「遠祖（韋）敻，後周時居此，蕭然自適，與族人處玄及安定梁曠爲放逸之友，時人慕其閑素，號爲逍遥公。明帝貽之詩曰：『香動秋蘭佩，風飄蓮葉衣。』北史有傳。今其詩書臺尚存。韋嗣立逍遥谷則在驪山西南，蓋亦慕敻而名之也。」

【輯評】

王楙野客叢書卷一五：王建逍遥谿亭詩曰……劉禹錫傷愚谿詩序曰：「柳子厚殁三年，有僧來告曰：『愚谿無復曩時矣。』悲不自勝。」遂爲七言以寄恨曰：「草聖數行留壞壁，木奴千樹屬鄰家。惟見里門通德牓，殘陽寂寞出樵車。」僕觀二詩，深有感焉。當逍遥公隆盛之日，大官載酒，奉常抱樂，鑾輿翟禕，增賁泉谷，見誇於諸公者不一。韋公去此才數世耳，向者逍遥之地，至於「賣供官税不如灰」。當子厚無恙之日，所遊愚谿皆一時名士，而子厚物故未久，乃至「殘陽寂寞出樵車」，是何墮廢一至如此！觀此二事，重使人惻然。前人基緒，後人鮮克保持，雖欲委曲爲計，有不可得。李衛公平泉山居，戒子孫曰：「鬻平泉者，非吾子孫也。以平泉一樹一石與人者，非佳士也。」諄戒非不切至，然平泉怪石名品，幾爲洛陽大族有力者取去，嗚呼，兹豈告戒所及哉！

尋李山人不遇〔一〕

山客長須少在時㈠，溪中放鶴洞中碁。生金有氣尋還遠〔二〕，仙藥成窠見即移。莫爲無家陪寺食㈡，應緣將米寄人炊。從頭石上留名去，獨向南峰問老師㈢。

【校記】

㈠須，英華二三三二作閑。

㈡食，英華作宿。

㈢南峰，英華作峰前。

【箋注】

〔一〕李山人疑爲李渤。魏懷忠五百家注音辨昌黎文集卷五韓愈寄盧仝：「少室山人索價高，兩以諫官徵不起。」注引孫汝聽曰：「李渤字濬之，刻志於學，與仲兄涉偕隱廬山。久之，徙少室。元和元年，鹽鐵轉運使李巽、諫議大夫韋況交薦之，詔以左拾遺召，不至。四年，河陽少尹杜兼遣吏持詔敦促，又不赴。公為河南令，遺渤書譬説，渤善公言，始出。家東都。」此詩當作於李渤隱嵩山少室時。

〔二〕生金：未經冶煉的金礦石，道士用之煉金。資治通鑑卷二三四唐德宗貞元九年：「雲南王異牟尋遣使者三輩，一出戎州，一出黔州，一出安南，各賫生金、丹砂，詣韋皋。」

題石甕寺〔一〕

青崖白石夾城東㊀，泉脈鐘聲內裏通。地壓龍蛇山色別㊁，屋連宮殿匠名同。簷燈經夏紗籠黑，溪葉先秋臘樹紅〔二〕。天子親題詩總在，畫扉長鏁碧龕中㊂。

【校記】

㊀ 白石，英華二三六作古寺。

㊁ 龍蛇，英華作神龍。

㊂ 碧，原校一作壁，英華作壁。

【箋注】

〔一〕鄭嵎津陽門詩：「慶山汙瀦石甕毁，紅樓綠閣皆支離。」自注：「石甕寺，開元中以創造華清宮餘材修繕，佛殿中玉石像皆幽州進來，與朝元閣道像同日而至，精妙無比，叩之如磬。餘像並楊惠之手塑，肢空像皆元伽兒之製，能妙纖麗，曠古無儔。紅樓在佛殿之西巖，下臨絶壁，樓中有玄宗題詩，草、八分，每一篇一體。王右丞山水兩壁，寺毁之後，皆失之矣。摩詰乃王維之字也。」又：「石魚巖底百尋井，銀牀下卷紅綆遲。」自注：「石魚巖下有天絲石，其形如甕，以貯飛泉，故上以石甕爲寺名。寺僧於上層飛樓中懸轆轤，叙引修筦長二百餘尺以汲。甕泉出於紅樓喬樹之杪，寺既毀拆，石甕今已埋没矣。」錢易南部新書己：「石甕寺者在驪山半腹石甕谷中，泉激而似甕形，因是名谷，以谷名寺。」宋敏求長安志卷一五：「福嚴寺，兩京里道記曰：在（臨潼）縣東五里南山半腹，臨石甕谷，有懸泉激石成臼似甕形，因以谷名名石甕寺。太平興國七年改。」

〔二〕臘樹：即蠟樹，女貞樹。李時珍本草綱目卷三六女貞：「此木凌冬青翠，有貞守之操，故以貞女狀之。琴操載魯有處女，見女貞木而作歌者，即此也。……近時以放蠟蟲，故俗呼爲蠟樹。」

【輯評】

金聖歎貫華堂選批唐才子詩卷四下：（前解）此詩雖曰寄題佛寺，而實懷念先皇，所謂觸事生悲，借壁彈淚者也。問：既是懷念先皇，云何卻題佛寺？答曰：只爲此寺實近夾城，夾城者，先皇由東內達南內所築之複道也。此寺與南內之相近也，泉則同脈也，鐘則同聞也。何故泉則同脈？當時王宮佛刹，分塲定杙，實維同選此山也。何故鐘則同聞？當時王宮佛刹，取材捄工，乃至同用一匠也。（後解）由是而先皇之幸寺中，乃爲常常之事矣。雖在今日俯仰之間盡成陳迹，然所經題，煌煌御筆，無不總在。五六先寫簷燈庭樹，以奉嚴畫扉；又寫黑紗紅葉，以暗配長鎖。一解四句，詩便是一片眼淚也。

早登西禪寺閣〔一〕

上方臺殿第三層〔二〕，朝壁紅窗日氣凝。煙霧開時分遠寺㊀，山川晴處見崇陵〔三〕。沙灣漾水圖新粉，緑野荒阡暈色繒。莫説城南月燈閣㊁〔四〕，自諸樓看總難勝。

【校記】

㊀寺，宋本校一作渚。

㊁月燈，宋本校一作燈月。

【箋注】

〔一〕西禪寺即栖禪寺。宋敏求長安志卷一五：「逍遥栖禪寺在（鄠）縣東南三十里，後秦弘始三年置。」嘉慶重修一統志卷二三〇西安府：「栖禪寺，在鄠縣東南，即姚秦之逍遥園。晉書載記：姚興如逍遥園，引諸沙門於澄元堂聽鳩摩羅什演説佛經。……通志：寺在豐谷内，姚秦所造，本名草堂寺，唐改今名。」栖（或寫作棲）、西二字有時互通，如揚州西靈寺，太平廣記卷九八引獨異志、宋高僧傳卷一九唐揚州西靈塔寺懷信傳皆作「西靈」，高適登廣陵栖靈寺塔、劉禹錫同樂天登栖靈寺塔作「栖靈」；金陵栖霞寺，新唐書藝文志三靈湍攝山栖霞寺記一卷、周應合景定建康志等皆作「栖霞」，李紳憶登西霞寺峰懷望、齊己夏日西霞寺書懷寄張逸人則作「西霞」。

〔二〕上方：地勢最高處。杜甫山寺：「上方重閣晚，百里見纖毫。」

〔三〕崇陵：興平縣有漢武帝茂陵，武功縣有隋文帝泰陵，二縣皆與鄠縣相鄰。見李吉甫元和郡縣圖志卷二。

〔四〕月燈閣：在長安城南曲江附近。王定保唐摭言卷三「讌名」有「月燈打毬」條。又載：「乾符四年，諸先輩月燈閣打毬之會。」又載：「咸通十三年三月，新進士集於月燈閣，爲蹙鞠之會。」即此地。

題江寺兼求藥子〔一〕

隋朝舊寺楚江頭，深謝師僧引客遊。空賞野花無過夜，若看琪樹即須秋〔二〕。紅珠落地求誰與，青角垂階自不收。願乞野人三兩粒，歸家將助小庭幽。

【箋注】

〔一〕據首句「隋朝舊寺楚江頭」，此寺當在江陵。

〔二〕琪樹：全唐詩卷四八一李紳琪樹詩序：「琪樹垂條如弱柳，結子如碧珠，三年子可一熟，每歲生者相續，一年緑，二年碧，三年者紅，綴於條上，璀錯相間。」未知其今名。

題詵法師院〔一〕

三年説戒龍宫裏，巡禮還來向水行。多愛貧窮人遠請，長修破落寺先成。秋天盆底新荷色，夜地房前小竹聲。僧院不求諸處好，轉經唯有一窗明〔二〕。

【箋注】

〔一〕詵法師，疑即法詵。釋贊寧宋高僧傳卷五唐錢塘天竺寺法詵傳：「釋法詵，姓孫氏……天寶六年，於蘇州常樂寺績盧舍那像，化示群品。大曆二年，於常州龍興寺講，纔登法座，忽有異光如曳紅縷，漸明漸大，縈旋杳空。久修行者會中先睹。前後講大經十遍，撰義記十二卷。大曆十三年十一月七日，沙門慧覺夢巨塔陷地二級，無何，詵示疾而終，春秋六十一，慧命四十二。」此當是詵法師遺院，當在常州龍興寺。

〔二〕轉經：轉换經文，即譯經或注經。

酬于汝錫曉雪見寄〔一〕

欲明天色白漫漫〔一〕，打葉穿簾雪未乾〔二〕。薄落堦前人踏盡，差池樹裏鳥銜殘。旋銷迎暖沾墻少，斜舞遮春到地難。勞動更裁新樣綺，紅燈一夜剪刀寒。

【校記】

㊀ 天色，原校一作風定。

㊁ 此句原校一作雪打書窗竹葉乾。

【箋注】

〔一〕于汝錫，于邵子，作者友人。

從軍後寄山中友人㊀

愛仙無藥住溪貧㊁，脱却山衣事漢臣㊂。夜半聽雞梳白髮，天明走馬入紅塵。村童近去嫌腥食㊃，野鶴高飛避俗人〔一〕。勞動先生遠相示㊄，别來弓箭不離身。

【校記】

㊀ 寄山中友人，百家一三作答山友。

㊁ 藥，宋本校一作計。

㊂ 事，宋本校一作伴。

㈣腥，原作醒，據席本、全詩改。

㈤遠，明鈔本、毛本、席本、胡本作還。示，宋本校一作視，百家作視。

【箋注】

〔一〕野鶴：鶴性孤高，喜居林野，常以喻高士。晉書忠義傳嵇紹：「紹始入洛，或謂王戎曰：『昨於稠人中始見嵇紹，昂昂然如野鶴之在雞群。』戎曰：『君復未見其父耳。』」

【輯評】

元好問編郝天挺注唐詩鼓吹卷八廖文炳解：此陝州司馬從軍塞上時作也。首言愛居山中而無藥可采，欲居溪上而無魚可釣，不得已而出爲漢臣耳。然自居官之後，夜半而起，天明而馳，是何勤勞也。且村童尚嫌腥食而去，野鶴猶避俗人而飛，今我栖栖人國，是村童野鶴之不如矣。乃勞先生遠爲話訪，憶昔相別以來，嘗帶弓箭於塞上，則何如山水之差適哉！

金聖歎貫華堂選批唐才子詩卷四下：（前解）一、二，看他從軍人，卻寫出如此十四字告訴知己，嗚呼哀哉！因他一二先寫出如此十四字，便令人誦其三四，不覺字字流出淚來。所謂我哭之尚恐不及，其又孰敢笑之？（後解）既已至此，又復何言！然生平之心，不敢没也，因反托童、鶴，自明本色。末又自笑自哭，言童亦離身，鶴亦離身，卻反有弓箭不離於身，真乃羞殺平生也。

寄汴州令狐相公〔一〕

三軍江口擁雙旌〔二〕，虎帳長開自教兵。機鏁惡徒狂寇盡，恩驅老將壯心生。水門向晚茶商鬧，橋市通宵酒客行。秋日梁王池閣好〔三〕，新歌散入管絃聲。

【箋注】

〔一〕汴州令狐相公爲令狐楚。令狐楚穆宗長慶四年九月爲檢校禮部尚書、汴州刺史、充宣武軍節度使，直至文宗大和二年十月入京爲户部尚書，見兩唐書令狐楚傳、舊唐書穆宗紀、文宗紀上。新唐書令狐楚傳：「遷宣武軍節度使。汴軍以驕故，而韓弘弟兄務以峻法繩治，士偷於安，無革心。楚至，解去酷烈，以仁惠鐫諭，人人悦喜，遂爲善俗。」

〔二〕三軍：周制天子六軍，諸侯大國三軍。左傳襄公十四年：「成國不過半天子之軍，周爲六軍，諸侯之大者，三軍可也。」此爲借用。

〔三〕梁王池閣：指梁孝王的園囿。史記梁孝王世家載劉武好宫室園囿，築東苑。東苑即兔園，也稱梁園。樂史太平寰宇記卷一二宋州：「修竹園在（宋城）縣東南十里。西京記：『梁孝王好宫室園苑之樂，作曜華宫，築兔園。園中有白靈山、落猿巖、栖龍岫，又有雁鶩池，池中有鶴洲鳧渚。』水經云：『睢水東南過竹園』；又『雁鶩池，承龍睢溝水』。」

别李贊侍御〔一〕

同受艱難驃騎營〔二〕，半年中聽揭槍聲〔三〕。草頭送酒驅村樂，賊裏看花著探兵。講易功夫尋已聖，説詩門户别來情。薦書自入無消息，賣盡寒衣卻出城。

【箋注】

〔一〕詩云「同受艱難驃騎營」，可知所寫爲從軍魏博時的情景。闕名寶刻類編卷五王立伯名下：「觀音寺碑，李贊撰，元和二年立，大名。」宋之大名府即唐時魏州。當即此李贊，年代亦合。此詩又云：「薦書自入無消息，賣盡寒衣卻出城。」當是王建離開魏博時與李贊告别之作。

〔二〕驃騎：代指將軍。漢武帝元狩二年，以霍去病爲驃騎將軍，秩禄同大將軍。東漢光武帝又以景丹爲驃騎大將軍，位在三公下。分别見漢書霍去病傳、後漢書景丹傳。

〔三〕揭：高舉。

和蔣學士新授章服㊀〔一〕

五色箱中絳服春〔二〕，笏花成就白魚新〔三〕。看宣賜處驚迴眼，著謝恩時便稱身。

瑞草唯承天上露〔四〕，紅鸞不受世間塵〔五〕。翰林同賀文章出，驚動茫茫下界人。

【校記】

㈠蔣，全詩校一作滕。唐翰林學士無滕姓者，非是。

【箋注】

〔一〕蔣學士爲蔣防。丁居晦重修承旨學士壁記：「蔣防長慶元年十一月十六日自右補闕充，二十八日賜緋。二年十月九日，加司封員外郎。三年三月一日，加知制誥。四年二月六日，貶汀州刺史。」朱慶餘有上翰林蔣防舍人詩。王建此詩當作於長慶元年十一月，爲賀蔣防賜緋作。蔣防，兩唐書無傳。舊唐書龐嚴傳：「嚴與右拾遺蔣防俱爲(元)稹、(李)紳保薦，至諫官、內職。」章服，以圖文爲等級標誌的禮服。新唐書車服志：「中書令張嘉貞奏，致仕者佩魚終身。自是百官賞緋、紫，必兼魚袋，謂之章服。」

〔二〕五色：青黄赤白黑五色。尚書益稷：「以五采彰施於五色，作服，汝明。」緋服：深紅色之服。唐制：文武官員三品以上服紫，金玉帶。四品服深緋，五品服淺緋，并金帶。見舊唐書輿服志。緋爲紅色，絳即深緋。

〔三〕笏花：笏爲古代大臣朝會時所執的手板，有事則書於其上，以備遺忘。笏花即笏華，謂奏事的才華，言其有遠見卓識。白魚：銀魚。唐代官員佩魚，作爲飾物。新唐書車服志：「隨身魚符者，以明貴賤、應召命，左二右一，左者進內，右者隨身……皆盛以魚袋，三品以上飾以金，五品以上飾以銀。」

〔四〕瑞草：仙草。爾雅釋草：「茵，芝」，郭璞注：「芝，一歲三華，瑞草。」

〔五〕紅鸞：神話傳説中的仙鳥。如杜光庭題都慶觀：「三仙一一駕紅鸞，仙去人間繞古壇。」

歲晚自感

人皆欲得長年少，無那排門白髮催。一向〔一〕破除愁不盡，百方迴避老須來。草堂未辦終須置，松樹難成亦且栽。瀝酒願從今日後〔二〕，更逢三十度花開㊀。

【校記】

㊀ 三，全詩作二。

【箋注】

〔一〕一向：猶言一味。

〔二〕瀝酒：灑酒於地，表示發願。古人有「瀝酒爲誓」之語。

【輯評】

王夫之唐詩評選卷四：真從行路難得譜系，爲不昧宗風。

金聖歎貫華堂選批唐才子詩卷四下：（前解）自感也，而統舉世人發論者。昔嘗妄謂人人自老，而我獨不老，抑我尚不知有老，抑我尚不聞有人向我説老者也。無何，瞥眼之間，老顧奄然忽至，於是斗地驚心。疾往排門遍問，則見人人果已皆老，因而大悟。人欲不老，誰不如我，今既一例都然，然則我無獨免也。故此一二，正是真正自感，正是大聰明人從大鶻突處看得出來，不是街頭乞兒勸世聲口也。三四又推出一「愁」字者，言老爲死因，而愁實爲老因也。（後解）夫老爲死因，非細事也。而愁實爲老因，此不可以不加意也。於是願從今日，特謀所以無愁之法焉。久思置一草堂，今雖未辦，其必力疾置之也。久思栽幾松樹，今雖難成，其必力疾栽之也。何也？人本有心，心本求稱，心稱則不愁，不愁則不老，然則從今之後，但得一年，即皆於我草堂之中，松樹之下，恣心恣意，只學無愁。嗟乎！如是而不老，則真勝算也。萬一愁亦不免，而得如是而老，亦真勝算也。至矣哉，此詩乎？「願從今日後」，「願」字非願再活二十年，乃願二十年，年年置草堂、栽松樹也。莫誤讀之。

昭應官舍〔一〕

癡頑終日羨人閑，卻喜因官得近山。斜對寺樓分寂寂，遠從溪路借潺潺。眇身多病唯親藥〔二〕，空院無錢不要關。文案把來看未會，雖書一字甚慚顔㊀。

【校記】

㊀雖，全詩校一作須。

【箋注】

〔一〕昭應，縣名。新唐書地理志一京兆府：「昭應，次赤。本新豐，垂拱二年曰慶山，神龍元年復故名。」

〔二〕眇身：低微之身。莊子德充符：「眇乎小哉，所以屬於人也。」

寄舊山僧

因依老宿發心初〔一〕，半學修心半讀書。雪後每常同席卧㊀，花時未省兩山居。獵人箭底求傷雁，釣户竿頭乞活魚㊁。一向風塵取煩惱，不知衰病日難除。

【校記】

㊀後，英華二三二一、明鈔本作夜。席，英華作屋。

㊁乞，宋本校一作救，英華作救。

【箋注】

〔一〕老宿：老僧。如杜甫大雲寺贊公房四首二：「深藏供老宿，取用及吾身。」

【輯評】

金聖歎貫華堂選批唐才子詩卷四下：（前解）此因深入風塵，遍身衰病，途窮事蹙，忽地回心，自悟八百軍州鑌鐵，只鑄就得一錯。於是悔之無及，吐此四七二十八字。所謂一片快活中，只夾帶得些些一點，便至弄出後一解來。日使當初十成全學觀心，即又胡爲而至此也。讀書之與觀心，爲復是一是二，如何遽將後解無端歸咎讀書？只因其親口分作兩半，便早供出當初讀書，本是煩惱根本故也。（後解）獵人傷雁，釣户活魚，猶尚不忍，而今自身反無救護，真乃羨殺當年，怨殺當年也。

武陵春日〔一〕

尋春何事却悲涼，春到他鄉憶故鄉。秦女洞桃欹澗碧〔二〕，楚王堤柳舞煙黄〔三〕。波濤入夢家山遠，名利關身客路長。不似冥心叩塵寂，玉編金軸有仙方〔四〕。

【箋注】

〔一〕朗州武陵郡，唐屬山南東道，領縣二：武陵、龍陽。見新唐書地理志四。

〔二〕秦女洞桃：陶淵明桃花源詩記：「晉太元中，武陵人捕魚爲業。緣溪行，忘路之遠近，忽逢桃花林……林盡水源，便得一山，山有小口，髣髴若有光。」其人捨船入洞，豁然開朗，土地平曠，屋舍儼然。問其居人，自云先世避秦時亂，遂來此絶境，不復出焉。祝穆方輿勝覽卷三〇常德府：「桃源山，在桃源縣二十里。圖經云：山下有桃川宫，西南一里即桃源洞，云是昔秦人避亂之地。有洞如門，巨石遮罩，靈迹猶存。有水自中流出，涓涓不絶。」嘉慶重修一統志卷三六四常德府：「桃源山，在桃源縣西南三十里，有桃源洞，相傳即陶潛所記桃花源也。武陵記：武陵山中有秦避世人居之，號曰桃花源。舊志：山周三十二里，西南有桃源洞，一名秦人洞。」

〔三〕楚王堤柳：當指武陵縣之柳堤。嘉慶重修一統志卷三六四常德府：「柳映池，在武陵縣治東。名勝志：城東報恩觀有柳映池，以楊柳交映堤上，故名。」又卷三六五常德府：「柳堤，在武陵縣東門外，直通北門，即便河岸也。」

〔四〕玉編金軸：指祕笈。玉編爲玉製簡册。金軸爲塗金的卷軸。北齊書樊遜傳樊遜答問釋道兩教：「至若玉簡金書，神經祕録，三尺九轉之奇，絳雪玄霜之異……皆是憑虚之説，海棗之談，求之如係風，學之如捕影。」

寄分司張郎中〔一〕

一别京華年歲久，卷中多見嶺南詩〔二〕。聲名已壓衆人上，愁思未平雙鬢知。江郡遷移猶遠地，仙宫榮寵是分司。青天白日當頭上〔三〕，會有求閑不得時。

【箋注】

〔一〕分司張郎中當爲張季友，貞元八年進士及第。韓愈唐故虞部員外郎張府君墓誌銘：「尚書虞部員外郎安定張君諱季友，字孝權，年五十四，病卒東都。……明年，故相趙宗儒鎮荆南，以孝權爲判官，拜監察御史。經二年，拜真御史。明年，分司東臺，轉殿中……遷留司虞部員外郎。」（魏懷忠五百家注音辨昌黎先生文集引補注：「謂分司東都也。」）詩云：「江郡遷移猶遠地，仙宫榮寵是分司」，江郡指江陵，與張季友的經歷正合。計其年月，張季友以殿中侍御史分司東都在元和六年，後轉虞部員外郎。王建詩稱張郎中，與張季友爲虞部員外郎有所未合。此處大可不必拘泥，王建時在外地，聽説張季友轉官，即寄詩表示祝賀，職銜有差池，情理之中事。由王建詩看，王建與張季友早就相識，在江陵再次相逢，更加深了二人的友誼。

〔二〕「卷中」句：此句説的當是自己。此前王建曾赴嶺南。

〔三〕青天白日：喻清明，聖明。

王建詩集卷第七

律詩

上武元衡相公〔一〕

旌旗坐鎮蜀江雄㊀〔二〕，帝命重開舊閣崇。褒貶唐書天曆上，捧持堯日慶雲中〔三〕。孤情迴出鸞皇遠〔四〕，健思潛搜海嶽空。長得蕭何爲國相〔五〕，自西流水盡朝宗〔六〕。

【校記】

㊀雄，英華二五四作紅。

【箋注】

〔一〕武元衡元和二年正月爲相，同年八月出爲西川節度使，元和八年三月再入朝，至元和十年六月爲盜所殺。兩唐書有傳。此詩當作於元和八年武元衡回朝後。舊唐書憲宗紀下：「（元和八年二月）甲子，以劍南西川節度使、銀青光禄大夫、檢校吏部尚書兼門下侍郎同平章事、上柱國、臨淮郡開國公、食邑二千户武元衡復入中書知政事，兼崇玄館大學士、太清宫使。」「（六月）癸卯，鎮州節度使王承宗遣盜夜伏於靖安坊，刺宰相武元衡，死之。」

〔二〕蜀江：泛指蜀地江河。

〔三〕慶雲：五色祥雲。漢書禮樂志所載郊祀歌：「甘露降，慶雲集。」又天文志：「若煙非煙，若雲非雲，郁郁紛紛，蕭索輪囷，是謂慶雲，喜氣也。」

〔四〕鸞皇：鸞鳥鳳皇，皆傳説中的神鳥。屈原離騷：「鸞皇爲余先戒兮，雷師告余以未具。」

〔五〕蕭何：漢相國，佐高祖劉邦建立漢朝。天下既定，論功第一，封酇侯。漢之律令典制，多其制定。見史記蕭相國世家、漢書蕭何傳。

〔六〕朝宗：詩經小雅沔水：「沔彼流水，朝宗於海。」尚書禹貢：「江漢朝宗於海。」孔安國傳：「二水經此州而入海，有似於朝。百川以海爲宗，宗，尊也。」

上張弘靖相公〔一〕

傳封三世盡河東㊀，家占中條第一峰〔二〕。旱歲天教作霖雨㊁〔三〕，明時帝用補山龍〔四〕。草開舊路沙痕在，日照新池鳳跡重〔五〕。卑散自知霄漢隔，若爲門下賜從容。

【校記】

㈠此句全詩校一作河東三世盡傳封。

㈡旱，全詩校一作早，英華二五四、毛本作早。

【箋注】

〔一〕舊唐書憲宗紀下：「（元和九年六月）壬寅，制河中晉絳慈隰等州節度使張弘靖守刑部尚書，同中書門下平章事。」「（元和十一年正月）己巳，以中書侍郎、平章事張弘靖檢校吏部尚書，兼太原尹、北都留守、河東節度使。」至元和十四年五月入朝爲吏部尚書。此詩云「傳聞三世盡河東」，張弘靖祖張嘉貞曾爲并州大都督府長史；父張延賞曾爲太原少尹兼行軍司馬、北都副留守；弘靖又爲河東節度使，見兩唐書張延賞傳。故詩云三世。亦可知此詩作於元和十四年五月張弘靖入朝爲吏部尚書時。

〔二〕中條：山名。李吉甫元和郡縣圖志卷一四河中府：「中條山在（解）縣南二十里。」張嘉貞爲蒲州人，蒲州即河中府，故云。

〔三〕霖雨：尚書説命上：「説築傅巖之野，惟肖。爰立作相，王置諸其左右，命之曰：『朝夕納誨，以輔台德。若金，用汝作礪。若濟巨川，用汝作舟楫。若歲大旱，用汝作霖雨。』」孔安國傳：「霖以救旱。」

〔四〕山龍：君主袞服上的山形與龍紋圖案。尚書益稷：「予欲觀古人之象，日月星辰，山龍華蟲，作會宗彝。」孔安國傳：「畫三辰、山龍、華蟲於衣服旌旗。」規諫帝王的過失叫補袞。詩經大雅烝民：「袞職有闕，維仲山甫補之。」毛傳：「有袞冕者，君之上服也，仲山甫補之，善補過也。」

〔五〕鳳跡重：古人常以鳳池指宰相之職，如南齊書劉瓛傳：「上欲用瓛爲中書郎，使吏部尚書何戢喻旨，戢謂瓛曰：『上意欲以鳳池相處，恨君資輕，可且就前除，少日當除國子博士，便即後授。』」張弘靖再入朝爲尚書省一部長官，故云。

【輯評】

王夫之唐詩評選卷四：摘句可誦，合可篇詠。大曆傖濯，詎可不以此滌之？

唐七律選卷三毛奇齡評「旱歲天教作霖雨，明時帝用補山龍」：故作狀語。

上裴度舍人㊀〔一〕

小松雙對鳳池開㊁，履跡衣香逼上台㊂〔二〕。天意皆從彩毫出〔三〕，宸心盡向紫煙來〔四〕。非時玉案呈宣旨，每日金堦謝賜迴㊃。仙侶何因記名姓〔五〕，縣丞頭白走塵埃。

【校記】

㊀英華二五四題作上裴舍人度。

㊁雙，英華作窗。

㊂香，英華作重。

㊃謝賜，英華作賜對。

【箋注】

〔一〕舊唐書裴度傳：「（元和）七年，魏博節度使田季安卒，其子懷諫幼年不任軍政，牙軍立小將田興爲留後。興布心腹於朝廷，請守國法，除吏輸常賦，憲宗遣度魏州宣諭……使還，拜中書舍人。九年十月，改御史中丞。」舊唐書憲宗紀下：「（元和七年十一月）乙丑，詔：『田興以魏博請命，宜令司封郎中、知制誥裴度往彼宣慰……』」王建結識裴度即在裴度宣慰魏博時，故任縣丞之後作詩表示感謝。舍人，中書舍人。新唐書百官志二中書省：「舍人六人，正五品上。掌侍進奏，參議表章。凡詔旨制敕、璽書册命，皆起草進畫，既下，則署行。」

〔二〕上台：星名。晉書天文志上：「三台六星，兩兩而居，起文昌，列抵太微。……在人曰三公，在天曰三台，主開德宣符也。西近文昌二星曰上台，爲司命，主壽。次二星曰中台，爲司宗，主宗室。東二星曰下台,爲司禄,主兵,所以昭德塞違也。」此以上台喻三公之位。

〔三〕彩毫:指筆。唐中書舍人爲中書省的屬官,掌管詔令、宣旨、接納上奏文表等事。

〔四〕宸心:皇帝的心意。北極星所在爲宸,後以宸爲帝王的代稱,如宸居指皇帝所居,宸遊指皇帝的巡遊等。文選謝脁始出尚書省:「昏風淪繼體,宸景厭照臨。」李善注:「宸,北辰,以喻帝位也。」

〔五〕仙侶:後漢書郭太傳:「林宗(郭太字)唯與李膺同舟而濟,衆賓望之,以爲神仙焉。」後以仙侶喻高逸不凡的朋友。杜甫秋興八首八:「佳人拾翠春相問,仙侶同舟晚更移。」

上杜元穎學士㊀〔一〕

學士金鑾殿後居〔二〕,天中行坐侍龍輿。承恩不許離牀謝,密詔長教倚案書〔三〕。馬上喚遮紅嘴鴨〔四〕,船頭看釣赤鱗魚。閑曹散吏無相識,猶記荆州拜謁初〔五〕。

【校記】

㊀學士,原作相公,英華二一五四作學士。詩首曰「學士金鑾殿後居」,是杜元穎時正爲翰林學士,故據改。

【箋注】

〔一〕舊唐書杜元穎傳：「元和中，爲右拾遺、右補闕，召入翰林充學士。」丁居晦重修承旨學士壁記：「杜元穎元和十二年□月十三日自太常博士充。二十日，改右補闕。（十三年二）月十八日，賜緋。……長慶元年二月十五日，以本官拜平章事。」唐會要卷五七翰林院：「（元和）十三年二月，上御麟德殿，召對翰林學士張仲素、段文昌、沈傳師、杜元穎，以仲素等自討叛奉書詔之勤，賜仲素以紫，文昌等以緋。」李肇翰林志：「元和十二（三）年，肇自監察御史入，明年四月，改左補闕，依舊職守，中書舍人張仲素、祠部郎中知制誥段文昌、司勳員外郎杜元穎、司門員外郎沈傳師在焉。」

〔二〕金鑾殿：李肇翰林志：「德宗雅尚文學……又嘗召對（學士）於玉堂，移院於金鑾殿，對御起草。」程大昌雍録卷四：「金鑾殿者，在蓬萊山正西微南也。龍首山坡隴之北至此餘勢猶高，故殿西有坡，德宗即之以造東學士院而明命，其實爲金鑾坡也。韋執誼故事曰『置學士院後，又置東學士院於金鑾殿之西』，李肇志亦曰『德宗移院於金鑾坡西』也。石林葉氏曰：『俗稱翰林學士爲坡，蓋德宗時嘗移學士院於金鑾坡，故亦稱坡。』此其説是也。」

〔三〕「密詔」句：舊唐書杜元穎傳：「吴元濟平，以書詔之勤賜緋魚袋。」

〔四〕「馬上」句：謂騎馬出行教人攔住鴨群，不使擋路。李肇翰林志云學士：「侍從親近，人臣第一。御含元殿、丹鳳樓，則二人於宮中乘馬引駕出殿門，徐出就班。」

〔五〕「猶記」句：趙璘因話録卷二：「族祖天水昭公，以舊相爲吏部侍郎，考前進士杜元穎弘詞登科，鎮南又奏爲從事。杜公入相，昭公復掌選。」天水昭公爲趙宗儒，元和四年至六年爲江陵尹、荆南節度使，見舊唐書趙宗儒傳及憲宗紀上。杜元穎曾爲趙宗儒荆南節度使幕府從事。

贈盧汀諫議〔一〕

青娥不得在牀前，空室焚香獨自眠。功證詩篇離景象，藥成官位屬神仙㊀。閑過寺觀長衝夜，立送封章直上天〔二〕。近見蘭臺諸吏説〔三〕，御詩新集未教傳㊁。

【校記】

㊀藥，英華二五四校一作樂，毛本作樂。

㊁詩，英華校一作題。

【箋注】

〔一〕韓愈酬司門盧四兄雲夫院長望秋作魏懷忠五百家注音辨昌黎先生文集卷五注引集注曰：「盧四名汀，公詩有和虞部盧四汀酬翰林錢七徽赤藤杖歌，又有和盧郎中寄示送盤谷子詩，又有和庫部盧四兄元日朝回，又有早赴行香贈盧李二中舍，又有酬盧給事曲江荷花行。雲夫，貞元元年進士，新舊史無傳，以此數詩考之，歷虞部、司門、庫部郎曹，遷中書舍人，爲給事中，其後莫知所終矣。」考孟郊有送盧汀侍御歸天德幕，姚合有酬盧汀諫議，可知盧汀還曾任天德軍幕職及諫議大夫。韓愈奉酬盧給事雲夫四兄曲江荷花行見寄并呈上錢七兄閣老張十八助教「我今官閑得婆娑」魏懷古注：「樊（汝霖）曰：公時自中書舍人降太子右庶子。」韓愈爲太子右庶子在元和十一年五月，可知當時盧汀已爲給事中。新唐書百官志二門下省：「左諫議大夫四人，正四品下。掌諷諭得失，侍從贊相……給事中四人，正五品上。」則盧汀官諫議大夫當在給事中後，約爲元和十三年。

〔二〕「立送」句：諫議大夫兼知匭使。武則天垂拱二年，設匭以受四方告密之書，以諫議大夫充知匭使。玄宗曾改理匭使爲獻納使，尋復舊。建中二年，以御史中丞爲理匭使，諫議大夫爲知匭使。見新唐書百官志二。故遞送封章爲其職責。

〔三〕蘭臺：本爲漢代宮廷藏書之處，唐高宗龍朔二年曾改祕書省曰蘭臺，武則天時改曰麟臺，後復曰祕書省。故唐人詩文中常稱祕書省爲蘭臺。

【輯評】

許學夷詩源辯體卷二七：詩有景象，即風人之興比也。唐人意在景象之中，故景象可合不可離也。王建贈盧汀詩「功證詩篇離景象」，此實自謂。意以爲初盛唐不離景象，故其意不能盡發，今欲悉離景象，悉發真意，故其詩卑鄙至是，此唐人錯悟受魔之始也。趙凡夫云：「文論得失，詩尚妍媸。」此則全不論妍媸矣。

金聖歎貫華堂選批唐才子詩卷四下：（前解）前解寫諫議密行。人生男女之事，少年或有不免，一知別有大事，未有不痛與隔絶者也。「不得在牀前」，妙，所謂并斷因緣。「焚香獨自眠」，妙，所謂特自莊嚴。蓋不斷因緣，則終恐自犯；而不自莊嚴，又且恐犯我也。如是而有何功之不證，何藥之不成乎？云何功證？「詩篇離景象」是也。云何藥成？「官位屬神仙」是也。夫景象之離與不離，與神仙之屬與不屬，此非我之所得測也。然一切因緣則既永斷，無量莊嚴則既久修，此固我之所眼見也。看他寫出嚴淨毗尼，亦只用宫詞一手，妙。（後解）後解寫諫議奇迹。亦不必定於寺，定於觀，定於衙夜。然而或於寺，或於觀，或於衙夜，忽然見其封章直上，則時時有此奇絶之舉動矣。我先亦甚爲驚詑，近因見臺吏私説，而後始知天子就之學詩也。

賀楊巨源博士拜虞部員外㊀〔一〕

合歸蘭署已多時〔二〕，上得金梯亦未遲㊁〔三〕。兩省郎官開道路，九州山澤屬曹司〔四〕。諸生拜別收書卷，舊客看來讀制詞〔五〕。殘著幾丸仙藥在㊂，分張還遺病夫知㊃〔六〕。

【校記】

㊀ 員外，英華二五四作員外郎。

㊁亦，英華作即。

㊂仙，英華校一作丹。

㊃張，全詩校一作章。

【箋注】

〔一〕楊巨源，兩唐書無傳，其生平事迹略見辛文房唐才子傳卷五，云：「巨源字景山，蒲中人，貞元五年劉太真下第二人及第。初爲張弘靖從事，拜虞部員外郎，後遷太常博士、國子祭酒。」楊巨源爲太常博士當在元和十年後，有同太常尉遲博士闕下待漏詩，即爲官太常博士時所作。尉遲博士則爲尉遲汾。舊唐書張仲方傳：「時太常定（李）吉甫謚爲恭懿，博士尉遲汾請敬憲」，李吉甫卒元和九年，大致可知尉遲汾與楊巨源官太常博士之年。白居易有答元八郎中楊十二博士，楊十二博士即楊巨源，詩作於元和十三年；是年又有聞楊十二新拜省郎遥以詩賀，則元和十三年巨源自太常博士遷虞部員外郎，王建詩亦作於此時。以上參朱金城白居易年譜元和十年酬楊祕書巨源詩箋。虞部，唐屬尚書省工部。新唐書百官志一尚書省工部：「虞部郎中、員外郎各一人，掌京都衢衖、苑囿、山澤草木及百官蕃客時蔬薪炭供頓，畋獵之事。每歲春，以户小兒、户婢仗内蒔種溉灌，冬則謹起蒙覆。凡郊祠神壇、五嶽名山，樵採、芻牧皆有禁。距壝三十步外得耕種，春夏不伐木。京兆、河南府三百里内，正月、五月、九月禁弋獵。山澤有寶可供用者，以聞。」

〔二〕蘭署：即蘭臺，唐祕書省的别稱。據此句，楊巨源曾在祕書省供職，爲唐才子傳所未及。
〔三〕金梯：登天之梯。藝文類聚卷七八郭璞遊仙詩：「翹手攀金梯，飛步登玉闕。」玉臺新詠費昶行路難：「朝踰金梯上鳳樓，暮下瓊鈎息鸞殿。」由此詩「殘著幾丸仙藥在」句觀之，楊巨源好神仙之説，故以「上金梯」雙關其得道及遷官。
〔四〕九州山澤：據新唐書百官志一，虞部掌山澤草木之事。
〔五〕制詞：當是朝廷所頒楊巨源由太常博士拜虞部員外郎的制詞。據新唐書百官志三，太常寺設博士四人，從七品上。掌辨五禮，三品以上官員死後的謚號，以及大禮時協助太常卿導引官員及儀仗。
〔六〕分張：分遣，分送。

【輯評】

金聖歎貫華堂選批唐才子詩卷四下：（前解）看他纔動手，筆下便自七曲八曲，如「合歸」，如「已多時」，如「得上」，如「亦未遲」，使人一時讀之，竟不知其是怨是賀，是慰是悲也。「開道路」句，承合歸「已多時」，寫意本未滿。「屬曹司」句，承得上「亦未遲」，寫命則已拜。總是言直至今日，始以此官辱吾景山爲未快意也。（後解）上解寫景山較量新除，此解與景山發放舊署也。諸生收書，來客看制，畫出博士員外升轉匆匆，而又於中間自插病夫支藥以作一笑者，不爾，便令上文一段意氣，無法銷釋也。

贈郭將軍〔一〕

承恩新拜上將軍，當直巡更近五雲〔二〕。天下表章經院過，宮中笑語隔牆聞㈠。密封計策非時奏，別賜衣裳到處薰。向晚臨堦看號簿，眼前風景任支分。

【校記】

㈠ 笑語，英華二五四、毛本、全詩作語笑。

【箋注】

〔一〕郭將軍爲郭釗。郭釗爲郭曖子、郭子儀孫。舊唐書郭釗傳：「元和初爲左金吾衛大將軍、充左街使，九年十一月，檢校工部尚書、兼邠州刺史、充邠寧節度使。」新唐書百官志四上：「左右金吾衛，上將軍各一人，大將軍各一人，將軍各二人。掌宮中、京城巡警，烽候、道路、水草之宜。」

〔二〕五雲：五色雲，祥瑞之雲。此以指皇宮。

贈田將軍〔一〕

初從學院別先生〔二〕，便領偏師得戰名〔三〕。大小獨當三百陣，縱横祇用五千兵。

迴殘疋帛歸天庫，分好旌旗入禁營。自執金吾長上直，蓬萊宮裏夜巡更〔四〕。

【箋注】

〔一〕田將軍爲田布。田布爲田弘正子。舊唐書田布傳：「淮西平，拜左金吾衛大將軍、兼御史大夫。」舊唐書憲宗紀下：「（元和十二年十一月）以魏博行營兵馬使田布爲右金吾衛將軍，皆賞破賊功也。」

〔二〕「初從」句：王建曾爲田弘正幕僚，此句所述初别當在魏州。

〔三〕「便領」以下三句：舊唐書田布傳：「及弘正節制魏博，布掌親兵。國家討淮蔡，布率偏師隸嚴綬，軍於唐州，授檢校祕書監、兼殿中侍御史。前後十八戰，破凌雲栅，下郾城，布皆有功，擢授御史中丞。」

〔四〕蓬萊宮：即唐大明宮，高宗龍朔二年改名蓬萊宮。杜甫莫相疑行：「憶獻三賦蓬萊宮，自怪一日聲輝赫。」

贈胡証將軍㊀〔一〕

書生難得是金吾，近日登科記總無〔二〕。半夜進儺當玉殿〔三〕，未明排仗到銅壺〔四〕。朱牌面上分官契㊁〔五〕，黄紙頭邊押敕符〔六〕。恐要蕃中新道路，指揮重畫五城圖〔七〕。

【校記】

㊀ 贈，英華二五四作上。証，原作沚，校一作証，據英華改。

㊁ 面上，英華作上面。

【箋注】

〔一〕舊唐書胡証傳：「証，貞元中繼登科，咸寧王渾瑊辟爲河中從事……田宏正以魏博內屬，請除副貳，乃兼御史中丞、充魏博節度副使，仍兼左庶子……（元和）九年，以党項寇邊，以証有安邊才略，乃授單于都護、御史大夫、振武軍節度使……十三年，徵爲金吾大將軍，依前兼御史大夫。」

〔二〕登科記：記載科舉時代及登第士人的名録。封演封氏聞見記卷三：「進士初擢第，頭上七尺焰光。好事者紀其姓名，自神龍以來迄於兹日，名曰進士登科記，亦所以昭示前良，發起後進也。」新唐書藝文志二著録有崔氏顯慶登科記五卷、姚康科第録十六卷、李奕唐登科記二卷。王定保唐摭言卷三：「胡証尚書質狀魁偉，膂力絶人，與裴晉公度同年。」則胡証爲貞元五年進士登第。

〔三〕進儺：儺爲古時臘月驅除疫鬼的儀式。吕氏春秋季冬紀：「天子居玄堂右个……命有司大儺，旁磔。」高誘注：「大儺，逐盡陰氣爲陽導也。今人臘歲前一日擊鼓驅疫，謂之逐除是也。」錢易南部新書乙：「歲除日，太常卿領官屬樂吏并護僮侲子千人，晚入内。至夜，於寢殿前進儺，然蠟炬，燎沈檀，熒煌如晝，上與親王妃主已下觀之，其夕賞賜甚多。」進儺時，金吾要承擔保衛的任務。

〔四〕銅壺：銅製漏壺，古代計時器。此句寫朝日之典。新唐書儀衛志上：「每月以四十六人立内廊閣外，號曰内仗，以左右金吾將軍當上，中郎將一人押之，有押官，有知隊仗官。朝堂左右引駕三衛六十人，以左右衛、三衛年長彊直能糾劾者爲之。」

〔五〕朱牌：即木契，即木製符信，以爲憑證之用。新唐書車服志：「木契符者，以重鎮守、慎出納，畿内左右皆三，畿外左右皆五。皇帝巡幸，太子監國，有軍旅之事，則用之。王公征討皆給焉，左右各十九。太極殿前刻漏所，亦以左契給之，右以授承天門監門，晝夜勘合，然後鳴鼓。玄武門苑内諸門有唤人木契，左以進内，右以授監門，有敕召者用之。魚契所降，皆有敕書，尚書省符，與左同乃用。」

〔六〕黄紙：用黄麻紙書寫的詔書。高承事物紀原卷二：「唐高宗上元三年，以制敕施行既爲永式，用白紙多爲蟲蛀，自今已後，尚書省頒下諸州諸縣，并用黄紙。敕用黄紙，自高宗始也。」

〔七〕五城：廖瑩中世綵堂昌黎先生集注卷二一韓愈送水陸運使韓侍御歸所治序：「其冬來朝奏曰：『得益開田四千頃，則盡可以給塞下五城矣。』」文讜注曰：「五城：東、西、中三受降城，朔方、振武二軍也。」韓愈此文爲送韓重華作，元和六年，以韓重華爲振武京西營田和糴水陸運使。韓重華後改名約。胡証正是由振武軍節度使徵爲金吾大將軍的，熟悉北方情況，故此處「五城」即是指北方塞外的五城。

村居即事

休看小字大書名，向日持經眼却明。時過無心求富貴，身閑不夢見公卿。因尋寺裏薰辛斷，自別城中禮數生。斜月照房新睡覺，西峰夜半鶴來聲㈠。

【校記】

㈠夜半，明鈔本、胡本、全詩作半夜。按：此詩一題姚合作，見全唐詩卷四九八姚合卷。南宋趙師秀編二妙集，此詩亦録作姚合詩。王楙野客叢書卷二八「唐人一詩見兩處」條云：「唐人一詩見兩處刊者甚多，如『萬愁生旅夜，百病輳衰年』；『時過無心求富貴，身閑不夢見公卿』，此二詩見姚合集，又見王建集。」兩人之詩略有出入，題目「村」，姚詩作莊。第五句「寺裏」，姚詩作嶽寺；薰，姚詩作葷。第六句「別」，姚詩作到；城中，姚詩作王城。第七句「房」，末句「峰」，姚詩分別作風、牀。吴啓明讀詩偶識「姚合詩誤入王建集」（唐音質疑録，上海古籍出版社一九八五年版）據此異句斷爲姚合作。王建有渭南莊，曾一度於此閑居，姚合送王建祕書往渭南莊詩可證。姚合詩云：「莊僻難尋路，官閑易出城。看山多失飯，過寺故題名。」正與王建當時情況相合。宋祁宋景文筆記卷上：「晏丞相嘗問曾明仲云：『劉禹錫詩有「瀼西春水縠紋生」，生字作何意？』明仲曰：『作生育之生。』丞相曰：『非也，作生熟之生，語乃健。』莊子曰：『生熟不進於前』。王建詩曰：『自別城中禮數生』。」也以此詩爲王建作。故斷此詩爲王建詩。

留別田尚書〔一〕

擬報平生未殺身〔二〕，難離門館起居頻。不看匣裏釵頭古〔三〕，猶戀機中錦樣新〔四〕。一代甘爲漳岸老㊀〔五〕，全家却作杜陵人〔六〕。朝天路在驪山下〔七〕，專望紅旗拜舊塵〔八〕。

【校記】

㊀代，明鈔本、席本、全詩作旦。

【箋注】

〔一〕詩云「一代甘爲漳岸老，全家卻作杜陵人」，此詩作於赴任昭應縣丞之前與田弘正告别之時，對田弘正的感戴之意溢於言表。末二句是説：企盼着您入朝覲見皇帝的那一天，我必望您的紅旗而拜。

〔二〕「擬報」句：王建原爲魏博節度使田季安、田懷諫的從事，元和七年十月，魏博軍變，三軍舉衙將田興知軍州事。時田季安死，子懷諫年十一，爲副大使知軍府事，軍政一決於家僮蔣士則，數易大將，軍情不安。因田興入衙，兵環而劫請，興制止暴亂，但殺蔣士則等十數人而止。即日移田懷諫於外，令朝京師。朝廷遂下制以魏博都知兵馬使、兼御史中丞、沂國公田興爲銀青光禄大夫、檢校工部尚書、兼魏州大都督府長史，充魏博節度使。事後，田興（後改名弘正）改舊規，一遵朝廷約束。此次魏博軍變，王建當時正在魏州，是以田季安、田懷諫故吏的身份被田興起用的，故有此句。

〔三〕釵頭：藝文類聚卷三二秦嘉重報妻書：「并贈寶釵一雙，好香四種，素琴一張，常所自彈也。明鏡可以鑒形，寶釵可以耀首，芳香可以馥身，素琴可以娱耳。」其妻徐淑又報嘉書曰：「素琴之作，當須君歸。明鏡之鑒，當待君還。未奉光儀，則寶釵不列也。未侍帷帳，則芳香不發也。」

〔四〕錦樣：晉書列女傳竇滔妻蘇氏：「竇滔妻蘇氏，始平人也，名蕙，字若蘭。善屬文。滔，苻堅時爲秦州刺史，被徙流沙，蘇氏思之，織錦爲回文旋圖詩以贈滔。宛轉循環以讀之，詞甚悽婉。」以上兩句，是以夫妻之情比喻與田弘正的關係。

〔五〕漳岸：漳水原有清漳、濁漳二河，東南流至今河北、河南兩省邊境合爲漳河，又東流至大名縣入衛河。按歷史上漳河屢經變遷，故有老漳河、新漳河之稱。李吉甫元和郡縣圖志卷二

○河北道魏州：「舊漳河在(魏)縣西北十里。新漳河在(魏)縣西北二十里。」

〔六〕杜陵：在長安，原名杜原，秦爲杜縣，漢宣帝於此築陵，因稱杜陵。漢書地理志上：「杜陵，故杜伯國，宣帝更名。」

〔七〕驪山：在今陝西臨潼縣東南，古代驪戎之地，故名。唐屬京兆府昭應縣。山上有温泉宫，天寶中更名華清宫。

〔八〕拜舊塵：晉書潘岳傳：「岳性輕躁，趨世利，與石崇等諂事賈謐，每候其出，與崇輒望塵而拜。」

送唐大夫罷節歸山〔一〕

年少平戎老學仙，表求骸骨乞生全㊀。不堪腰下懸金印〔二〕，已向雲西寄玉田㊁〔三〕。旄節抱歸官路上，公卿送到國門前。人間雞犬同時去〔四〕，遥聽笙歌隔水煙㊂。

【校記】

㊀求，宋本校一作成。

㊁西，宋本校一作間。

〔三〕遥，明鈔本作還。笙，宋本校一作仙，英華二七五作仙。

【箋注】

〔一〕唐大夫當爲唐朝臣。舊唐書德宗紀上：「（貞元二年七月）戊午，以鄜坊節度唐朝臣爲單于大都護、振武綏銀節度使。」資治通鑑卷二三三唐德宗貞元四年：「振武節度使唐朝臣不嚴斥候，（七月）己未，奚、室韋寇振武，執宣慰中使二人，大掠人畜而去。」未言唐朝臣所終。據舊唐書德宗紀下，貞元六年五月，以寧州刺史范希朝爲單于大都護、麟勝節度使，當即接替唐朝臣者。全唐詩卷三一〇于鵠有送唐大夫讓節歸山，與王建詩所送無疑爲一人。唐才子傳卷四于鵠：「大曆中，嘗應薦，歷諸府從事。出塞入塞，馳逐風沙。」或于鵠即曾爲唐朝臣從事。全唐詩卷三八三張籍哭于鵠云：「我初有章句，相合者唯君」，又有別于鵠，是張籍、王建早年即與于鵠相識。于鵠詩云「朱門鴛瓦爲仙觀，白領狐裘出帝城」，王建詩云「旄節抱歸官路上，公卿送到國門前」，則送行之地是在長安。

〔二〕金印：史記蔡澤列傳記蔡澤語：「吾持粱刺齒肥，躍馬疾驅，懷黄金之印，結紫綬於要（腰），揖讓人主之前，食肉富貴，四十三年足矣。」古代官員佩印，印之質地及綬帶顔色視品秩高低有別。初學記卷二六引衛宏漢舊儀：「諸侯王印，黄金橐駝鈕，文曰璽。列侯黄金印，龜鈕，文曰印。丞相、將軍黄金印，龜鈕，文曰章。中二千石，銀印龜鈕，文曰章。千石、六百石、四百石，銅印鼻鈕，文曰印。」

〔三〕玉田：干寶搜神記卷一一載：楊伯雍，洛陽縣人，本以儈賣爲業。父母亡，葬無終山，遂家焉，汲水以飲行人。三年後，有一人就飲，報與之一斗石子，使種之，云「玉當生其中」。乃種其石，數歲，見玉生其上。伯雍未娶，求娶徐氏之女，徐氏云：「得白璧一雙，當聽爲婚。」伯雍種石於田中，得白璧五雙，徐氏遂以女妻之。其種玉之處，名曰玉田。

〔四〕雞犬：王充論衡道虚：「儒書言：淮南王學道，招會天下有道之人，傾一國之尊，下道術之士，是以道術之士並會淮南，奇方異術，莫不争出。王遂得道，舉家升天，畜産皆仙，犬吠於天上，雞鳴於雲中。此言仙藥有餘，犬雞食之，并隨王而升天也。」

送司空神童〔一〕

杏花壇上授書時㊀〔二〕，不廢中庭趁蝶飛。暗寫五經收部秩㊁〔三〕，初年七歲著衫衣。秋堂白髮先生別，古巷青襟舊伴歸〔四〕。獨向鳳城持薦表〔五〕，萬人叢裏有光輝。

【校記】

㊀授，英華二七五作受，皆通。

㊁五，英華作兩。秩，英華作帙。

【箋注】

〔一〕司空謂嚴綬。詩云「初年七歲著衫衣」，全唐詩卷三三三楊巨源送司徒童子：「衛多君子魯多儒，七歲聞天笑舞雩。」又卷四一四元稹贈嚴童子題下注曰：「嚴司空孫，字照郎，十歲能賦詩，往往有奇句，書題有成人風。」詩云「十歲佩觿嬌稚子」，三詩所寫無疑爲一人，故可知此神童爲嚴綬之孫。元稹詩之「十歲」與王建、楊巨源詩之「七歲」疑有一誤。元稹當時在江陵任士曹參軍，故與嚴綬相熟知。嚴綬鎮江陵爲檢校右僕射，爲山南東道節度使方檢校司空，舊唐書憲宗紀下：「（元和九年九月）以荆南節度使嚴綬檢校司空、襄州刺史、山南東道節度使。」但右僕射亦可稱司空，楊巨源詩則稱司徒，此處大可不必拘泥。

〔二〕杏花壇：莊子漁父：「孔子遊乎緇帷之林，休坐乎杏壇之上，弟子讀書，孔子絃歌鼓琴。」陸德明釋文：「杏壇，司馬（彪）云：澤中高處也。李（頤）云：壇名。」顧炎武日知録卷三一：「今夫子廟庭中有壇，石刻曰杏壇。闕里志：『杏壇在殿前，夫子舊居。』非也。杏壇之名出自莊子……杏壇不必有其地，即有之亦在水上葦間依陂傍渚之地，不在魯國之中也明矣。今之杏壇，乃宋乾興間四十五代孫道輔增修祖廟，移大殿於後，因以講堂舊基甃石爲壇，環植以杏，取杏壇之名名之耳。」

〔三〕五經：班固白虎通義五經：「五經何謂？謂易、尚書、詩、禮、春秋也。」

〔四〕青襟：即青衿。詩經鄭風子衿：「青青子衿，悠悠我心。」學子所服。

〔五〕鳳城：京城。相傳秦穆公女弄玉吹簫引鳳，鳳凰降於京城，因稱京城爲鳳城。杜甫杜工部草堂詩箋卷三六夜：「步蟾依杖看牛斗，銀漢遥應接鳳城。」蔡夢弼注：「鳳城，言長安也。」

【輯評】

金聖歎貫華堂選批唐才子詩卷四下：（前解）背寫五經，盡成部帙，而年方毁齒，纔著衫衣，此自是寫神童必到之文。妙莫妙於偏寫其不廢趁蝶，宛然群兒，便使人分明看見神童更小，而神童更神。至於將欲寫其趁蝶，而預取杏壇，拆開插放「花」字，使讀者瞥然眼迷，此又其百首宫詞之祕法也。（後解）正寫不過被薦赴京耳，看他「鳳城」上陪出「秋堂」，陪出「古巷」，「獨」上陪出「先生」，陪出「舊伴」，「薦表」上陪出「别」，陪出「歸」，「有光輝」上陪出「白髮」，陪出「烏衣」，乃真出象反襯法也。（神童詩中間偏下得「白髮」字，有此妙筆，雖再作宫詞百首，安得才盡！）

送振武張尚書〔一〕

迴天轉地是將軍，扶助春宫上五雲㊀〔二〕。撫背恩雖同骨肉，擁旄名未敵功勳。盡收壯勇填兵數，不向蕃渾奪馬群〔三〕。閑即單于臺下獵〔四〕，威聲直到海西聞〔五〕。

【校記】

㊀助，毛本、席本作册。

【箋注】

〔一〕振武張尚書爲張惟清。此詩云「回天轉地是將軍」，可知此張尚書是由神策大將軍出爲振武軍節度使的。舊唐書穆宗紀：「（元和十五年正月）丙寅，以右神策大將軍張維清爲單于大都護、充振武麟勝節度使。」新唐書地理志一關内道豐州九原郡：「東受降城，景雲三年，朔方軍總管張仁愿築三受降城。寶曆元年，振武節度使張惟清以東城濱河，徙置綏遠烽南。」張惟清即張維清。唐振武節度使駐雲州。

〔二〕春宫：即東宫，太子宫。此指唐憲宗太子李恒。關於憲宗之死，史書多曖昧。資治通鑑卷二四一唐憲宗元和十五年正月：「上服金丹，多躁怒，左右宦官往往獲罪，有死者，人人自危。庚子，暴崩於中和殿，時人皆言内常侍陳弘志弑逆，其黨類諱之，不敢討賊，但云藥發，外人莫能明也。中尉梁守謙與諸宦官馬進潭、劉承偕、韋元素、王守澄等共立太子，殺吐突承璀及澧王惲，賜左右神策軍士錢人五十緡，六軍、威遠人三十緡，左右金吾人十五緡。」張惟清是由神策大將軍出爲振武節度使的，顯然也是因擁立穆宗有功，史書未載也。五雲：五色祥雲，象徵帝位。

〔三〕蕃渾：蕃謂吐蕃。新唐書吐蕃傳上：「吐蕃本西羌屬，蓋百有五十種，散處河、湟、江、岷間，有發羌、唐羌等，然未始與中國通。……蕃、發聲近，故其子孫曰吐蕃。」渾爲回紇之一部。新唐書回鶻傳上：「回紇，其先匈奴也，俗多乘高輪車，元魏時亦號高車部，或曰敕勒，訛爲鐵勒。其部落曰袁紇、薛延陀、契苾羽、都播、骨利幹、多覽葛、僕骨、拔野古、同羅、渾、思結、斛薛、奚結、阿跌、白霫，凡十有五種，皆散處磧北。」

〔四〕單于臺：杜佑通典卷一七九州郡九雲中郡：「單于臺在今（雲中）縣西北百餘里，漢孝武元封元年勒兵十八萬騎出長城，北登單于臺。」新唐書回鶻傳上：「即故單于臺置燕然都護府統之，六都督、七州皆隸屬，以李素立爲燕然都護。」

〔五〕海西：新唐書西域傳下：「拂菻，古大秦也，居西海上，一曰海西國。」

送吴諫議上饒州〔一〕

鄱陽太守是真人，琴在牀頭籙在身〔二〕。曾向先皇邊諫事，還應上帝處稱臣〔三〕。養生自有年支藥，税户應停月進銀〔四〕。淨掃水堂無侍女，下街唯共鶴殷勤㊀。

【校記】

㊀街，明鈔本、席本作衙，毛本、胡本作堦。

【箋注】

〔一〕吴諫議爲吴丹。白居易白氏長慶集卷六九故饒州刺史吴府君（丹）神道碑銘并序：「官歷正字、協律郎、大理評事、監察殿中侍御史、太子舍人、水部庫部員外郎、都官駕部郎中、諫議大夫、大理少卿、饒州刺史……寶曆元年六月某日薨於饒州官次。」吴丹好神仙之術，白氏碑銘云：「既冠，喜道書，奉真籙，每專氣入静，不粒食者累歲。顥氣充而丹田澤，飄然有出世心。」全唐詩卷五一八雍陶有哭饒州吴諫議使君，亦爲吴丹，云「神仙難見青騾事，諫議空留白馬名」；王建詩云「鄱陽太守是真人」，皆云其好神仙。其爲饒州刺史亦爲寶曆元年事。唐饒州鄱陽郡，屬江南西道，見新唐書地理志五。

〔二〕籙：道籙，道教的祕文。隋書經籍志四：「其受道之法，初受五千文籙，次受三洞籙，次受洞玄籙，次受上清籙。籙皆素書，紀諸天曹官屬佐吏之名有多少，又有諸符，錯在其間，文章詭怪，世所不識。」

〔三〕上帝：天帝。尚書盤庚：「上帝將復我高祖之德。」詩經大雅蕩：「蕩蕩上帝，下民之辟。」

〔四〕月進：唐自朱泚亂後，地方官員常向皇帝進額外供奉，以邀恩寵。新唐書食貨志二：「於是帝（德宗）屬意聚斂，常賦之外，進奉不息。劍南西川節度使韋臯有日進，江西觀察使李兼有月進，淮南節度使杜亞、宣歙觀察使劉贊、鎮海節度使王緯、李錡皆徼射恩澤，以常賦入貢，名爲羨餘。」

【輯評】

金聖歎貫華堂選批唐才子詩卷四下：（前解）一解送吴諫議上饒州，却如代吴諫議向饒州百姓前呈遞脚色手本。此皆是其百首宫詞千變萬化之異樣聰明，在先生只是輕輕弄筆便成，在他人乃更精思十日未得擬也。（後解）一解寫吳諫議到饒州後，又如與之畫作白描行樂圖。看他界畫如綫，翎毛花草，色色精到，如此筆墨，實是只推先生獨步也。

贈閻少保〔一〕

髭鬚雖白體輕健，九十三來却少年。問事愛知天寶裏㊀，識人皆是武皇前〔二〕。玉裝劍珮身長帶，絹寫方書子不傳。侍女常時教合藥，亦聞私地學求仙。

【校記】

㊀問，全詩校一作聞。

【箋注】

〔一〕閻少保爲閻濟美。閻濟美曾爲福建觀察使、浙西觀察使、潼關防禦使等，舊唐書良吏傳下閻濟美：「以工部尚書致仕，接以恩例，累有進改。及殁於家，年九十餘。」舊唐書敬宗紀：「（寶曆元年五月）丙寅，太子少傅致仕閻濟美卒。」張籍亦有贈閻少保詩。

〔二〕武皇：指唐玄宗。

【輯評】

瀛奎律髓卷四八方回批：此可入老人類，亦可入仙逸類，蓋方士也。馮班評：非方士。紀昀批：此應入老壽類，不應入仙逸類。觀末二句，決非方士也。又評：格亦卑弱。「裏」字不妥。四句合掌。

送魏州李相公〔一〕

百代功勳一日成，三年五度換雙旌〔二〕。閑來不對人論戰，難處長先自請行。旗下可聞誅敗將，陣頭多是用降兵〔三〕。當朝面受新恩去，算料妖星不敢生㊀〔四〕。

【校記】

㊀不，英華二七五作未。

【箋注】

〔一〕魏州李相公爲李愬。舊唐書穆宗紀：「（元和十五年十月乙酉）以昭義節度使、檢校尚書左僕射、同中書門下平章事李愬可本官，爲魏州大都督府長史、充魏博等州節度觀察等使。」

〔二〕三年五度：元和十二年十一月吴元濟平，以李愬爲襄州刺史、山南東道節度、襄鄧隨唐復郢均房等州觀察等使，元和十三年五月爲鳳翔隴右節度使，未發，改爲徐州刺史、武寧軍節度使。十五年九月爲潞州大都督府長史、昭義節度使，十月遷魏州大都督府長史、魏博節度使。見舊唐書李愬傳。雙旌：新唐書百官志四下：「節度使掌總軍旅，顓誅殺。初授，具帑抹兵仗詣兵部辭見，觀察使亦如之。辭日，賜雙旌雙節。」

〔三〕「旗下」二句：李愬治軍寬緩，善撫衆。唐軍討淮西，李愬爲隨唐鄧節度使，吴元濟部將丁士良、吴秀琳、李忠義、李祐、董重質等先後歸降李愬。李愬夜襲蔡州，即以李祐、李忠義爲先鋒，果擒吴元濟。以上皆見舊唐書李愬傳。

〔四〕妖星：怪異之星，多指彗星。古以彗星象戰事。左傳昭公十年：「居其維首，而有妖星焉。」

【輯評】

王夫之唐詩評選卷四：此種詩須於其出格處揀取，扣絃初鳴，警鴻已遠。學即不似，似益成醜，除才人無能爾也。

贈索暹將軍〔一〕

渾身著箭瘢猶在，萬槊千刀總過來。輪劍直衝生馬隊，抽旗旋踏死人堆。聞休鬬戰心還癢，見説煙塵眼却開。淚滴先皇堦下土，南衙班裏趁朝迴〔二〕。

【箋注】

〔一〕索暹未詳。

〔二〕南衙：新唐書兵志：「夫所謂天子禁軍者，南北衙兵也。南衙，諸衛兵是也。北衙者，禁軍也。」金吾、領軍、千牛之類爲衛兵，羽林、龍武、神策之類爲禁軍。

【輯評】

瀛奎律髓卷三〇方回批：老兵之常態也，無此輩何以衛國？不成一切都作吟詩而不事事者？紀昀批：忽論至此，與詩何涉？馮班評：末句無限。查慎行評：五句粗俗，不謂中唐乃有此。紀昀評：鄙俚粗惡，殆如市上所唱彈詞，作者、選者，皆不可解。

王夫之唐詩評選卷四：刻寫已極，結處卻還他不盡，擒縱可云如意。七言律之不可避俗，猶五言古之不可入俗。唯此不辨，則有竟陵一派强酸假醋之詩，爲學究命根矣。

贈王屋道士赴詔㈠〔一〕

玉皇符到下天壇㈡〔二〕，玳瑁頭簪白角冠〔三〕。鶴遣院中童子養㈢，鹿憑山下老人看。法成不怕刀梯利㈣〔四〕，體實常欺石榻寒㈤〔五〕。能斷世間腥血味㈥，長生只要一丸丹。

【校記】

㈠英華二二八題作贈詔徵王屋道士。

㈡到，全詩作詔，校一作到。

㈢院，宋本、英華校一作洞。

㈣法，英華作道。刀梯利，英華作丹梯峻。梯，全詩作槍。

㈤體，宋本校一作髓，英華作髓。

㈥世，宋本校一作人，英華作人。間，明鈔本作門。

【箋注】

〔一〕全唐詩卷二八二李益有長社竇明府宅夜送王屋道士常究子，與王建所贈者無疑爲一人，然「常究子」未詳何人。王屋，山名。李吉甫元和郡縣圖志卷五河南府：「王屋山在（王屋）縣北十五里，周迴一百三十里，高三十里。禹貢『底柱析城至於王屋』是也。」樂史太平寰宇記卷五河南道：「王屋山在（王屋）縣北十五里，在河東垣縣之地。古今地名云：王屋山狀如垣，故以名縣。……茅君內傳云：王屋山之洞周迴萬里，名曰小有清靈之天。清靈洞有垂鬙峰。天壇山北山高，登之可以望海。」

〔二〕玉皇：道教稱天帝曰玉皇大帝，簡稱玉皇。李白贈別舍人弟臺卿之江南：「入洞過天地，登真朝玉皇。」天壇：嘉慶重修一統志卷一六〇懷慶府：「天壇山，即王屋山絶頂，軒轅祈天之所，故名。東曰日精峰，西曰月華峰……壇北有王母洞，壇東有八仙嶺。又有華蓋峰，在天壇南。」

〔三〕玳瑁：此指用玳瑁制的簪子。角冠：道冠。

〔四〕「法成」句：刀梯，插滿刀的梯子。按此實釋氏之説，唐釋圓照嘗有沙門崇惠登刀梯頌等，禪宗話頭亦有「啞子上刀梯」之説。本句言道法大成，雖登刀梯亦不怕也。

〔五〕石榻：舊題劉向列仙傳卷上：「修羊公者，魏人也，在華陰山上石室中，有懸石榻。卧其上，石盡穿陷。」

贈王處士

松樹當軒雪滿池㊀，青山掩障碧紗帷㊁。鼠來案下長偷水㊂，鶴在牀前亦看棋。

道士寫將行氣法〔一〕，家童授與步虚詞〔二〕。世間有似君應少，便乞從今作我師㊃。

【校記】

㊀軒，英華二三〇作街。

㊁障，宋本、胡本校一作帳。

㊂下，全詩作上。

㊃便，宋本、英華校一作願。

【箋注】

〔一〕行氣：即行炁。葛洪抱朴子釋滯：「初學行炁，鼻中引炁而閉之，陰以心數之一百二十，乃以口吐之。及引之，皆不欲令己耳聞其炁出入之聲，常令入多出少，以鴻毛著鼻口之上，吐炁而鴻毛不動爲候也。」三國志魏書華陀傳裴松之注引曹丕典論：「甘陵、甘始亦善行氣，老有少容。」

〔二〕步虚詞：吴兢樂府古題要解卷下：「步虚詞，右道觀所唱，備言衆仙縹緲輕舉之美。」

洛中張籍新居

最是城中閑静處，更迴門向寺前開。雲山且喜重重見，親故應須得得來〔一〕。借倩學生排藥合，留連處士乞松栽。自君移到無多日，牆上人名滿緑苔。

【箋注】

〔一〕得得：胡震亨唐音癸籤卷二四：「得得，猶特特也。王建『親故應須得得來』，貫休『萬水千山得得來』。」

題裴處士碧虛溪居〔一〕

鳥聲真似深山裏，平地人間也不同㈠。春圃紫芹長卓卓㈡〔二〕，暖泉青草一叢叢。

松臺前後花皆別，竹崦高低水盡通〔三〕。細問來時從近遠㈢，溪名載入縣圖中。

【校記】

㈠也，全詩作自。

㈡芹，宋本校一作苗。

㈢近遠，席本作遠近。

【箋注】

〔一〕裴處士及碧虛溪皆未詳。

〔二〕卓卓：直立貌。

〔三〕竹崦：竹山，種竹之山。

送阿史那將軍安西迎舊使靈櫬㈠〔一〕

漢家都護邊頭没，舊將麻衣萬里迎。陰地背行山下火，風天錯到磧西城㈡。單于送葬還垂淚〔二〕，部曲招魂亦道名。却入杜陵秋巷裏〔三〕，路人來去讀銘旌〔四〕。

【校記】

㊀ 阿史那，英華二七五作史。題，宋本校一作送史將軍。

㊁ 到，原校一作上。

【箋注】

〔一〕此阿史那將軍未詳。林寶元和姓纂卷五：「阿史那，夏后氏後，居涓兜牟山，北人呼爲突厥窟歷。魏晉十代爲君長，後屬蠕蠕，阿史那最爲首領。後周末，遂滅蠕蠕，霸强北土蓋百餘年。至處羅、蘇尼失等歸化，號阿史那。開元改爲史……貞元神策將軍兼御史大夫阿史那思暕，並其支族。」安西，貞觀十四年於交河置安西都護府，顯慶三年移治龜兹，龍朔元年統轄龜兹、于闐、焉耆、疏勒四鎮，後没於吐蕃。

〔二〕單于：此當指回鶻可汗。

〔三〕杜陵：在長安。古爲杜伯國，本名杜原，漢宣帝於此築陵，因名杜陵。

〔四〕銘旌：又稱名旌，靈柩前的旗幡，用絳帛粉書，品官題寫曰某官某公之柩。大斂後，以竹杠懸之依靈右。葬時去杠及題者姓名，加於柩上。周禮春官司常：「大喪，共銘旌。」

贈崔杞駙馬㈠〔一〕

鳳凰樓閣連宮樹〔二〕，天子崔郎自愛貧。金埒減添栽藥地〔三〕，玉鞭平與賣書人。家中絃管聽常少，分外詩篇看即新㈡。一月一迴陪內宴，馬蹄猶厭踏香塵。

【校記】

㈠ 崔杞，宋本等與全詩作崔禮，吴慈培手抄本王建詩集載録錢謙益題注：「按唐書，肅、代諸宗時，駙馬無崔禮其人，順宗東陽公主下嫁崔杞，恐作杞是。」所辨甚是，故據改。「禮」字簡寫「礼」與「杞」字相似，當是致誤之因。

㈡ 看，宋本校一作有，明鈔本、席本作有。

【箋注】

〔一〕新唐書宰相世系表二下博陵二房崔氏：「杞，駙馬都尉。」同書諸帝公主傳：「（順宗女）東陽公主，始封信安郡主，下嫁崔杞。」

〔二〕鳳凰樓：舊題劉向列仙傳卷上：「蕭史者，秦穆公時人也。善吹簫，能致孔雀、白鶴於庭。穆公有女字弄玉，好之，遂以女妻焉。日教弄玉作鳳鳴，居數年，吹似鳳聲，鳳凰來止其屋，公爲作鳳臺，夫婦止其上，不下數年。一旦，皆隨鳳凰飛去。故秦人爲作鳳女祠於雍宮中，時有簫聲而已。」

〔三〕金埒：用錢鋪成的界溝。晉書食貨志：「於是王君夫（愷）、武子（王濟）、石崇等更相誇尚，輿服鼎俎之盛，連衡帝室，布金埒之泉，粉珊瑚之樹。物盛則衰，固其宜也。」

【輯評】

金聖歎貫華堂選批唐才子詩卷四下：（前解）寫遊俠駙馬易，寫寒士清貧亦易，今卻寫駙馬清貧，此當如何著筆耶？忽然雋管撩天，先寫扳親叙眷，言此樓閣連宮乃是天子崔郎也者。然而金埒改爲藥欄，玉鞭賤酬書價，此則自是其天性使然，非他人所得而强也。如此便自上半脱出香粉氣，下半又不入酸餡氣矣。（「天子」二字，只作刷色用，妙！此便從寡人女婿句法化來。）（後解）「絃管」加「家中」，「詩篇」加「分外」，字字寫絶駙馬。若在他人，即絃管安在家中，詩篇如何分外耶？末又言一月三十日，假使二十九日讀書，只有一日不得讀書，彼當猶以爲恨，然又必寫此一日作陪内宴者，極表正是當今愛婿，非他駙馬之比，以見清貧之非落魄也。

贈太清盧道士㈠〔一〕

上清道士未昇天〔二〕，南嶽中華作散仙〔三〕。書賣八分通字學〔四〕，丹燒九轉定人年〔五〕。修行近日形如鶴㈡〔六〕，導引多時骨似綿〔七〕。想向諸山尋禮遍㈢，却迴還守老君前〔八〕。

【校記】

㈠盧，全詩校一作宫，英華二二八作宫。

㈡形，英華作影。鶴，全詩校一作稱。

㈢尋，全詩校一作巡，英華作巡。

【箋注】

〔一〕太清，宫名。唐玄宗於此供奉老子李耳。資治通鑑卷二一六唐玄宗天寶八載：「（五月）丙寅，上謁太清宫。」胡三省注：「天寶元年正月，得靈符，起玄元皇帝廟於西京大寧坊，東京置於東宫積善坊臨淄舊址，天下諸郡各置玄元像於開元觀。至二年三月十二日，改在京玄元宫爲太清宫，東京爲太極宫，天下諸郡爲紫微宫。」

〔二〕上清：道教認爲人、天兩界之外，别有三清，是神仙居住的地方。靈寶太乙經：「四人天外曰三清境：玉清、太清、上清，亦名三天。」

〔三〕南嶽中華：指南嶽衡山、中嶽嵩山、西嶽華山。散仙：道教稱未授職務的仙人爲散仙，如韓愈酬盧給事曲江荷花行：「上界真人足官府，豈如散仙鞭笞鸞鳳終日相追陪。」

〔四〕八分：即八分書，亦稱分書，漢字書體名。張懷瓘書斷卷上：「案八分者，秦羽人上谷王次仲所作也。王愔云：次仲始以古書方廣，少波勢，建初中以隸草作楷法，字方八分，言有模楷。又蕭子良云：靈帝時王次仲飾隸爲八分。」字學：研究文字形、音、義的學問。

〔五〕九轉：道教煉燒金丹，以九轉爲貴。轉即循環變化之意。葛洪抱朴子金丹：「一轉之丹，服之三年得仙。二轉之丹，服之二年得仙。三轉之丹，服之一年得仙。四轉之丹，服之半年得仙。五轉之丹，服之百日得仙。六轉之丹，服之四十日得仙。七轉之丹，服之三十日得仙。八轉之丹，服之十日得仙。九轉之丹，服之三日得仙。」定人年：固定人的年歲，即長生不老之意。

〔六〕修行：修身實踐。形如鶴：道教修煉講究使身體輕飄，可以飛昇，如曹植仙人篇：「萬里不足步，輕舉凌太虛。」故以鶴喻之。

〔七〕導引：醫家的一種養生之術，呼吸俯仰，屈伸手足，使血氣流通。後漢書崔駰傳附崔寔作政論「呼吸吐納」李賢等注引莊子刻意篇：「吹呴呼吸，吐故納新，熊經鳥伸，此導引之士，養形之人也。」今本莊子刻意作「道引」。骨似綿：骨軟，身體可大幅度屈伸。

〔八〕老君：指老子李耳。唐高宗乾封元年上老子尊號曰玄元皇帝，武后改曰老君。王溥唐會要卷五〇：「乾封元年三月二十日，追尊老君爲太上玄元皇帝。至永昌元年，卻稱老君。至神龍元年二月四日，依舊號太上玄元皇帝。」

送宮人入道

休梳叢鬢洗紅粧，頭戴芙蓉出未央〔一〕。弟子抄將歌遍疊㊀，宮人分散舞衣裳㊁。問師初得經中字，入靜猶燒內裏香㊂〔二〕。發願蓬萊見王母〔三〕，却歸人世施仙方㊃。

【校記】

㊀ 將，全詩校一作留，英華二二九作留。

㊁ 散，英華作盡。

㊂ 靜，毛本、席本作淨。

㊃ 人世，全詩校一作城闕，一作闕下。英華作闕下，并校一作城闕。

【箋注】

〔一〕芙蓉：芙蓉冠子。馬縞中華古今注卷中：「冠子者，秦始皇之制也。令三妃九嬪當暑戴芙蓉冠子，以碧羅爲之，插五色通草蘇朶子。」未央：漢宮名，以代指唐宮。

〔二〕入靜：道家的一種修鍊方式。資治通鑑卷二五七唐僖宗光啓三年十月吕用之云：「乘其（高駢）入靜，縊殺之，聲言上升。」胡三省注：「道家所謂入靜，即禪家入定而稍異。入靜者，靜處一室，屏去左右，澄神靜慮，無思無營，冀以接天神。」內裏：宮裏。

〔三〕蓬萊：方士傳説仙人所居之山。史記封禪書：「自威、宣、燕昭使人入海求蓬萊、方丈、瀛洲，此三神山者，其傳在勃海中。」王母：即西王母，神話傳説中的女神。穆天子傳卷三：「吉日甲子，天子宴於西王母，乃執白圭玄璧以見西王母。」注：「西王母如人，虎齒，蓬髮，戴勝，善嘯。」舊題班固漢武內傳之西王母已爲一美貌女神。

【輯評】

金聖歎貫華堂選批唐才子詩卷四下：（前解）前解寫捨俗之誠，後解寫初心之猛。菩薩六波羅蜜，必以佈施而爲第一，故大雄丈夫教人學道，先學捨施，能捨施者，是名健兒。不捨施者，雖學千劫，終非道也。捨施之法，從難捨起，必當揀其心所最愛不可捨者而先捨之，如此三、四，則真所謂能捨難捨者也。蓋美人心性最惜歌舞，歌有疊有遍，父子一拍不傳；舞有衣有裳，姊妹暫時不借。而今任意抄傳，盡情分表，則是一去永去，更不還來。觀一、二之盡廢梳掠，頭戴花冠，便是通身放倒，更無寸絲未斷者也。（後解）始得經字，猶燒内香，教中謂之輕毛菩薩，正即爲出九仞方覆一簣意也。而能發大願力，誓必成就見王母，歸人世者，猶言不見王母，決不歸來。嗚呼，其勇猛也如此！然則後日從王母邊來，我真欲旦暮俟之矣。作宫詞人，不謂其胸中又有如此事。

上李吉甫相公〔一〕

聖朝齊賀説逢殷〔二〕，霄漢無雲日月真。金鼎調和天膳美〔三〕，瑶池沐浴賜衣新〔四〕。兩河開地山川正，四海休兵造化仁。曾向山東爲散吏〔五〕，當今寳憲是賢臣〔六〕。

【校記】

㈠ 和，全詩校一作元。

【箋注】

〔一〕據新唐書宰相表中，元和二年正月己酉，御史中丞武元衡爲門下侍郎、中書舍人李吉甫爲中書侍郎，並同中書門下平章事。至元和三年九月戊戌，李吉甫檢校兵部尚書兼中書侍郎、同平章事，出爲淮南節度使。元和六年正月庚申，吉甫再入爲中書侍郎、同中書門下平章事，直至元和九年十月丙午，薨。舊唐書憲宗紀上：「（元和六年正月）庚申，以淮南節度使、中書侍郎、同平章事、趙國公李吉甫復知政事、集賢殿大學士、監修國史。」憲宗紀下：「（元和九年十月）丙午，金紫光禄大夫、中書侍郎、同平章事、集賢殿大學士、監修國史、上柱國、趙國公李吉甫卒。」此詩當作於元和八年。

〔二〕説逢殷：説謂傅説，殷謂殷高宗武丁。尚書説命上：「高宗夢得説，使百工營求諸野，得諸傅巖。……爰立作相，王置諸其左右。」

〔三〕「金鼎」句：尚書説命下：「王曰：『來，汝説……若作酒醴，爾惟麴糵。若作和羹，爾惟鹽梅。』」

〔四〕瑶池：原指神仙所居處之池苑。穆天子傳卷三：「乙丑，天子觴西王母於瑶池之上，西王母爲天子謡。」此指宫苑中的湯池。

〔五〕山東：此指太行山以東。王建曾在魏州任魏博節度使從事，故云。

〔六〕竇憲：東漢人，和帝母竇太后之胞弟。章帝卒，和帝十歲繼位，竇太后臨朝，竇憲爲侍中，自請出擊匈奴，領兵出塞三千餘里，大破之，登燕然山刻石紀功而還。拜大將軍，總攬朝政大權。後被和帝迫令自殺。見後漢書竇憲傳。

上李益庶子〔一〕

紫煙樓閣碧紗亭㊀，上界詩仙獨自行〔二〕。奇險驅迴還寂寞，雲山經用始鮮明〔三〕。藕綃紋縷裁來滑，鏡水波濤濾得清〔四〕。昏思願因秋露洗，幸容堦下禮先生㊁。

【校記】

㊀ 紗，百家一三、紀事四四作沙。

㊁ 下，百家、紀事作底。

【箋注】

〔一〕趙璘因話録卷二：「李尚書益，有宗人庶子同名，俱出於姑臧公，時人謂尚書爲『文章李益』，庶子爲『門户李益』，而尚書亦兼門地焉。嘗姻族間有禮會，笑謂家人曰：『大堪笑，今日局席兩個坐頭，總是李益。』」此詩云「上界詩仙獨自行」，當是文章李益。計有功唐詩紀事卷三〇云李益左遷右庶子，是文章李益亦曾爲右庶子。李益爲右庶子當在其任右散騎常侍之前，册府元龜卷四八一：「李益爲右嘗（常）侍，元和十五年入閤失儀，侍御史許康佐奏乖錯，俱待罪，各罰俸一月。」庶子，唐爲東宫官屬。新唐書百官志四上東宫官：「左春坊，左庶子二人，正四品上。……掌侍從贊相，駁正啓奏。」「右春坊，右庶子二人，正四品下。……掌侍從、獻納、啓奏。」

〔二〕詩仙：贊頌對方詩才如天上仙人。如白居易待漏入閤書事奉贈元九學士閣老：「詩仙歸洞裏，酒病滯人間。」

〔三〕「奇險」二句：謂李益之詩有風格奇險之作，頗能曲盡寂寞之情，雲山之景一被寫進詩裏，頓覺鮮明異常。二句皆贊美李益之詩。

〔四〕「藕綃」二句：藕綃指白色綃，喻其詩思純潔。鏡水，以鏡和水比喻其人品清澈明朗。世説新語賞譽：「衛伯玉（瓘）爲尚書令，見樂廣與中朝名士談議，奇之……曰：『此人，人之水鏡也，見之若披雲霧，覩青天。』」元好問唐詩鼓吹卷八郝天挺注「鏡水」句：「習鑿齒論諸葛亮曰：『水至平而邪者取法，鑑至明而醜者亡怒，以其無私也。』已上二聯言庶子文章政事之清麗也。」

【輯評】

元好問編郝天挺注唐詩鼓吹卷八廖文炳解：言庶子高居清要之地，猶上界仙人獨行於蓬島之間也。以余遭時坎坷，經奇險而還寂寞，公獨翱翔清要，攬雲山而亦鮮明，兼之文詞燦於藕綃，政體澄於鏡水，而余文章經濟未悉所從，願承清露洗予昏思，當不惜以階前片地，容余肅衣冠而趨展也。

題元郎中新宅〔一〕

近移松樹初栽藥，經帙書籤一切新。鋪設暖房迎道士〔二〕，支分閑院著醫人〔三〕。買來高石雖然貴，入得朱門未免貧。雖有好詩名字出㊀，倍教年少損心神。

【校記】

㊀ 雖，全詩作惟，校一作雖。

【箋注】

〔一〕元郎中爲元宗簡。白居易白氏長慶集卷六八故京兆元少尹文集序：「居敬姓元，名宗簡，河南人。自舉進士，歷御史府、尚書郎，訖京兆亞尹，二十年。」又有潯陽歲晚寄元八郎中庾三十三員外、答元八郎中楊十二博士等詩，俱係在江州酬元宗簡之作，約於元和十三年元宗簡已官郎中。元稹有元宗簡授京兆少尹制，可知長慶元年元宗簡轉官京兆少尹。全唐詩卷三八四張籍和左司元郎中秋居十首其七：「爲郎凡幾歲，已見白髭須。」白居易白氏長慶集卷一九予與故刑部李侍郎早結道友以藥術爲事與故京兆元尹晚爲詩侶有林泉之期周歲之間二君長逝李住曲江之北元居昇平西追感舊遊因貽同志，可知元宗簡居長安昇平坊。楊巨源有和元員外題昇平新齋詩。

〔二〕暖房：古時爲了防寒而從大屋分隔成的小間，稱暖房或暖閣。

〔三〕著：即「住下」之意。看來元宗簡懂醫，故有很多求醫人。